ЖЕНЩИНЫ В ИГРЕ БЕЗ ПРАВИЛ

ГАЛИНА

Щербакова

АКТРИСА И МИЛИЦИОНЕР

ЭКСМО
Москва
2012

УДК 82-3
ББК 84(2Рос-Рус)6-4
Щ 61

Дизайн обложки *Петра Петрова*

Щербакова Г.
Щ 61   Актриса и милиционер / Галина Щербакова. — М. :
Эксмо, 2012. — 320 с.

ISBN 978-5-699-55706-6

Хорошие книги о любви никогда не выходят из моды.

Галина Щербакова — признанный мастер сюжетной интриги. Трудно угадать, чем дело кончится и что случится с персонажами в следующую секунду: плюнут, поцелуют, к сердцу прижмут или к черту пошлют.

Каждая история рассказана с полной отдачей, до глубины трогает читателя.

Галина Щербакова дарит людям любовь, добро и надежду.

УДК 82-3
ББК 84(2Рос-Рус)6-4

ISBN 978-5-699-55706-6

Актриса и милиционер

«Рассказать бы кому...» — думала она.

В тот вечер в метро продавали запаянные в целлофан орхидеи. Белые с красноватым узором лепестки страстно, распахнуто стояли на узком черном стебле. Продавщица из новообращенных инженерок сразу стала их навязывать. Пришлось уйти, уйти противно-торопливо. Так уходишь от стыда. Дурного запаха. Хамства. Хотя какое хамство? Сплошная доброжелательность. Обнять бы инженерку-оборонщицу, что училась на «отлично» сбивать американские ракеты, и прошептать ей в ухо: «Извините, у меня на орхидеи нет денег...» Но дело это рисковое. Оборонщица могла бы закричать в ответ, что да, понимает, что было время, когда она сама каждый год ездила в санаторий ЦК им. Фабрициуса, а теперь вот — на! — торгует цветами. «Это, по-вашему, что?»

Поэтому она и уходит быстро-быстро...

В метро сквозило, и хотелось быстрей оказаться дома. Между прочим, Вадим был оборонщик. И оба-два ее мужа. Они ушли от нее навсегда. Сегодня девять дней Вадиму. Ей даже не с кем его помянуть. С томагочи. «Зверек» попищит, а она поплачет. «Ах, — думает она, — рассказать бы кому...»

Она ищет глазами лицо в толпе, которая станет потом «лицом томагочи». Но сегодня день цветов. Много их — чересчур! Больше всего гвоздик. Боже! Она совсем забыла. Сегодня же праздник. Зря из-за него тянут на гвоздики. Красивый, ни в чем не повинный цветок. Она чувствует сейчас любовь к гвоздикам. «За общность судьбы», — смеется. Надо бы купить гвоздичку и ее сделать «лицом томагочи», когда они будут поминать Вадима.

Но смешно сказать. У нее в кармане только проездной. Последние деньги она истратила на лосьон «Деним» для юного мальчика, милиционера, который спас ее от самой себя и вернул ей слезы.

Кому бы рассказать...

Она не была актрисой милостью Божьей.

Ах, эта милость Божья! Вправе ли мы роптать на ее недовес? Но когда прожито больше, чем осталось, такие вещи про себя уже пора бывает знать. Хотя она это знала давно. «Милость Божья, — думала она, — дар. А мне просто отмерено». Как щепоть для посола. Она у нее точнехонькая. «Вот этого у меня не отнять!» — смеется ее встрепанный ум.

Обычно она в ладу с ним, но временами!.. Как же он подвел ее за последнее время, как подвел! Дурак ты, мой ум!

Рассказать бы кому...

17 октября

В тот день она ехала после пробы в шальной антрепризе — в одной такой она уже репетировала, где у нее была третья по значимости роль. Главную должна была играть ее землячка. Они из одного южного городка, более того — они из одной школы. Уже много лет они делают вид, что не знали друг друга раньше. Вот и на показе их «познакомили». «Ах!» — «Ах!» Читали маленькую сценку. Она, как всегда у нее, сразу с полной выкладкой, а землячка путалась в словах, соплях и ударениях, а потом вообще загундосила, пришлось ей капать в нос, убирать со стола скатерть из синтетического плюша как возможного аллергена, искать супрастин.

Актриса милостью Божьей — а такой была землячка — может такое себе позволить. У милостью Божьих иначе кровь брызжет, иначе кудри вьются.

В конце концов читку отменили. Она тогда ехала домой с чувством глубокого удовлетворения. Землячка была противная, а у нее есть работа. Это главное. А раз есть главное, можно позволить себе скулеж. Это ее свойство. Она ропщет именно в момент глубокого удовлетворения. Так она ворожит, так боится спугнуть удачу.

Мемория

К пятидесяти она уже чуть ближе, чем к сорока, и умри она завтра — ни у кого от горя не оборвется сердце. (У нее — увы! — к тому же не льстивый к себе ум.) Даже ее редкое имя Нора Лаубе забудется вмиг по причине нерусскости его природы. Ее никогда не считали еврейкой только потому, что славянская кладка не оставляла никаких надежд антисемитам. Даже те, кто искал в ней немку или прибалтийку, понимали, что такой высокий лоб и слегка «утопленные» серые глаза бывают только у среднерусского разлива. Проклятая и неизбежная националистическая чепуха! Нора родом «из югов», где крови намешано не сказать сколько, а фамилия Лаубе досталась ей от мужа, с которым она прожила два молодых своих года. Он был русский, русский, русский.

Этот Лаубе-муж очень искал хоть в четвертом от себя колене что-нибудь годящееся для эмиграции. Искал, но так и не нашел, женился после Норы на какой-то приблудной американке, нескладной, глупой, но какое это имело значение? Взнуздал широкую спину большестопой барышни из Айдахо и прыгнул. А Нора осталась носить эту фамилию, которая вызывала нездоровые вопросы у траченного комплексом неполноценности населения. Имя же ей дала театралка-мама в честь ибсеновской Норы. Потрясший маму спектакль Нора видела уже в свои пятнадцать лет. Его возобновили. Нору играла все та же актриса. Ей, видимо, было столько, сколько Норе сейчас.

Было ощущение болезненного дискомфорта — так идешь по длинному переходу, в котором побили лампочки. Одним словом, чувства на спектакле «ее имени» были физиологические, и хотя она была еще девочка, она понимала, что так не должно быть... Тем не менее она заболела театром — оказывается, бывает и так, — ища ответы на вопросы, от которых во рту был железистый вкус, а на зубах трещало, как от песка. Ну что ж... Судьба приходит по-разному. К ней она пришла выспренним именем, чужой фамилией и притягательной силой пусть плохого, но театра. Она поступила в институт с первого захода и училась на повышенную стипендию. О том, что у нее не сложилась судьба, знает только она сама. Для многих, очень многих она везунчик. Всегда при ролях. Всегда нужна. Никому нет дела до милости Божьей, кто ее вообще придумал? «У Лаубе все схвачено». Вот как говорят про нее. И ее ум не спорит. Она знает, что нельзя оспоривать глупца... Из мудростей — мудрость. Эта Нора Лаубе много чего знает. Она хитрая. Она мудрая. Можно и одним словом.

17 октября

Возле подъезда клубился народ. Сейчас ее зацепят глазом и будут долго держать, чтоб потом сожрать с потрохами, как доставшуюся добычу. О этот люд подъезда! В городе ее детства Ростове подъезд называли «клеткой». «Вы в какой клетке живете?» Это было так точно. Люди — клетки. С соответствующими законами жанра «клетки». Она подошла совсем близко и вдруг поняла, что странным образом сейчас, сегодня не представляет интереса для «клетки». Что может пройти незамеченной мимо толпы, потому что у той другое направление интереса. Норе так хотелось домой, к джину с тоником, что она почти минула их всех, но что-то ярко-полосатое, почему-то известное ей, остановило ее взгляд. На земле лицом вниз, сжимая в руках махровое полотенце, лежал человек и весь дрожал, как будто бы человек рыдал в это самое полотенце. Был хорошо виден странно заросший затылок с неправильным направлением волос.

— Что с ним? — сносила Нора.

Даже для ответа люди не повернулись к ней — так притягательна была эта чужая дрожь.

— Упал с балкона, — сказали ей.

— Или скинули, — расширялась картина знаний.

— Или сам, — восхищался народ широтой возможностей смерти.

— Могло под ним и обломиться...

Нора подняла голову и увидела бесконечность свесившихся с балконов и окон голов. Некоторые головы были так лихи, что подтягивали к себе уже все туловище, и это выглядело жутко на виду у лежащего. Без капли страха и ужаса. Но головы отважно нависали — им было по фигу чужое падение, но получалось, что и свое тоже.

— С какого этажа? — спросила Нора.

— Неизвестно, — ответила толпа. — Может, и с крыши.

Но тут подъехали «Скорая» и милиция, и Нора первой вбежала в лифт, не дожидаясь, когда народ начнет рассасываться. Уже в лифте она подумала: «Человек не мог упасть с крыши. Под ним было полосатое полотенце, точно такое, как у нее самой сохнет на балконе».

Ее охватила паника, и она просто бежала к двери, которая была у нее просто дверью из ДСП, которую выдавливают хорошим плечом за раз. Такое уже случалось, когда она потеряла ключи и пришлось звать соседа. Тот пораскачивался на месте туда-сюда, сюда-туда — и дверь под ним хрустнула жалобно и беспомощно. Пришлось купить другую дверь у этого же соседа, который обзавелся металлической. Может, он и ломал Норину дверь с надеждой, что понадобится другая? Его предыдущая дверь лежала под диваном и раздражала жену, но сосед — как знал! — терпеливо ждал какого-нибудь подходящего случая. И — на тебе! Дождался и продал старую дверь. Норина связка пропорола тонкую подкладку кармана, и ключи брякнули, когда она вдавливалась в троллейбус. В конце концов вагончик тронулся — ключи осталися. Была целая история, как она возвращалась к этому месту, но вам когданибудь удавалось найти то, к чему вы возвращались? Вот и Нора ключей не нашла.

Сейчас дверь (бывшая соседская) была цела, и замки на ней все были на месте. Дома пахло домом, без чужачих примесей. Мысль снова вернулась к этому человеку на земле, и Нора пошла на балкон, чтоб, как все, «свеситься и посмотреть».

Ограда ее балкона была сбита и погнута, бельевая веревка сорвана, с оставшейся прищепкой валялись на бетоне трусики, лифчик зацепился за штырь ограды.

Полотенца не было.

Невероятно, но факт. Человек упал с ее балкона. Каким-то непостижимым образом он попал на него, согнул перила, сорвал белье. Нора посмотрела вверх. Из кухонных окон, что были выше, свисали головы, они были безмятежны и наслаждались смертью.

В доме девять этажей. Ее — шестой.

«Сейчас придет милиция, — подумала она. — Значит, не надо пить джин». Ведь ей предстоит давать показания. Объяснять, как, не входя в квартиру, человек оказался на ее балконе. Что ему было нужно на нем? Ведь не мог же он залететь туда, падая?

Нора вымыла руки и стала ждать.

К ней никто не пришел.

Вечером, собираясь в театр, она подумала, что это по меньшей мере странно... Горячие следы там и прочая, прочая... Но тот человек на земле дрожал. Возможно, он остался жив и сам объяснил, как под ним оказалось ее полотенце. Тогда ей как минимум должны были бы это объяснить. Большое махровое полотенце, почти простыня, полоса желтая, потом зеленая, потом оранжевая и снова желтая... Хорошее полотенце. Норе его жалко.

На улице она посмотрела на то место. Смятый газончик. Сломанные ветки тополя. Из подъезда вышла женщина со второго этажа. Она, как и Нора, жила в однокомнатной квартире и все время ждала, когда ее убьют. Она первая в подъезде (клетке!) поставила металлическую дверь и застеклила балкон, а на окнах сделала решетки. Но от всего этого бояться стала еще пуще, ибо квартира с такими прибамбасами неизбежно становилась ценней, а значит, убить ее было все завлекательней. Ее звали Люся, и она работала кассиршей в аптеке.

— Видели, у нас тут с крыши спрыгнул? — спросила Люся.

— С крыши? — опять задала свой вопрос Нора.

— У него на чердаке было место. Матрац и даже столик... Вот несчастные люди с девятого этажа, вот несчастные. Мог ведь их поубивать! — Люсе нравилась грозящая другим опасность. Даже жаль, что «разбойника» нет, хорошо бы он попугал девятиэтажников, как ее пугает улица. Хорошо, чтобы что-то случилось с другими. Ужас вокруг странным образом успокаивал Люсю, придавая этим как бы большую крепость ее замкам и решеткам. Но так мгновенно кончилась замечательная история. Человек разбился, а милиция тут же нашла, откуда он выпал...

Люся смотрела на Нору и думала, что хорошо бы и с этой артисткой что-нибудь случилось — нет, она к ней, можно сказать, даже хорошо относится, но если выбирать, то пусть убьют артистку. Какой от них прок людям? Не сеют, не пашут, не пробивают в кассе лекарства. Люся смотрит на Нору, Нора смотрит на Люсю.

«Какая сука! — думает Нора. — Какая сука!»

И разошлись. В тот вечер Нора играла Наталью в «Трех сестрах». Она всегда не любила эту роль, хотя ей говорили, что она у нее лучшая. Ну да! Ну да! Наталья — фальшивая обезьяна. Обезьянство обезьянски обезьянное. «Бобик!», «Софочка!» Фу...

В финале, говоря последние по пьесе Натальины слова «Велю срубить эту еловую аллею... Потом этот клен... Велю понасажать цветочков, цветочков, и будет запах...», увидела глаза актера, игравшего Кулыгина, и так закричала: «Молчать!», что тот реплику «Разошлась!» сказал как бы не по пьесе, а по жизни. Это она, Нора, разошлась, тут финал, когда тут сейчас сестры будут высевать во все стороны разумное, доброе, вечное, а она Нора-Наталья как будто забыла, что она тут не главная. Натянула на себя одеяло и закончила пьесу тем, что сказала всем: «Молчать!», хотя столько-то других слов и такие туда-сюда мизансцены.

Но теперь все так торопятся, что никто, кроме напарника, не заметил ее разрушений. Не пришлось, оправдываясь, объяснять, что с ее балкона разбился человек, что никто про это ничего не знает, хотя у милиции есть улика — ярко-оранжево-зелено-желтое ее, Норино, полотенце.

Она рассказала все Еремину (Кулыгину), с которым не то дружила, не то крутила роман, одним словом — имела отношения, в которых можно рассказать то, что не всем скажешь.

— Знаешь, — сказал Еремин, — перво-наперво почини перила, а потом сразу забудь. В милицию не ходи ни в коем разе. Это последнее место на земле, куда надлежит идти человеку. Даже при несчастье, даже при горе... Вернее, при них — тем более. Сию организацию обойди другой улицей.

— Но он был на моем балконе!

ГАЛИНА ЩЕРБАКОВА

— А тебя при этом не было дома. Тебя, как говорится, там не стояло.

— Если так подходить... — возмутилась Нора.

Но Еремин перебил:

— Не взвывай! Только так и подходить. Заруби на носу. Милиция. ФСБ. ОМОН. Армия. Прокуратура. Адвокатура. Суд. Что там еще? Беги их! Они — враги. По определению. По назначению. По памяти крови и сути своей.

— Окстись, — сказала Нора. — Я без иллюзий, но не до такой же степени!

— До бесконечности степеней, — ответил Еремин. — Пока не умрет тот последний из них, кто уверен, что имеет над тобой право.

— Ванька! — засмеялась Нора. — Так тебя ж надо выдвигать в Думу.

— Я чистоплотный, — сказал Еремин. — А ты, Лаубе, теряешь свой знак качества. Ты, Норка, читаешь советские детективы.

— Нет, нет и нет... Неграмотная я...

Но всю дорогу из театра она продолжала этот разговор с Ереминым, а когда пришла, то, несмотря на ночь, позвонила в милицию, что хочет завтра видеть участкового по поводу... Тут она запуталась в определении, замекала и положила трубку.

Ночью ей снился сон. Она меняется квартирой с Люсей, и та требует приплату, что с ее второго этажа лучше виден упавший. «Смотри! Смотри!» — Люся тащит ее на свой балкон, и Нора хорошо видит затылок мужчины, заросший густо, по-женски. «Бомжи не ходят в парикмахерскую», — думает она. «Отсюда и вши, — читает ее мысли Люся. — Но до второго этажа они не дойдут. У вшей слабые конечности».

На этом она проснулась. «Затылок, — подумала. — Я его почему-то знаю». — «Дура, — ответила себе же. — Такую кудлатую голову носит, например, их прима. Вечные неприятности с париком. Они ей малы, и прима по-крестьянски натягивает парик на уши. И делается похожа на мороженщицу у театра. Та тоже тянет на уши шапку из песцовых хвостов... А потом делает этот странный дерг бедрами — туда-сюда... И вороватый взгляд во все стороны — видели? Не видели? Что я крутанулась вокруг оси?» Нора не раз приспосабливала жесты мороженщицы к своим ролям. Очень годилось, очень... Пластика времени... Подергивание и растягивание. Загнанный в неудобные одежки совок. Человек не в своем размере. Совершенство уродства. Господи, сколько про это думалось! «Эта Лаубе свихнется мозгами!»

Так вот... Затылок... «Я знаю этот затылок в лицо», — подумала она снова.

18 октября

Милиционер пришел сам. Надо же! Именно накануне у них в участке опробовали телефон-определитель, он срабатывал через два раза на третий, но ее звонок был как раз третьим. Участковый пришел в их подъезд по вызову: семейная драка в квартире шестнадцать. Звонили из семнадцатой — у них от шума вырубился свет. Участкового звали Витей — нет, конечно, он был Виктор Иванович Кравченко, но на самом деле все-таки Витя, даже скорей Витек. Он приехал из ярославской деревни, где работал механиком. Но тут механизмы кончились, председатель все пустил по миру, а то, что осталось, «уже не подлежало ремонту». Эти слова Витя прочитал в акте по списанию механизмов, и они вошли в него одним словом «неподлежалоремонту». Теперь Витек работал в милиции, жил в общежитии и не переставал удивляться разности жизней там — в деревне и тут — в столице. Конечно, он бывал в Москве, и не раз, в Мавзолее бывал, на ВДНХ, ездил туда-сюда на водном трамвае, в метро познакомился с девушкой из Белоруссии, тоже деревенской, они стали писать друг другу письма, а потом почта «накрылась медным тазом». Жаль девушку. Такая беленькая-беленькая. Ресницы такие редкие-редкие, но длинные-длинные. Существующие как бы сами по себе, они очень волновали Витю. Он старался положить этому конец, так как не любил, когда в душе что-то тянет. И он даже написал ей, что «нашу дружбу нельзя считать действительной, ибо никак»... Последние два слова повергли его в такое сердцебиение, что письмо пришлось порвать, но «ибоникак» (тоже пишется и звучит вместе) почему-то в нем осело на дно и стало там (где? где осело?) укореняться.

Но это когда было! Он тогда приезжал в Москву гостем, а сейчас он тут замечательно работал, жил в хорошей, теплой комнате с таким же, как он, милиционером из Тамбова. Ничего парень, только очень тяжел духом ног. Витя старался держать форточку открытой — ибоникак.

Так вот... Он позвонил Норе в девять утра, откуда ему было знать, что в такое время артистки еще не встают, это не их час. Но он ведь понятия не имел, что она артистка. Знал бы — сроду не пришел.

Нора едва запахнула халат и впустила Витька. Пока поворачивался ключ, он громко сглотнул сопли и сделал выражение приветливости при помощи растягивания губ. «Улыбайте свое лицо», — учил их капитан-психолог на краткосрочных курсах. Москва тогда напрягалась к юбилею, и это было важно — не отпугивать лицом милиции страну людей.

Дальше все полетело к чертовой матери. Нора открыла дверь. А когда она это делала, то всегда рисовалась на фоне афиши кино, где еще в младые годы сыграла маленькую, но пикантную роль легконравной женщины, которая во времена строгие позволяла себе, заголив ногу, застегивать чулок (дело происходило до войны и до колготок) в самой что ни на есть близости к табуированному месту. Длинные Норины ноги толкали сюжет кино в опасном направлении, и тем не менее это было снято и показано! И в чем и есть главный ужас искусства — осталось навсегда. Недавно фильм демонстрировали по телевизору, и, конечно, никто ничего не заметил, тоже мне новость: три секунды паха и кромки трусов. Даже детям это уже давно можно смотреть. Но Витя, человек по природе здоровый и не испорченный душевно, был — по кино — очень на стороне мужчины, которого эта женщина без понятий волокла к себе грубо и без всяких яких. Он остро пережил этот момент насилия над мужским полом и момент *его потрясения нечеловечески красивой ногой, ведущей простого человека в самую глубь порока.*

А тут возьми и откройся дверь, и Нора стоит в халате, по скорости одевания не тщательно запахнутом, и даже где-то чуть выше колена белеется то самое тело, и можно всякое подумать, опять же афиша не оставляет сомнения, что он видит то, что видит, а потом Витек наконец подымает глаза на Нору.

«Надо убрать эту чертову афишу», — думает Нора, глядя, как странно меняется лицо парня. От обалдения до еще раз обалдения. «Да, милый, да! У тебя есть другой способ жизни, кроме как старение?» Норе думалось, что это его потрясло. Ее сегодняшний возраст.

— Участковый уполномоченный Виктор Иванович Кравченко, — прохрипел Витя.

— Заходи, Иванович, гостем будешь, — насмешливо сказала Нора.

Был момент приседания милиционера от еще одного крайнего потрясения. На диване лежало постельное белье, и было оно в шахматную клетку. На квадратиках были изображены фигуры, и они как бы лежа играли партию. Вите даже показалось, что королю шах — для точности знания надо было бы распрямить простыню, примятую телом женщины. Вот на этом он слегка и присел, чудак-милиционер, выпускник самых краткосрочных в мире курсов. «Улыбайте свое лицо!»

— В кухню! — сказала Нора, закрывая дверь в комнату. — Вы пришли очень рано. Да... Рано... Это по поводу случая в подъезде?

— Я по поводу вашего звонка, — строго сказал Витя.

— А! — засмеялась Нора. — Вычислили...

Витя не понял. Ему сказали: «Был сигнал с такого-то номера. Будешь в доме — проверь». Лично он ничего не вычислял.

— Дело в том, — сказала Нора, — что тот человек сломал мне балкон, и под ним было мое полотенце. Это можно как-то объяснить?

— Можно, — ответил Витя. — Произошло задевание ногой.

Нора смотрела на молодое, плохо выбритое лицо. Угри на лбу и на крыльях носа. Дурацки выстриженные виски. След тугого воротничка на молодой белой шее. Странно нежной. Разве милиционеру гоже иметь нежную шею? Гость же тщательно скрывал несогласие с миром вокруг, то есть с кухней, ее, Нориной, кухней. «Несогласие побеждает в нем интерес, — думает Нора. — Очень смешной».

— Вы из каких краев? — спросила она.

— Мы ярославские, — ответил Витя.

«Правильный ответ, — подумала Нора. — Если бы я спросила: «Ты из каких краев?», он бы ответил: «Я ярославский». Единственное и множественное число у него не путаются».

— Так вот... — сказала она. — Он не мог задеть ногой полотенце.

— Кто? — спросил Витя.

Он не поспевал за Нориной мыслью. Ей интересно то одно, то другое, но ведь сам он думает о третьем. Вот он сейчас был в шестнадцатой квартире, там не было никакой разницы с тем, что он знает про квартиры вообще. Диван. Стенка. Табуретки в кухне. Половик. Еще зеркало. В семнадцатой, правда, у него немного завернулись мозги. Трехэтажная кровать. Купе, одним словом. Он ехал из Ярославля на третьей полке. Противно. На спине — как в гробу, на боку — как в блиндаже. Семнадцатая ему не понравилась отношением к соседям. Если на каждый вскрик звать милицию...

«Есть люди отрицательного ума, — объяснял им капитан-психолог, — им все не нравится. Они желают жить на земном шаре в одиночестве. Только они и земной шар. С ними надо по жесткому закону. Есть и заблужденцы. Вот тут нужна чуткость сердца. Это контингент нашего поля зрения».

Витя не знает, что думать об этой кухне. Он не знает, как быть с женщиной, которая со стороны лица, тихо говоря, старая, а со стороны ноги, а также виденного кино, вызывает в нем некоторое дрожание сосудов. А он этого не любит. (См. историю с девушкой из Белоруссии, которая отрастила каждую ресничку по отдельности, как будто нарочно, чтоб смущать людей. Капитан-психолог говорил: «Надо всегда идти от правила нормы».)

— Меня зовут Нора, — сказала Нора, и Витя подпрыгнул на стуле, потому как два слова сошлись и ударились лоб в лоб. Норма и Нора.

Что за имя? Он не слышал никогда. Он путался в буквах, не имеющих для него смысла. И он разгневался. Но, так сказать, это все равно что назвать па-де-де из всемирно известного балета Минкуса «Дон Кихот» словами «два притопа — три прихлопа». Гнев Вити был пупырчато-розовым и начинал взбухать над левой бровью. Мама, не ведая про рождение гнева, говорила: «Что-то тебя укусило, сынок. Потри солью». Одновременно... Одновременно ему хотелось что-то заломати. В детстве он ломал карандаши, на краткосрочной учебе — шариковые ручки. Капитан-психолог говорил, что это «нормальная разрядка электрического тока в нервах. Такой способ лучше, чем в глаз».

На столе у Норы лежал, горя не знал кристаллик морской соли — Нора пользовалась ею. Витя раздавил его ногтем большого пальца, как вшу какую-нибудь, и его сразу отпустило. У женщины же высоко вспрыгнули брови и стали «домиком». Таким было взбухание Нориного гнева. Она схватила цветастую тряпку и протерла это место на столе, место касания соли и ногтя.

— Я поняла, — сказала Нора, — вы не в курсе. Так ведь? Откуда человек упал?.. Кто он?.. А может, его сбросили? Задевание ногой!.. Это ж надо! Вы себе представляете, как нужно махать ногами, когда летишь умирать?

Витя растерялся. Он представил себе физику и свободное падение тела. Он как бы вышел во двор, расположился возле трансформаторной будки, приложил ко лбу ладонь козырьком и стал видеть. Размахивания ногами не было. А потому все балконные перила оставались целы. А эти — на шестом — почему-то надо чинить.

Невинные, не тронутые игрой ума мозги Вити напряглись, и с губ сорвался, так сказать, результат такого неожиданного процесса.

— Значит, он был у вас, — сказал Витя, удивляясь новой модуляции голоса — откуда, блин? И для страховки покидающих его сил он схватился за планшет и резко повернул его с бока на живот.

И хотя это был планшет — не кобура, сама эта резкость жеста не то чтобы напугала Нору — кого пугаться, люди? — но привела ее к очень естественному и абсолютно правильному выводу: она идиотка. Потому что только полный ... (вышеупомянутое слово) будет так подставляться нашей милиции, которая никогда сроду никого не уберегла, ничего не раскрыла и давно существует в образе анекдота: «Милиционеры! На посадку деревьев готовсь! Зеленым — вверх! Зеленым — вверх!» Вот и перед ней сейчас точно такое «садило» — из всех возможных и невозможных вариантов он выщелкнул одно: сама позвала — сама виновата.

— Не было его у меня, — с ненавистью, несколько излишней для весьма слабого случая, сказала Нора. — У меня был закрыт балкон, и в квартире все осталось в порядке.

— А кто это засвидетельствует? — грамотно спросил Витя, удивляясь складности ведения разговора и тому, что он напрочь забыл уходящую в бесконечную высь ногу артистки, а вот пожилую женщину, наоборот, иден-ти-фи-ци-рует хорошо. Пожилая, халат нараспашку и провокация в расчете на слабость его молодости.

— Нет, — ответила Нора, — я была одна, когда пришла домой.

Она тут же пожалела об этом. Надо было соврать — сказать, что с ней был Еремин. Тот бы не колебался ни секунды, ему лжесвидетельствовать — хлебом не корми. Конечно, он бы ее выручил.

— Я вам сказала то, что есть... Мне показалось, это для вас важно...

— Конечно, конечно, — ответил Витя. — Разрешите осмотреть балкон.

С тех пор как она обнаружила сломанные перила, Нора на балкон не выходила. В тот же день, когда она все увидела, она остро ощутила притягательность этого слома. Ее балкон теперь легко покидался, и хотя она считала, что абсолютно лишена всякого рода маний, это неожиданно пронзившее чувство легкости последнего шага повергло ее в доселе не изведанное состояние. Нет, не так... Веданное... Получая роль в спектакле, она всегда знала, какой должна быть интонация, какой голос должен быть у первой фразы на репетиции. Но никогда не придурялась перед режиссером, играя с ним и сама с собой долго и нудно, пока хватало куражу, проигрывая все ложные пути. А потом... Вдруг в одночасье взять и произнести реплику так, как то надо! Она делала все сразу, лишая себя удовольствия от репетиции.

Так вот, веданным изначально было и движение

вниз, с балкона, стоило только чуть-чуть приподнять ногу.

«Но я никогда такого не хотела, — смятенно думала Нора. — Это просто страх высоты. Притягательность бездны...»

Витя тоже смотрел вниз. И ему тоже было страшно. Это был нормальный страх живого тела. Просто «страшно, аж жуть» — и все тут.

Потом он потрогал обвисшие веревки, сырые и холодные. На бетоне так и лежали прищепки. Некоторые были сломаны, видимо, те, что держали толстое полотенце. Но это знала только Нора, а для Вити наблюдение над прищепками было высшей математикой сыска. И она была лишней, математика, потому что и так все ясно. Человек упал отсюда, а значит, он тут был. У этой женщины.

— Другого способа попасть на балкон, как через квартиру, нету, — сказал он. — Нету.

— Что, разве нельзя на него спуститься с крыши, с верхнего этажа? — возмутилась Нора. — Или подняться с пятого? Вы это проверяли?

— Проверим, — ответил Витя.

Нора закрыла за ним дверь и выругалась черным матом. Господи! Зачем она в это ввязалась? Ведь у милиции есть такая замечательная версия про бомжа на чердаке. Все объясняет и снимает все вопросы. Какого же еще рожна!

В душе в тот самый секундно-неприятный момент, когда она поворачивала кран на холодную воду, она опять увидела затылок погибшего, увидела неправильность растущих волос, делающих странный густой поворот, она ощутила эти волосы рукой, и ее пальцы как бы разгладили крутой серповидный завиток. Боже! Что за чушь? Ничего подобного с нею не было!

— О! — сказал ей Еремин. — С полным тебя приехалом! Признайся, женщина, ты бросала своих младенцев в мусоропровод? У тебя же типичный синдром Кручининой!

— Еремин! Я знаю эту голову на ощупь! А детей в мусоропровод не бросала.

— Ты про затылок сказала милиционеру?

— Бог миловал! Но если я знаю, что он был на моем балконе, значит, какая-то связь между нами есть?

— Нету, — нежно сказал Еремин и обнял Нору. — Знаешь, — добавил он, — очень много спяченных с ума. Более чем... Не ходи к ним... Оставайся тут... Чертова подкорка делает с нами что хочет. Она сейчас президент. Но какой же идиот живет у нас по указам президента? Нора! Освободи головку! Я подтвержу, что был с тобой в тот день, но ты не призналась, чтоб не ранить мою жену. Туське, конечно, ни слова. Она у меня человек простой, она верит тому, что пишут на заборах.

Ей легко с Ереминым. Он все понимает, но правильные ответы он перечеркивает. Он считает, что их не может быть. Человеку, считает Еремин, знать истину не дано. Ему достаточно приблизительности знаний. Таких, как «Земля круглая, а дважды два четыре». На самом-то деле ведь и не круглая, и не четыре!

19 октября

В тот день у Норы не было вечернего спектакля, поэтому она осуществила то, что не давало ей покоя. Она поднялась на девятый этаж. И теперь стояла и смотрела в потолок — хода на чердак не было. Нора спустилась к себе, взяла театральный бинокль и вышла на улицу. Стекла бинокля запотели сразу, но ей и так были видны непорушенные трубы водостока и бордюр крыши. Она прошла вдоль дома. Выход с чердака на крышу был с другой стороны дома и над другим подъездом. Значит, чтобы спрыгнуть так, как получалось, самоубийце пришлось гулять по крыше, переходя с восточной части на западную. Нора вернулась к своему подъезду. Итак... Над ней еще три балкона. Все они в полном порядке. Три близких к ним кухонных окна. Это на случай той мысли, что покойник акробат-эквилибрист. Можно взять в голову и совсем дурное. Он рухнул, карабкаясь к ней с пятого этажа. Но и тут еще один аккуратный балкон.

Нора не знала, что за ней следит Люся со второго этажа. Что у той все оборвалось внутри, когда она увидела в руках артистки бинокль. Люся даже за сердце схватилась, так у нее там рвануло. Если представить мозг Люси как заброшенный и отключенный от воды фонтан «Дружба народов», что на ВДНХ, то сейчас как раз случилось неожиданное включение. И трубы с хрипом и писком ударили струями, и Люся практически все поняла про жизнь. Она поняла, что надо спасаться в деревню и питаться исключительно своим. Потому что верить в городе нельзя никому. Ни людям, ни магазинам. Основополагающая мысль — идея требовала подтверждений, и Люся как была в войлочных тапках, так и ринулась вниз, чтоб окончательно застукать артистку за этим подсудным делом разглядывания чужих окон в бинокль.

Они столкнулись у лифта, и Нора сказала: «Здравствуйте!» Потом она вошла в лифт и спросила: «Вы не едете?» Люся, вся подпаленная изнутри, не то что растерялась, просто ее сразила Норина наглость: «Вы не едете?» Во-первых, она на второй этаж не ездит никогда; во-вторых, ты видишь, я тебя застукала, я поймала тебя с поличным биноклем, я все про тебя поняла, а ты мне как ни в чем не бывало: «Здравствуйте! Вы не едете?»

— На улице сыро, — сказала Нора, нажимая кнопку и глядя на войлочные тапки. И вознеслась.

Мемория

Нора жила в этой квартире уже больше десяти лет. С ума сойти! Казалось, что все еще новоселка, таким острым было тогда вселение. Первое время она просто не видела людей, а потом уже привыкла их не видеть. Это на старой квартире было соседское братство, ну и чем кончилось? В этом подъезде она знала людей только в лицо и то про них, что приходило само собой. Вот эта придурошная тетка, которая работает в аптеке. Она сидит в кассе с поджатыми губами и не признает никого. Ей кажется, что этим она утверждает себя в мире. Такой же поджатостью губ (национальное свойство) закрепляет свое место и журналистка с седьмого. Сроду бы ей, Норе, не догадаться, что та журналистка — персона известная. Ей по судьбе написано было распрямить плечи и выплюнуть изо рта мундштук или что там так крепко приходится сжимать до смертной сцепленности губ.

Ах, это разнотравье человеческих типов! И такие, и эдакие... По цвету и запаху, по манере сморкаться и говорить, по тому, как вьется волос...

«У меня уже так было, — думает Нора. — Когда жила с Николаем и смотрела, как он спит, то мне казалось, что я знала другого мужчину, который спал точно так же, запрокинув назад голову, отчего в сладости сна открывался рот, и из него шли попискивающие стоны». Такой способ спать может быть только у одного мужчины, имея в виду женщину и число ее мужчин. ...Ей же виделся другой, как бы ею знаемый. Потом, потом... Уже после их развода мама сказала, как странно спал ее, Норин, дедушка. Могла она это видеть? Могла. Ей было пять лет, когда дедушка умер. Получалось, что в случае с Николаем не было никакой мистической памяти. Сплошной грубый материализм запоминания, а потом забвения. До какого-то случая жизни.

Но если было раз, если у нее есть привычка закладывать знание и видение в самый что ни на есть под памяти, то, значит, и ищи в нем? Сбивал с толку Николай. Она давно не думала о нем, может, пять лет, а может, два часа.

Они познакомились в Челябинске, где театр был на гастролях. Прошло два года, как большеступая перенесла на своей спине первого мужа Норы в Айдахо. Он уже успел прислать ей гостинец — платочек в крапинку и туалетную воду «Чарли». Сейчас ее всюду как грязи, тогда же она долго не знала, как с ней быть, потому что была уверена: вода мужская, просто Лаубе никогда ни в чем таком не разбирался, здесь он дарил ей духи «Кремль» с тяжелым, прибивающим к земле духом, собственно очень даже соответствующим названию. Так вот «Чарли» стоял полнехонек, а у них гастроли в Челябинске, у нее роли в каждом спектакле, а подруга — химик из города Шевченко — пишет: «Тебе надо сублимировать случай с твоим неудачным браком. Возгори в творчестве».

Видели бы вы эту подругу. Такая вся мелкосерая барышня с пробором не посередине и не сбоку, а где-то между. Отличница и собиратель взносов. Но только она могла написать такое: «Возгори и сублимация».

В сущности, лучшего человека в жизни Норы не было. Узналось это много позже, когда подруга разбилась на самолете, выиграв какую-то дурацкую турпутевку в лотерею. Через какое-то время Нора почувствовала: задыхается без писем со словами: «Критика — сублимация бездарности. Но ты знай: не от каждого можно обидеться. Роди ребенка. Я чувствую, что театр не может сублимировать твое женское начало».

Нора бросала эти письма со словами, что «эта кретинка могла бы выучить хотя бы еще одно слово». А кретинка возьми и разбейся... Но это потом, потом... А пока она на гастролях в Челябинске...

Она тогда играла как оглашенная. И еще не думала о себе, что она не актриса милостью Божьей. Она вообще тогда ни о чем таком не думала. Переходила из роли в роль, казалось — так надо, не видела вокруг себя зависти и ненависти. Даже не так. Видеть видела, просто она инстинктивно переходила на другую сторону улицы, и если бы тогда, двадцать с лишним лет тому, были говоримы слова «молилась кротко за врагов», то да... Молилась. Было именно то. Душа ее была щедра, а ум пребывал в анабиозе.

Так вот... Николай попал в их актерскую тусовку, по тому времени — вечеринку, из инженеров-радиотехников. Была там компания молодых ленинградцев, эдакие физики-лирики, что сосредоточенно поглощали симфоническую музыку, театр, джаз, передавали друг другу ротапринтного Булгакова и жили черт-те где и черт-те как в смысле бытовом.

«Не хочу! — кричит себе Нора. — Не хочу про это вспоминать!»

Крутой получился роман. Из тех, о которых говорят в народе: «А знаешь...», «А слышал...» У Николая были девочки-близнецы пяти лет, а жена его ходила беременная третьим.

Мозг Норы стал просыпаться, когда она увидела, какой красавицей была эта женщина. То ли Лопухина, то ли боттичеллиевская Флора, то ли Мадонна Литта, ну, в общем, этого ряда. Не меньше. Вторым потрясением была доброта этой Лопухиной-Флоры. Как она их кормила, когда они заваливались к ним ночью, как споро двигалась со своим уже большим животом и все пеклась о Норе, что у той очень уж торчат ключицы. Она даже трогала их красивым пальцем, несчастные Норины кости. Жалела. Совершенная, сокрушалась о несовершенстве тварного мира. Надо ли говорить, что Шурочка была глупа как пробка? Или все просматривается и так? Это ведь только у Проктера и Гембла в одном флаконе сразу все — с человеками так не бывает. Обязательно чего-нибудь будет недоложено божественно справедливо.

Вот тогда, разглядывая в зеркале обцелованные Николаем свои худые плечи, Норе много чего увиделось в зеркале и про себя, и про других.

Шура родила Гришу уже осенью, когда театр отдыхал на югах. Нора же тайком от всех жила в деревне под Челябинском — туда ходил рейсовый автобус, и Николай приезжал к ней среди недели. В свой библиотечный день. В сущности, у них тогда было всего три среды, а в четвертую родился Гриша. Трое детей — это не мало, а много. Это просто невероятное количество, которое, по сути, гораздо больше своего математического выражения.

Нора вернулась в Москву. У театра в тот год было тридцатилетие, и им выделили пять квартир. Грандиозный подарок властей имел под собой простую и старую как мир причину. Сын директора театра женился на дочери одного из горкомычей. Дочь писала дипломную работу по их спектаклям. Ну дальше — дело родственное. Нора и старая актриса из репрессированных в окаянное время получили маленькую двухкомнатную квартиру на двоих. Каждый считал своим долгом сказать Норе, как ей повезло: актрисе уже за семьдесят, она скоро непременно освободит площадь, ты понимаешь, Нора, какой у тебя счастливый случай? «Я в этот период защитила докторскую диссертацию по знанию людей и жизни, и мне за нее дали Нобелевку», — думала Нора.

Интересно, что старой, несчастной актрисе говорили почти то же самое и советовали тщательно следить за своими продуктами и питьем. Мало ли, мол...

Но женщины поладили. И старая сиделица оказалась хорошей «наперсницей разврата». Когда в Москву прилетал Николай, вот уж не надо было делать вид, что знакомому негде остановиться. Голые, они пробегали в ванную, а старуха старалась держать в этот момент дверь открытой. «Норочка! Оставьте мне хотя бы радость видеть любовь!»

А потом произошло невероятное. Красавица Шурочка с тремя детьми ушла к овдовевшему ректору института. Он перенес ее на руках через порог большой барской квартиры, следом вбежали дети, захватчики пространств. Старый молодой боготворил свою жену так, что та даже стеснялась. Конечно, ей было «жалко Колю», но что поделать? Что? И Шурочка разводила руками над таинственностью жизни, в которой — о, как правильно учили в школе! — всегда есть место подвигам. Именно так она рассматривала случившееся с нею. «Разве легко уходить от молодого к пожилому? — спрашивала ясноокая. — Не каждый решится... Но я так нужна была Иван Иванычу».

«Какая хитрая сволочь», — думала уже Нора, потому что не было у нее чувства освобождения и радости: у Николая после всех этих дел случился инфаркт, а где Челябинск — где Москва?

Когда приятели, и Шурочка между прочим, вытащили Николая из болезни и он приехал в Москву, он стал совсем другим. Уже не было «голых перегонков» по квартире, он сидел в кресле у окна и молчал, и Нора думала, что зря он приехал. Все кончилось.

Расставались уже навсегда, а получилось на полгода.

У каждого обстоятельства есть свой срок. Кончился срок инфаркта, кончился срок ощущения потери детей. Никуда они не делись, Шурочка с удовольствием давала их «поносить на ручках». И потом даже возник момент (время других обстоятельств), когда у Николая оказывались причины не бежать к детям, боясь их потерять. Мадонна Литта и это понимала. Это был какой-то научно-фантастический развод, в котором нормальному человеку становилось противно от количества добра и справедливости.

Потом была командировка в Москву, встретились и снова очуманели. И снова старая артистка приоткрывала дверь, и что она думала в тот момент — бог весть, но что-то такое очень возбудительное, потому что однажды она все-таки умерла. Случился, видимо, спазм, а она не сочла возможным звать к себе на помощь Нору в момент ее любви. Чтобы не потерять комнату, они поженились быстро, практически без церемоний. А надо было, надо — это выяснилось потом — поцеремониться. Хотя это сейчас так думается: как только квартирка и прописка встали на первый план, будто подрубился сук. Но что это за сук, если его легко сломать абсолютно естественными вещами.

Нет, все дело было в Москве. Она отторгла чужака Николая, из которого так и «перла провинциальность». Ей это объяснили лучшие подруги. Все ничего, мол, Нора, но прет... Еще бы кто-нибудь объяснил, что это такое. Николай ведь и умен, и образован, и профессионал будь здоров... Правда, не хам... Наивен в оценках людей и событий... Доверчив, как вылеченная дворняга... Вскакивает с места при виде старших, женщин и детей... Какая воспитанность, Норка! Это комплекс неполноценности.

Николай становился самим собой, только когда уезжал в Челябинск. Потом это стало легким маразмом: настоящие люди там. Там! Оглянуться не успела, как обнаружила: живет с ненавистником Москвы. «Здесь, — говорил он ей, — живут не люди. Здесь живут монстрвичи. Это такая национальность».

Она смеялась. «Тогда ты шовинист!» — «Да! — говорил он. — Россию надо отделить от Москвы».

Так все было глупо и бездарно. Провалить любовь в злобу по поводу московских нравов, Коля, ты что? Вот и то... Он вернулся в Челябинск, через год вернулся к ней... Так и было. Он защитил диссертацию в Челябинске, но ее не утвердил московский ВАК, он поссорился с ВАКом, сказал, что никогда больше... И долго не приезжал.

Тогда же у него начался тик... Все время дергалось веко. Он похудел, а она боялась, не рак ли...

Однажды он не приехал никогда. То есть потом, потом... Но сначала не приехал, не позвонил. Она позвонила сама. Он говорил с ней голосом автоответчика. «Не надо мучить друг друга», — сказала она. «Да!» — закричал он, будто то ли прозрел, то ли увидел заветный берег.

Не разводились года три. Но какое это имело значение? Очереди на ее руку и сердце «не стояло».

Конечно, ударилась во все тяжкие, как же иначе выживешь?

А потом вдруг ей на голову свалилась Шурочка с сыном Гришей. Показать его глазникам. Николай написал записку, просил принять бывшую жену и сына! Флора-Лопухина была по-прежнему хороша, и пятьдесят четвертый размер ей шел еще больше, чем сорок восьмой.

Гриша... Уснул на диванчике, смежив закапанные атропином глаза. Шурочка ушла на Калининский «поглазеть».

Мальчик спал, как отец, запрокинув голову и высвистывая что-то свое. Норе показалось, что ему так лежать нездорово. Она подошла и повернула его на бок, ее ладонь обхватила его затылок. Густой, почти шерстяной. Пальцы огладили крутую, неправильно лежащую косую прядь...

19 октября

...Кажется, она закричала. Ей показалось, что она в той старой квартире и стоит сделать несколько шагов, как она очутится у того диванчика с мальчиком. Шаги даже были сделаны, умственные шаги, которые проконтролировал здравый смысл, сказав: «Назад!»

Не было ни капли сомнений. Ни капли. Тот затылок и этот, вспоминаемый, были... — как это теперь учат в школе? — конгруэнтны. Она не сразу выучила это слово, но дочь Еремина, когда ее некуда было деть, учила уроки у нее в уборной. «Боже! — думала Нора. — Чем им не угодило слово «равны»?»

Если это был Гриша, то как он здесь оказался?

Она давно поменяла квартиру. Болела мама, нужны были деньги, большие деньги. Ее квартира в центре высоко котировалась по сравнению с этой, привокзальной и непрестижной.

Сейчас она ее даже любит. В ее стенах нет больных воспоминаний. В них живет сильная независимая женщина, которая не является актрисой милостью Божьей, но живет так разумно и грамотно, что...

...что с ее балкона падает человек, который мог быть (или был?) сыном человека... Фу, фу, сплошное че-че... Мог быть сыном Коли, царство ему небесное, который умер три года тому назад в своем возлюбленном Челябинске. Ей написала об этом Шурочка. Мадонна Литта уже была гроссмамой, пестовала внучек и престарелого Иван Иваныча, а «Коля умер от прободной язвы, просто залился кровью». Он был женат, имел дочь. И вот это почему-то оказалось самым горьким. Нора так хотела ребенка, а он так хотел вернуться в Челябинск. Желания не совпали, город победил. Ну не дичь ли? А вот третья женщина взяла и родила девочку. Интересно, сколько ей сейчас лет?

Надо было с чего-то начинать. И Нора позвонила в Челябинск. «Я буду осторожна», — сказала она себе.

Ей ответила женщина. Видимо, одна из дочерей Шурочки. Она сказала, что мама с Иван Иванычем практически постоянно живут за городом. Телефона у них там нет. Да, все здоровы, слава богу. Гриша? Он в Москве. У него нет пока постоянного места жилья и работы, но есть один телефон. Вам дать? Позвоните Грише. Передавайте от нас привет. И пусть дает о себе знать. Я вас помню, тетя Нора!

Нора набрала номер. Ей сказали, что Гриши нет, уехал в Обнинск, будет завтра.

20 октября

Витек проснулся от чего-то неприятного. Уже светлело, но часок-полтора у него еще были, а вот подняло...

На него смотрели сырые, мягкие, мятые тесной обувью ступни сержанта Поливоды. Тот всегда оставлял ступни на свободе, падая на койку. Одновременно до задыхания пряча голову под одеяло.

Самостоятельность жизнедеятельности ступней Поливоды всегда поражала Витька, внушая ему даже некоторый мистический ужас перед жизнью части, отдельно взятой от целого. Вот так у него самого отдельно живет ноготь мизинца на левой руке, надламываясь всегда в одном и том же месте. Надломившись, ноготь сдергивает заусеницу, которая после этого пучится гноем, и майся потом с нею, майся. Хорошо сейчас, когда чистая работа, а раньше с железяками, ржавчиной, маслом, когда, что-то чиня, не попадаешь в зазор, а сволочь ноготь будто тащит за собой руку именно туда, где ее прищучит заевшая деталь. Ноготь с набрякшей болью заусеницей имел от Витька полное самоопределение.

Вот и ступни Поливоды. Они цвели и пахли, как им хотелось. Они были волглыми и стыдными. Они вызывали ненависть к укутанному Поливоде, который ничего плохого Витьку не делал, а даже, можно сказать, любил младшего по возрасту. Вчера он оставил ему на ужин кусок итальянской пиццы, которую Витя не переносил ни на вид, ни на вкус. Откуда это было знать Поливоде? Он ел все. А Витя как раз был разборчив в еде, он не понимал новомодной целлофановой пищи. Она в него не шла. Не хватало зубов, чтоб ее пережевать, не хватало слюны, чтоб смягчить и сглотнуть.

Так думал в то раннее утро милиционер, хотя ни о чем таком он не думал и не признал бы за свои мысли, выраженные строчкой слов. Просто в голове его было сразу все: ступни, пицца, ноготь, машинное масло и злость, что из-за духа товарища Поливоды пришлось проснуться раньше.

Но стоило Витьку встать и открыть форточку,

как ветер выдул из его головы побеги незначительных размышлений, а на их место пришла главная, можно сказать, сущностная задача для ума: найти доказательства, что неизвестного миру бомжа столкнула или довела до падения артистка Нора Лаубе, которая звонком в милицию хотела запутать ясное как дважды два дело. Он видел такой фильм по телевизору: там преступник все время помогает придурковатому детективу — на, мол, смотри, что я тебе показываю; на, мол, слушай, что я тебе скажу, — и придурковатый полицейский за все благодарил, прямо кланялся, но это была с его стороны хитрость.

Правда, когда Витек сказал в милиции, что этот бомж, что шандарахнулся такого-то числа, мог и не сам... Ему сказали, что дело закрыто, и нечего возникать — никто самоубийцу не ищет, никому он не нужен, и надо быть идиотом (слышь, Витя, это к тебе лично!), чтоб искать на пустом месте деньги. Займись лучше криминогенной обстановкой в районе спортивной школы. Замечательный совет. Школа стоит рядом с домом Лаубе. Вроде как нарочно.

Витя удачно появился во дворе: артистка как раз бежала на работу. У него слегка ворохнулось сердце от ее широкого и легкого шага и возникла неясная мысль о том, что длинные ноги совсем не то или не совсем то, что подразумевается в похабном разговоре. «Ноги, которые до шеи, — туговато скрипнул мозгами Витя, — играют другое значение. Это точно, именно так: другое значение. Они умеют ходить красиво и быстро. Взять, к примеру, циркуль...»

— Здравствуйте, — вежливо поздоровался Витек с Норой.

Та не сразу сообразила, кто он.

После того как она вчера узнала, что Гриша жив и здоров, она выбросила эту историю с падением из головы. Она потом перезвонила той женщине, что сказала ей, где Гриша, еще раз и оставила свой номер: «Скажите ему: пусть позвонит тете Норе». Она не уточнила — Лаубе, — чтоб не засветиться. Пусть не первого, но второго ряда она актрисой была, ее могли знать. Теперь в голове осталась починка перил, потому что с той минуты, как ее стала затягивать балконная дыра, она на него не выходит. Все дело теперь в деньгах. Во сколько ей обойдется этот чужой смертельный полет. В конце концов, версия размахивающих в падении ног не хуже всякой другой, если другой нет вообще. И она не видела никогда падающих с крыши людей, в кино падают куклы.

— Все у вас в порядке, Виктор Иванович? Служба идет? — ответила Нора на «здравствуйте», когда сообразила, кто перед ней.

— У меня находится вопрос, — скрипнул Витек.

— О нет! — закричала Нора. — Нет! Только не сейчас. Я буду дома в три. Приходите, если что нужно...

И она умчалась, пользуясь своим совершенным

средством передвижения. Снова Витя смотрел ей вслед, и снова смутные какие-то идеи возникали на пересечении его извилин. Так встречаются иногда на перекрестке дорог люди, один на машине, другой на кобыле, третий вообще пехом и с собакой, столкнутся моментно — и разойдутся в разные стороны, и думай потом, думай, что это было? С чего это они сошлись? Так и дороги извилин — хотя про это известно куда меньше, — но название им придумано хорошее, вкусное и одновременно красивое. Как имя женщины. Извилина. Можно Иза. Можно Валя. У него была знакомая Валя. Из Белоруссии. У нее были длинные отдельные волосины ресниц, и его от них брала оторопь. Витя шел в подъезд Норы и знал — зачем.

Нора же... Нора...

В троллейбусе она вдруг поняла странное: есть, значит, два одинаковых затылка? У Гриши, который в Обнинске, и у самоубиенного мужчины? А откуда она знает, что их не четыре или восемь. И вообще, с чего она взяла косую прядь и прочее? Бомж. Нечесаный и немытый. Она и видела его на расстоянии, она ведь даже зевак не пересекла, чтоб подойти поближе. Просто бросила взгляд. И, между прочим, сначала на полотенце. Это потом уже... Творческий процесс мысли стал заворачивать в это полотенце черт-те что. Сообрази своей головой, женщина, с какой стати мальчик Гриша, которого ты когда-то подержала в руках, выросши во взрослого дядьку, мог оказаться на твоем балконе? К тебе, Лаубе, пришел климакс и постучал в дверь. «Это я, — сказал он. — Климакс. Я к вам пришел навеки поселиться. У вас будет жизнь с идиотом, но это совсем не то, про что написано в одноименном сочинении. Я не буду вас убивать на самом деле. Но умственные убийства я вам дам посмотреть непременно. Я буду вас ими смущать. Я у вас затейливый климакс».

«Слава богу, — подумала Нора, — что у меня все в порядке с чувством юмора».

Молодой, подающий надежды режиссер все-таки сбил случайную команду для постановки Ионеско. Такое теперь сплошь и рядом, деньги и успех — без гарантий, но кто может себе сегодня позволить отказаться от работы?

Хотя Нора давно знает: великий абсурдист хорош для очень благополучной жизни. Именно она, хорошо наманикюренная жизнь, жаждет выйти из самой себя, чтоб походить по краю, полетать над бездной, снять с себя волосы, обратиться в носорога с полной гарантией возвращения в мир устойчивый и теплый. Но если ты постоянно живешь в абсурде? Как играть абсурд, будучи его частью? Но все равно Нора будет репетировать, воображая — вот где оно нужно, воображение! — что ей возвращаться в мир нормальный. Надо создать в себе ощущение нормы. Чтоб не запутаться окончательно.

Норма — это ее жизнь. Она разумная и пристойная. Два одинаковых затылка, которые случились, — чепуха. Затылок — вообще вещь сложная для идентификации. Это вам не подушечки пальцев, не капелька крови, даже не мочка уха, которая может уродиться и такой, и эдакой. И спелой как ягода, и вытянутой, и плоской, и треугольно страстной, с прилипшим кончиком, и широко-лопатистой, рассчитанной на посадку любой клипсы, эдакая мочка-клумба.

Затылок же — вещь строгой штамповки. Интересно, как начинал лепить человека Бог? С маленькой пятки или круглого шара головы? Нора закрыла глаза, чтоб лучше увидеть сидящего Творца, на коленях которого лежала все-таки не пятка — голова Адама. Бог положил на затылок руки и замер. Нора в подробностях видела Руки эти Обнимающесозидающие и круглую мужскую голову.

...Не было ли Господне замирание признаком сомнения и неуверенности в начатой работе? Уже все было сделано. Сверкали звезды на чисто-новеньком небе, зеленела трава-мурава, все живое было лениво и нелюбопытно, потому что ему было не страшно. В мире был такой покой, и та круглая болванка, что лежала на коленях, еще могла стать оленем или сомом. Мир не знал опасности, он был радостен, и Великому даже показалось, что, пожалуй, хватит. Не испортить бы картину.

Нора широко открыла глаза. «Я богохульствую, — сказала она себе. — Я Его наделяю своим сомнением...» Троллейбус дергался на перекрестках, люди (создание Божье?) были унылы и злы. Они опаздывали и вытягивали шеи, вычисляя конец пробки. И еще они прятали друг от друга глаза, потому как не хотели встречи на уровне глаз. В их душах было переполнено и томливо. И они жаждали... Выхода? Исхода? Конца? Нора думает: вот и она едет репетировать абсурд, увеличивая количество бессмысленного на земле. И все идет именно так, а не иначе.

А тут еще возьми и случись знакомый неизвестный затылок. Пора было выходить. «Что-то похожее у меня уже было, — думала Нора. — В чем-то таком я уже участвовала».

Виктор Иванович Кравченко нажимал кнопку звонка квартиры, что под Норой. Ему открыла женщина, лицо которой было стерто жизнью практически до основания. То есть нельзя думать, что не было носа, глаз и прочих выпукловогнутостей, но наличие их как бы не имело значения. Наверное, целенькие горы тоже выглядели никак по сравнению с разрушенным Спитаком. Никак — предполагаю — выглядит и Солнце дня смерти.

Вите такие лица не нравились, и хотя видел он их миллион, каждый раз что-то смутное начинало разворачиваться в его природе. На ровном месте он начинал обижаться сразу на всех, и возникало ощущение тяжести под ложечкой, которое и спасало, переводя стрелку со смуты мыслей на беспокойство пищеварения. Что несравненно понятней. Вот и сейчас, глядя на женщину, открывшую ему дверь, он решил, что жопка останкинской колбасы явно перележала в холодильнике и напрасно он так уж все доедает. Надо освобождаться от жадности деревенщины. «Ты ее помни, но забудь», — учил его капитан-психолог.

— Ну и чего тебе надо? — спросила женщина, впуская Витька в такую же, как сама, стертую квартиру.

— Я по поводу случая падения, — вежливо сказал Витя.

— Меня тогда не было, — сказала женщина, — я стояла в очереди в собесе. Такая, как в войну за хлебом — воздуха в коридоре нету, пустили бы уж газ, чтоб мы там и полегли все разом.

— Нельзя так говорить, — сурово сказал Витя. — Это негуманно. А кто-нибудь другой дома был?

— Кому ж быть? — спросила женщина. — Олька на работе с утра.

— Ольга — это кто?

Женщина заполошилась, лицо как бы пошло рябью, потом стало краснеть, потом все вместе — рябь и цвет — собрались вкупе, и уже было ясно, что лучше от нее уйти, что на смену стертости пришел гнев с ненавистью под ручку и тут, как говаривал Витин дядька, уже хоть Стеньку об горох, хоть горох об Стеньку.

— Так куда ж ей деваться? — кричала женщина. — Если нигде ничего? Кому, на хрен, нужна ваша прописка, если полстраны живут нигде и не там? Скажите, пожалуйста! Бомжа, проклятого пьяницу ему жалко, вопросы задавать не лень. А я сама, считай, бомж! Вот продам квартиру Абдулле, Олькиному хозяину, и кто я буду? Вот я тогда под ноги тебе и прыгну, моя дорогая милиция, дать тебе нечего!

— Успокойтесь, гражданка, — вежливо сказал Витек, потому что ни на грамм он на нее не рассердился, а даже более того — внутри себя он ее поощрял в гневе и ненависти.

Капитан-психолог объяснял им, что чем больше из человека выйдет криком, тем он будет дальше от «поступка действием». «Шумные, они самые тихие», — говорил он им. Понимай как знаешь, но Витя понимал.

— Разрешите посмотреть ваш балкон, — спросил Витя.

— Нашел что смотреть, — тяжело вздохнув, уже смиренно ответила женщина.

Витя правильно понял смысл ее слов: смотреть было на что...

Балкон был по колено завален бутылками и банками, их уже не ставили, а клали как ляжет. «Это все может посыпаться на головы людей, — подумал Витя, — щиты могут не выдержать напора». Но тут же другая мысль вытолкнула первую, нахально закрыла за ней дверь. Вторая мысль сказала: «Смотри, кто-то шел по этим грязным бутылкам в направлении к левому углу балкона. Бутылки порушены шагом, и грязь с них частично вытерта, скорее всего, штаниной».

— Вы ходили по балкону? — спросил Витя.

И тут он увидел, какой могла быть женщина, если бы... Он увидел ее первоначальный проект, задумку художника. Она улыбнулась и, несмотря на то, что ей не удалось доносить до встречи с Витей все зубы, улыбка совершила превращение. У женщины оказались серо-зеленые с рыжиной по краю радужки глаза, у нее были две смешливые ямочки, и хоть от них бежала вниз черная нитка морщины, это уже не имело значения. Нитка была красивой. Женщина была задумана в проекте, чтоб вот так, с ходу, потрясать неких мужских милиционеров, вообразивших себя знатоками жизни и сыска.

— По нему разве можно ходить? — смеялась женщина. — Я разрешаю попробовать.

Штанов было жалко, но он сделал этот непонятный шаг в гремучую кучу — и надо же! Случилось то, чего он испугался сразу: отошел штырь от щита, и бутылки — две? три? — выскользнули на волю. Боясь услышать снизу чей-то смертный крик, Витя рухнул всем телом на бутылки, обнимая и прижимая их к себе. Те, улепетнувшие, громко звякнули на земле, прекратив свое существование, «но не забрали жизнь других», — облегченно думал Витя, ощущая жирную грязь на себе почти как счастье.

— Идиот! — кричала женщина. — Вас таких по конкурсу отбирают или за взятку? Что я теперь с этим буду делать? Заткни дырку шампанским! Слышишь? Падает только пиво!

Но Витя не слышал. Прямо под ним был след большой ноги, и Витя испытывал сейчас просто любовь к нему, он даже потрогал его рукой. Силу любви люди еще не измеряли, а те, которые пытались, внутренне были не уверены в результатах своих замеров. Ну да, ну да... Говорили люди... Знаем, знаем... Но от чего она нас защитила, любовь? Или куда она нас привела? Конечно, как фактор размножения, кто же спорит? Но чтобы что-то более весомое, чем создание количества...

Тем более что все физические опыты, всякие там биотоки и свечения тоже ничего такого особенного никогда и не показывали. Да, любовь — это сладко, это волнительно, как почему-то говорят старые актеры; клево и атас — говорят молодые при-

ГАЛИНА ЩЕРБАКОВА

дурки, а Витя, имея малый опыт в этом тонком деле (оторопь перед пятью ресничками девушки-белоруски и волнение от бесконечности ног актрисы Лаубе), отдался чувству любви к следу на балконе так самозабвенно, так безоглядно, что был награжден еще одной уликой — куском кармана, который обвис на остряке бетона. Сняв его с самой что ни на есть нежной осторожностью и положив за пазуху — к карманам было не добраться, — Витя занялся спасательными работами. Хозяйка квартиры принесла ему доски от бывшей книжной полки, и Витя в лежачем положении городил заслон шевелящимся под ним бутылкам, горячим до побега.

Потом женщина («Зови меня, сынок, тетей Аней») чистила его со всех сторон и была в этот момент тоже близкой к задуманному проекту, от нее в суете движений со щеткой пахло как-то очень тепло и вкусно, и Витя, несколько запутавшийся в запахах городской жизни и уже не уверенный, какой из них хорош, а какой дурен (он, например, на дух не выносил запах одеколона «Деним», который когда-то взял и купил по наводке рекламы), так вот тут с тетей Аней было без вариантов — она пахла хорошо. И он удивился этому, честно удивился, потому что по теории жизни некрасивое не должно пахнуть хорошо. Когда тетя Аня (вообще-то она Анна Сергеевна, и ему надо соблюдать правила. «На интимные

54

слова милиционер при исполнении поддаваться не должен, — объяснял капитан-психолог. — Слово — вещь двояковыпуклая») открывала ему дверь, она просто никуда не годилась ни на вкус, ни на цвет, потом эта улыбка (берегись, Витек! Окружают!), а теперь вот запах... Хочется сесть и попросить чаю.

— Хочешь чаю, сынок?

— Я уже и так, — ответил Витя. — А мне еще в спортивную школу. Но спросить обязан: он кто, тот, что был на балконе и оставил следы?

— Ты оставил следы, — засмеялась тетя Аня (или Анна Сергеевна).

— А вот это? — И Витя достал и предъявил карман.

— Что ж ты такую грязь на голой душе держишь? — возмутилась женщина. — Ума у тебя минус ноль!

Она взяла кусок ткани и выбросила его в помойное ведро.

— Вы что? — закричал Витя, кидаясь спасать улику. Но тетя Аня отодвинула его рукой и сняла с крючка старенький пиджак. Карман у него был оторван.

— Я в нем балкон убираю. Но последний раз это было уже года полтора как... Зацепилась, не помню за что... Да он весь рваный... Видишь, локти... А подкладка так вообще...

— И все-таки там есть след... — упрямо твердил Витя.

— Еще бы! Ты там уж походил и полежал! — Она смеялась, и была красива, и хорошо пахла. И Витя окончательно понял, что его заманивают... Есть такие голоса. Как бы птицы, а на самом деле совсем другое... Например. Птица выпь...

— Будем разбираться, — сказал Витя. Он бежал и думал, что в одну замечательно открытую минуту у него было все: след, карман, а потом — раз! — и ничего не осталось. У кармана нашелся хозяин, а след мог быть чей угодно. А то, что по бутылкам пройти без опасности для ходящих по земле невозможно, в этом он убедился на собственном дурном опыте. Витя представил, как он лежал на шампанском и пиве, и весь аж загорелся. «Главное, — говорил капитан-психолог, — дурь своего ума нельзя показывать никому».

Надо соизмерять с окружающим силу своих телодвижений. Вечером того же дня рванула из Москвы племянница тети Ани Ольга, рванула так, что растянула связки, и в поезде, который ее уносил в южные широты, пришлось пеленать ногу полосками старой железнодорожной простыни, которые дала ей проводница. Она же пустила Ольгу без билета, все поняла сразу, без звука взяла деньги и сказала, что вся наша милиция уже лет сто ловит не тех и не там. Поэтому спасать от нее человека — дело святое. И на этих словах проводница стала рвать простыню на полосы для пеленания ноги.

На другой день закрылись две лавки с овощами, хозяином которых был некий Абдулла. А всего ничего: безобидный милиционер пришел совсем по другому делу к женщине по имени Анна Сергеевна.

Что-то важное, а может, совсем пустяковое, но спугнул Витя-милиционер, идя по намеченному плану. Из-за него в человеческом толковище возникли суета и колыхание, но так, на миг. Потом сомкнулись ряды людей и обстоятельств, и где она теперь, ненужная нам Оля с туго перевязанной лодыжкой, которую она взгромоздила на ящик с яблоками? И где Абдулла, принявший сигнал опасности, хотя Витек понятия о нем не имел и не держал его в мыслях? Витек шел своим одиночным путем, а капитан-психолог много раз им повторял: «Одиночество — враг коллективизма и слаженности борьбы, а значит, хороший милиционер — враг одиночества».

22 октября

Она знала: абсурд ей не сыграть. Дурная репетиция. Дурной режиссер. На нем вытянутый до колен свитер, под который он поджимает ноги, сидя на стуле. Не человек, а туловище Доуэля.

— Нора! — кричит. — Вы спите?

— «Господин старший инспектор прав. Всегда есть что сказать, поскольку современный мир разлагается, то можешь быть свидетелем разложения».

— Нора! Нора! Вы говорите это не мне! Не мне! И не так!

— Я говорю их себе? — спрашивает Нора.

— Господи! Конечно, нет! Эти слова — ключ ко всему. Каждый — свидетель. Каждый — участник.

— Разве Мадлен такая умная?

— При чем тут ум? — выскальзывает тонкими ногами из-под свитера режиссер. — Она женщина. Она просто знает... Отключи головку, Нора! Она сейчас у тебя лишняя...

«Какой кретин! — думает Нора. — Хотя именно кретины попадают в яблочко, не прицеливаясь».

— Головка снята, — отвечает Нора. — Иду на автопилоте.

Еремин жмет ей под столом ногу.

«Друг мой Еремин! Ты тоже кретин. Ты думаешь, что я что-то из себя корчу? А мне просто скучно и хочется подвзорвать все, к чертовой матери. С моего балкона выпал маленький мальчик. Его зовут Гриша... Правда, он уже вырос... Это неважно... Будем считать, что он все еще маленький... «Бедняжка, в твоих глазах горит ужас всей земли... Как ты бледен... Твои милые черты изменились... Бедняжка, бедняжка!»

— Нора! Это не Островский! Что за завывание? У тебя Ионеско, а не плач Ярославны, черт тебя дери!

— Прости меня! — Она возвращается из тумана, в котором Ионеско машет ей полотенцем с балкона, а она несет на руках мальчика с невероятно крутым завитком на затылке. — Прости! Я действительно порю чушь...

23 октября

Анна Сергеевна, тетя Аня, ночью сносила на помойку бутылки с балкона. Она ждала Ольку, но та смылась без «до свидания», такое теперь время — без человеческих понятий. Раз — приехала. Раз — уехала. Анна Сергеевна не любила это время, хотя и прошлое не любила тоже. Поэтому, когда бабы сбивались в кучу, чтоб оттянуться в ненависти к Чубайсу там или кому еще, она им тыкала в морду этого полудурка «Сиськи-масиськи», и бабы говорили: «Да! Тоже еще тот мудак». На круг получалось: других как бы и не было. А значит, без гарантии и на завтра. Почему возникли бутылки? Потому что раньше их сдавали. Молочные у нее всегда аж сверкали, когда она их выставляла на прилавок. И бывало, что отмытостью этой она унижала других хозяек, и тогда те отодвигались от мутной тары — как бы не мои! А она, конечно, стерва, кто ж скажет другое, отлавливала отведенные в сторону глазки и говорила им громко, до бутылочного звона, что бутылки надо мыть в двух водах, что ее мама в свое время вообще старалась набить в бутылку побольше кусочков из газет, и у нее — мамы — тоже все сверкало. Когда это было! Теперь же она скидывает грязные бутылки в ночь.

ГАЛИНА ЩЕРБАКОВА

Мемория

На третьей ходке Анна Сергеевна столкнулась с артисткой, что жила над нею. Она к ней относится без этого подхалимского сю-сю, которым обволакивают Нору в подъезде. Но стоит той исчезнуть с глаз, такое вослед говорится, что Анне Сергеевне хочется придушить баб каким-нибудь особенно извращенным способом. Был случай в ее жизни. Она — еще совсем девчонка. Замуж выходила девка из соседнего барака. Гуляли во дворе широко, весело. Мочевой пузырь наполнялся так быстро, что они, дети, не добегали до уборной, а присаживались за уголочками бараков или помоек, чтоб не пропустить ничего из весёлого действа.

А на следующий день — крик, шум, слезы... И исчезновение жениха, то бишь уже мужа, раз и навсегда. Страшные и непонятные речи. Он ей, жене-невесте, предложил такое! Бараки зашлись гневом. Она, дитя совсем, видела тогда чудо: шевеление домов. И даже их вытягивание вверх, как бы на носочках. Растягивание подъездов до выражения ухмылки беззубого рта. Мигание оконных переплетов. Сморщивание крыш...

Теперь же, если раскрутить все назад, дела было на копейку. Но кто тогда знал эти слова? Оральный — это скорее орущий. По близости смысла. Секс же... Про него слыхом не слыхивали. Та несчастная, которая изгнала извращенца, потом так и не вышла замуж, потому как сдвинулась умом и стала дурно

60

кричать при приближении мужчины. Мама Анны Сергеевны объясняла громко, на весь двор, вешая белье: «Вы, бабы, что? Вчера вылупились?» Но у мамы Анны Сергеевны слава была сомнительная. Она всю войну прошла от и до. И у нее было столько мужиков, что даже маленькая Анечка может это засвидетельствовать. И дядя Коля. И дядя Изя. И дядя Володя. И Петр Михайлович. И наоборот — Михаил Петрович.

Но как мамочка избила доченьку, когда та после школьного вечера пришла с верхней расстегнутой пуговичкой на белой кофточке, знает только дочка Анечка. Прошедшая Крым и Рим, мать заказала эту дорогу дочери. И дочь приняла это как должное. Анна Сергеевна осталась на всю жизнь женщиной строгой и даже мужу лишнего не позволяла, а когда на того, бывало, накатывало, она быстренько ставила его на правильное место и правильный путь, а он возьми и умри... Вот когда она взвыла в одинокой постели, потому как поняла (или прочувствовала?), что жизнь так быстро, как миг, прошла мимо и только ручкой насмешливо махнула. «Дура ты!» — как сказала бы жизнь.

23 октября

Вот что моментно пронеслось в душе Анны Сергеевны, когда она спускала вниз третий мешок бутылок, а Нора придержала ей дверь.

«Она подумает, что я пьяница», — вздохнула Анна Сергеевна, уже не удивляясь этому свойству ее бытия: о ней всегда думали хуже, чем она есть.

«Оказывается — тихая пьяница», — подумала Нора тоже без удивления — в их театре через две на третью такие.

Эта общая на двоих неудивленность как-то нежно объединила их, и Нора схватила угол мешка и приноровилась к уже освоенному шагу Анны Сергеевны, а та, в свою очередь, почувствовала радость принятия чужой помощи. Сказал бы ей кто еще час назад, что она способна на такое, не поверила бы.

Мы не знаем течений наших внутренних рек. Какая-нибудь чепуха в виде мешочного угла так пронзит тайностью жизни, что хоть плачь!

В лифте, уже возвращаясь, Анна Сергеевна, чтоб не втягивать громко накопившиеся от устатку сопли, деликатно провела под носом пальцем, отчего нарисовались усы, а Нора достала платочек, пахнущий духами счастья, и вытерла ей их, но тут как раз возник пятый этаж, и Анна Сергеевна вышла.

Как там кричит Норина абсурдистская героиня? «Глотайте! Жуйте! Глотайте! Жуйте!» Ведь и на самом деле... Нежная пряжа отношений... Что-то детское и сладкое... Хочется сглотнуть. Надо пригласить эту женщину в театр. Дадут ли ей хорошее место?

27 октября

Прошло не два дня, а четыре.

Нора снова позвонила по тому же московскому телефону.

Ей ответили, что Гриша еще не вернулся из Обнинска. Никто не волновался. Человек мог задержаться. Дела, проблемы... Она не имеет права пугать других своими страхами. Хватит с нее придурошного милиционера, который, кажется, начинает ее подозревать. Она наняла мужиков чинить балконные перила. Подогнала так, чтобы быть в этот день дома, но в театре случилась беда. В одночасье умерла актриса, не старая, между прочим, заменили спектакль, назначили утреннюю репетицию. Нора остро чувствовала эти моменты одинокости своей жизни — никого и ничего.

Болеть одной она научилась, умела какую-никакую мужскую работу, но тут нужен был просто свой человек, который бы приглядывал за работягами, потому как — мало ли что? Но попросить было некого. Сначала подумала о Люсе со второго этажа, но тут же ее отвергла. Как подумала — так и отвергла, без достаточных оснований ни на да, ни на нет.

Нора пошла к Анне Сергеевне. Так получалось, что вроде ей и пойти больше не к кому, но это да, так и было... Жила в подъезде знакомая учительница. По средам у нее свободный день, и она в среду всегда спит долго, встанет, попьет чаю и ложится снова, и главное — сразу засыпает. Странновато, конечно, в эру хронической человеческой бессонницы. Но именно из-за сонливости Нора ее отвергла: «Пусть спит, пусть».

Получалось, что, кроме как к Анне Сергеевне, идти и некуда. У той в тот день было дежурство в диспетчерской. Это от нее люди узнавали, что «все прорвало, к чертовой матери», что «во Владивостоке уже неделю не топят, а у вас на сутки отключили — нежные очень», что «почем я знаю?», что «бардак был, есть и будет, а с чего бы ему не быть?». И так далее до бесконечности перемен в настроении и кураже Анны Сергеевны. Но Норе она сказала: «Какие дела, конечно, посижу, за нашим народом глаз и глаз нужен, а то я не знаю?» Сама она тут же позвонила в диспетчерскую и сказала, что не придет, пошли они все, у нее мильон отгулов, пусть ищут замену, когда им нужно, она всегда есть, а сейчас — ее нет. На хрен!

28 октября

Пока работяги возились на балконе, Анна Сергеевна тупо сидела на кухне. В таком сидении есть свой прок: где-то что-то накапливается своим путем, без участия воли там или всплесков мысли. Просто сидишь как дурак, а процесс идет очень даже, может быть, и умный. Что-то к чему-то прилепилось, что-то от чего-то отвалилось, тонкая материя расслабилась, чтоб свернуться потом как ей надо.

Через какое-то небольшое время Анна Сергеевна поняла, что ее страстное желание посмотреть, как живет артистка, вместо того чтобы доставить удовлетворение — вот, мол, сижу, смотрю, оглядываю, ощупываю (мысленно, конечно), — вызывает в ней ощущение злой печали. Вместо того чтобы запоминать, как стоят у Лаубе чашки и какие фиглимигли прицеплены у нее к дверце холодильника, ее накрыла и жмет ядовитая тоска, а понимания этому как бы и нету...

Мужики же, чинители, повозившись часок, быстро соскучились по свободе рук и ног и уже сообразили, что не тот взяли сварочный аппарат, что нужен им абсолютно другой, что они за ним сходят, а потом уж раз-раз... Только их и видели.

Анна Сергеевна переместилась в комнату. Со стен на нее смотрела Нора в образах: Нора — графиня. Нора — испанка, Нора — ученый. Анна Сергеевна почувствовала озноб от такой увековеченной жизни артиста, который — получается — никогда сам, а всегда кто-то. Но тут на трюмо в дешевенькой рамочке — Анна Сергеевна знает: в такой рамочке она тоже стоит у себя на серванте — она увидела молодую Нору в сарафане и с голым левым плечом. Плечо было спелым, покатым и даже как бы влажным от теплого дождя, но это уже воображение. Откуда можно узнать про дождь на черно-белой и померкшей фотографии? Анна Сергеевна смотрит на Норино левое плечо. На правом, как положено, широкая лямка, не тоненькая тюфелька, чтоб абы не сполз лиф, а в целую пол-ладонь. Анна Сергеевна носила такие же, когда ездила в деревню. Важна была еще и высота кокетки сарафана, чтоб, не дай бог, не вылезла бы подмышка с куском лифчика. Сплошь и рядом лахудры носили такое. У Норы лямка сползла — значит, он был широкий, вольный сарафан и лифчика на ней не было во-об-ще.

Анну Сергеевну охватила такая болючая обида, что с этим надо было что-то делать. Она вынула фотографию из рамки и стала рассматривать ее на свет (тоже мне эксперт!) и обнаружила, что та отрезана, что по ту самую левую крамольную Норину половину кто-то стоял. И это был мужчина. Виднелся грубый локоть. Анна Сергеевна продолжила локоть. Получалось, что это ее муж стоит в любимой позе, сложив ладони на широком ремне. Он всегда так фотографировался: локти — в стороны, а руки — на ремне. Глупая поза. Анна Сергеевна испытала гнев на покойника, который и умер рано, и фотографироваться не мог, и никогда ничего ей не сказал ни про ее плечи, ни про ночи. Как грабитель нападал на нее ночью, а если натыкался на трусики, то поворачивался спиной, прикрыв голову подушкой, а она в этот момент чувствовала запах менструации как позор жизни. А баба уже была, не девочка.

Какое там левое плечо!

Она даже не заметила, что рвет фотографию Норы на мелкие кусочки. Она испугалась, растерялась, клочки сунула в карман, а рамку положила на самую верхнюю полку. Потом она сидела и перетирала в прах то, что осталось от старой фотографии.

Как это бывает с людьми: сделав ненароком дурное кому-то, мы больше всего начинаем его же и ненавидеть. Но кто ж признается в себе как источнике зла?

Анна Сергеевна обхватила себя руками от неловкости в душе и мыслях. Опять же... Разве она за этим сюда пришла? За собственным смятением?

Она же шла за любопытством, ей хотелось знать, как это у тех, кто всегда при маникюре, кто носит разные обуви в разные погоды на высоком каблуке? Ей хотелось знать, как это, когда ты знаменитая и на тебя оглядываются, как? Но у нее по неизвестной причине случилось совсем другое настроение. Совсем. И это было Анне Сергеевне неприятно. Она прикрыла плотнее балконную дверь, твердо зная, что чинильщики не возвращаются быстро, когда у них случается неправильно взятый аппарат. Что они могут не вернуться совсем и что тогда будет делать эта Лаубе завтра? Она-то, Анна Сергеевна, больше ни за что не останется, потому что у нее от этой квартиры случилась душевная крапивница, этого ей только не хватало.

Анна Сергеевна села в кресло, которое, по ее мнению, стояло неправильно — на ее вкус, быть бы ему развернутым иначе, но какое ей дело! Села в неправильное кресло, удрученно вздохнув, что все не так и не то. «Нет, — сказала себе. — Я не хотела бы быть ею».

Это была, конечно, ложь-правда, но именно она сработала динамитом.

У Норы было мрачное настроение. Кого попросить сидеть завтра? Наверняка балкон за день не починят, а у нее никаких шансов освободиться. Хоть привози из Мытищ тетку, но ее действительно надо привозить: у тетки бзик — она не ездит на электричках, потому как в них нет туалетов. Она, тетка, должна твердо знать: если ей приспичит, уборная есть рядом. Нормальная старуха, но в этом безумная. Куда бы ни шла, ни ехала, вопрос о туалете — первый. Поэтому Нора раз в сто лет ездит к ней сама, а когда у нее случаются премьеры, на которые не стыдно позвать, то она берет машину и привозит родственницу. У тетки красивое имя Василиса, но в коротком варианте не нашлось ничего, кроме Васи, но это совсем уж гадость для барышни, и ее с детства звали насморочно Бася, а теткин папа — Нора помнит старика, еще той внучки инженера-путейца, уже сто лет покойника, — так вот, папа этот ни к селу ни к городу всегда так и добавлял: «Она у нас — Вася с насморком».

Уже нет никого из тех людей, но Бася — Вася с насморком — так и осталось. И в театре иногда

Нору спрашивали: «А эта твоя Вася с насморком жива?»

Так и останется она во времени: причудой отмечать расположение уборных и дурачьим приименем.

Нора решила поговорить с Ереминым, не расщедрится ли он на машину в Мытищи? Но до того надо было поговорить с теткой.

В перерыве она пошла к телефону, чтоб позвонить той, но допрежь набрала свой номер. Анна Сергеевна отвечала отрывисто и недружественно: мастера ушли за аппаратом. Что она делает? Сидит.

«Ах ты боже мой! — подумала Нора. — А предложи я ей деньги, как она отреагирует? Конечно, теперь все иначе. Теперь денежки правят бал, но мы с ней другое поколение... Мы еще помним, что люди помогали за так... По душевному порыву»... Гнусность в том, что — Нора это давно поняла — появилась популяция промежуточных людей. С ними хуже всего. Они мечутся меж временами, не зная, какими им быть. Им хотелось бы сохранить вчерашний порыв в том чистом виде, когда они, как идиоты, перлись на химические стройки, не беря в голову никакие возможные осложнения для собственного здоровья. Но теперь к порыву надо присобачивать деньги. Получается уже не порыв. Что-то другое. Вот тут и возникает злой и растерянный — промежуточный человек. Хуже нет его, испуганного, ненавидящего поток чужого времени, лихо уносящего вперед других. Спорых и скорых.

Нора позвонила тетке, но та отказалась сразу. «Нет, Норочка, нет! Я невыездная. Теперь уже навсегда».

— Бася. Ты спятила! С чего бы это?

— Такое время. Нельзя уезжать далеко от дома.

«Я ее обольщу», — подумала Нора, имея в виду Анну Сергеевну. Она подумала об этом в тот самый момент, когда Анна Сергеевна невероятно клокочущим от странной гневности сердцем твердо решила: да никогда больше не будет она нюхать чужие квартиры и рассматривать чужие фотокарточки. Нечего ей делать в мире этих так называемых... Она честно прожила свою жизнь, зачем ей на старости лет артистки, у которых все не как у людей? Заглянула в ящик, а там шахматное белье. Анна Сергеевна очень долго перерабатывала в себе отношение к цветочкам на белье, с трудом взошла на постельные пейзажи, но шахматы? Белье — поняла она сейчас окончательно — должно быть белым! Белым! Белым, аж голубым, это когда оно на морозе трепещет и надувается парусом. И вообще... Разве можно определить на цветном белье степень его чистоты? Ее бабушка прощупывала простыни пальцами, слушая тоненький скрип отполосканной материи. А мама вешала белье на самое что ни на есть солнце в центре двора, унижая барачный люд степенью собственной белизны и крахмальности. Такими были предметы гордости. У Анны Сергеевны сердце просто сжалось от воспоминаний о времени тех радостей. «Оральный секс!» — сказала она вдруг громко, и слова заметались в комнате туда-сюда, эти стыдно основополагающие время слова. Анна Сергеевна последила за их полетом, как они слепо тычутся в предметы, потихоньку теряя силу своей оригинальности. Возбужденная образом оглашенных летающих слов, она, как истинный волюнтарист, решила твердо: в комнате артистки этим словам и место. В собственном же дому у Анны Сергеевны они бы — слова — просто не взбухли бы и не взлетели.

Витя же шел путем зерна. Внедрялся и тужился пустить росток. Правда, он этого не знал, ибо был бесконечно далек от формулировок, какими, к примеру, сыпал туда-сюда капитан-психолог. У того просто отскакивало от зубов точное выражение. Вчера он ему сказал: «Ты, Кравченко, берешь в голову больше, чем там может поместиться по объему черепа». Сказал и ушел, а Витя просто почувствовал, как из ушей — кап, кап... Лишнее. Он тогда, действительно, такое себе вообразил, что на лице тут же отразилось и было замечено тонким вниманием психолога.

Витя вдруг решил, что «упаденный человек» знал какую-то страшную тайну Лаубе. Та могла быть курьером-наркоманом, а могла передавать прямо со сцены шпионскую информацию: идет налево — значит, ракеты подтянули к Калининграду, идет как бы в зал — значит, начинается китайская стратегия. И вообще, у нее, у Лаубе, любовник вполне может быть крупным генералом, из тех, которые ползают по карте мира, расставляя туда-сюда стрелочки. Вот она и столкнула дурачка, который каким-то образом все узнал, а он напоследок последним разумом схватил полотенце, полосатое, как флаг. А флаг почти родина. Витя аж вспотел от возникшей картины подвига, тогда-то и случилось из ушей кап-кап...

Анна Сергеевна, отводя глаза, сказала Норе, что больше «нет, не смогу посидеть», а эти, которые мастеровые, так и не вернулись. Не надо было им давать аванс, это же как дважды два.

— Спасибо, — ответила Нора. Она почувствовала, что эта *вечерняя* Анна Сергеевна была не та, что *утренняя*. Конечно, интересно бы знать, что случилось за это время, но ей не до того... Главное она поняла сразу: ей соседку не обольстить, стоит вся как в презервативе — ни кусочка живого тела, чтоб тронуть пальчиком.

— Спасибо вам, — сказала Нора достаточно вежливо, все-таки актерство бесценно в случаях лицемерия. Потом она вышла на балкон. Процесс починки, видимо, начинался с окончательного разрушения. Балкон состоял теперь из огромной зияющей дыры, которая заманивала, заманивала...

Нора подошла и потрясла ногой над пустотой, ощущая ужас под ребрами, в кишках, и даже подумала о том, что животный страх потому и животный, что он не в голове, не в существующей над пропастью ноге, не в сердце, которое даже как бы не убыстрило бег, а именно в животе, в его немыслящей сути... Она вбежала в комнату, задвинула все шпингалеты и зачем-то придвинула к балконной двери кресло. Уже дома, в безопасности, она поняла: та степень ужаса, которая выразилась в этом придвинутом кресле, была равна двум страхам: ее собственному и тому, чужому, предположительно Гришиному, для которого страх был последней и окончательной эмоцией. Он же, страх, каким-то образом остался на ее балконе, а значит, прав тот парнишка-милиционер, который учувствовал его и решил: неизвестный, оставивший страх, упал с ее балкона. У этой нелепой и невозможной истории должно быть свое простое объяснение, как есть оно у любой с виду запутанной задачи. Когда это выяснится, все скажут: «Какими же мы были дураками, что не догадались сразу».

Нора набрала номер, который набирала уже не раз. Ей снова сказали, что Гриша в Обнинске, правда, добавили: чего-то он там застрял? Нора настойчиво стала узнавать, нет ли у него еще кого в Москве, к кому он мог вернуться из Обнинска? На что ей резонно ответили: «Так ведь он человек холостой.

Мало ли...» И там, где-то там, на другом конце шнура, засмеялись найденному определению «холостой, мало ли...».

Поверхностным сознанием Нора отметила про себя, что ее, звонящую женщину, вполне могли принять за ту самую, которая принадлежит этому «мало ли».

Ах, Гриша, Гриша... Каким беспомощным ты был, когда тебе закапывали глаза. Как ты терялся, а в растерянности мгновенно засыпал. Счастливое свойство некоторых людей уходить в сон, как в спасение. Впасть бы нам всем в какой-нибудь недельный анабиоз, чтоб проснуться с ясной головой и чистым сердцем, без злости, зависти. Проснуться, чтоб жить долго и счастливо... Боже, какая дурная сказка взыграла в ней! Какое ей дело до всех? Ей бы разобраться с собой, с этим балконным проломом, с простой житейской проблемой: кого оставить в квартире, когда придут чинильщики? А если они не придут? Если они взяли у кого-то уже следующий аванс? Где их тогда искать? А после всего этого надо идти и репетировать абсурд, который она не умеет играть, он ей не поддается, он выскальзывает из ее рук, и режиссеру все время приходится выпрастывать ноги из-под свитера, чтоб, приблизившись к ней на тонких цыплячьих лапках, объяснять глубинную сущность парадокса.

Свет мой зеркальце! Скажи, почему мне так томливо и тревожно? Я не ответственна за выросшего чужого ребенка. В конце концов! Ты ничего о нем не знаешь. Может, так ему и надо? Может, балкон написан ему свыше? И потому быть балкону. И быть свержению с него вниз. С полотенцем в руце. Ибо так тому... Аминь.

29 октября

Работяги не пришли. Она ждала их до последнего, потом второпях надела не те сапоги, а на улице коварная, невидимая глазу наледь. У поребрика разъехались ноги.

— Извините, — сказала, ухватившись за чей-то рукав. — Вы меня не подстрахуете?

«Вот как это происходит, — подумал в этот момент Витя. Он охранял только что побитый и раскуроченный киоск и видел Нору, хватающую мужчину, — вот как!» В его несильной голове мысли сначала разбежались во все стороны, а потом столкнулись до красной крови. И Витя увидел одновременно Нору Лаубе, египетскую Клеопатру, барыню из «Гермуму» и их сельскую библиотекаршу Таньку, портящую мужиков каким-то особым способом, отчего они после нее ходили притуманенными и ослабшими, что для жизни не может годиться, потому как потому...

В каком-то розоватом свете Вите показалось, как этот, который страхует артистку, летит с известного балкона с ярким полотенцем в руках. Хорошо, что подъехала милицейская машина и от него потребовали «фактов по делу поломки киоска», а так куда бы увела Витю мысль?

Вадим Петрович знал этот покрасневший кончик носа, который только один и краснел в холод, подчеркивая алебастровые крылья переносицы. Он знал его и на вкус, этот кончик солоновато-холодный, и как он выскальзывал из его теплых губ, когда он его отогревал. Снизу лицо женщины было скрыто кашне, сверху — огромными темными очками. Но в покрасневшем кончике он ошибиться не мог.

Нора же, оперевшись на чужую руку, встала на твердое место, проклиная себя за то, что надела не те сапоги, что в этих рискует сломать шею, а такси теперь недоступно, тем более если ты сдуру вносишь аванс за работу, которую тебе никогда не сделают. Оттолкнувшись от руки мужчины, она даже улыбнулась ему в глубины кашне. Это неважно, что он этого не видел, — важно, что он знает: улыбнулась — значит, перед Богом чиста. То же, что не развернула для этого лицо, так ведь не тот случай. Всего ничего — секундно подержалась рукой, чтоб помочь ногам найти опору.

Вадим Петрович смотрел ей вслед. Он знал эту походку. Так устремленно вперед не ходит никто.

Женщина уходила. Еще шаг, и она скроется в переходной яме...

— Нора... — сказал он. В сущности, даже не сказал. Прошептал.

И она остановилась. Так же быстро, как вперед, она теперь шла назад, а потом на скользком месте, у того же поребрика, стала разглядывать Вадима Петровича живыми глазами, сняв темные очки.

Он понял, что она не узнает его, что в ее осматривании — сплошное непризнание, и ничего другого. Теперь, без очков, с сеточкой морщин вокруг глаз, со слегка набрякшими веками, она была той, которую он узнал бы не то что по кончику носа — по ветряной оспинке, которая сидела у нее над бровью; по жесткому волосу, что ни с того ни с сего вырастал у нее на подбородке, и она тащила его пинцетом, а потом внимательно рассматривала на свет, пытаясь понять природу его ращения. Он помнил вкус ее кожи, запах подмышек, выскобленных до голубизны. Он жалел все, что она уничтожала на себе: и подбородочный волосок, и все ее другие выбритые волосы; он печалился, когда она изводила свой естественный цвет на какой-нибудь эдакий новомодный. Смешно сказать, он много лет носил при себе обломок ее зуба, когда она сломала его, грызя им купленные орехи. Ей тогда сделали новый зуб, не отличимый от прежнего. Но он отличал. Он знал разницу.

А вот теперь она разглядывала его почти сто пятнадцать часов, даже голову склонила к левому плечу — и ничего. Ни одного сигнала памяти.

— Видимо, вы ошиблись, — сказала она глупо, можно сказать, бездарно, потому что зачем же тогда она вернулась на сказанное шепотом редкое свое имя? Не Катю же окликнули, не Лену, не Машу, не Дашу... Коих пруд пруди... Нору.

Он же думал, как она смеялась: «Иванов! Как это жить с такой фамилией, когда тебя легион?» — «Но ведь живу!» — отвечал он.

Тут же, у поребрика, он ощутил себя эдакой «ивановской сплющенной массой» без начала и конца, не вычленимой для идентификации.

Вот какая казуистика жизни: тебя могут не узнать в то самое лицо, которое когда-то це-ло-ва-ли.

— Я Вадим, — сказал Вадим Петрович. — Бездарно было не представиться сразу. Сколько лет прошло! Столько уже и не живут.

Меньше всего он ожидал, что еще до того, как он договорит, она так обнимет его и так вожмется в его грудь, что сердце сначала замрет, потом подпрыгнет на качеле систолы, потом ухнет вниз, и он начнет искать в кармане нитроглицерин, потому как два инфаркта он уже имел за это время, которое обозначил: «столько не живут».

Мемория
Это безусловное преувеличение. Потому что прошло всего ничего — двадцать шесть лет, а даже в нашей лучшей из всех стране, имеющей весьма низ-

кий уровень, живут пока еще, если взять на круг, несколько больше. Тут ведь главное — пережить какие-то критические годы: тридцать семь там, или сорок два, или критически-менструальные дни страны — войны, революции, перестройки, а также другие явления, типа Чернобыль, «Нахимов», «Руслан». Но зачем пенять на страну? Мы живем больше двадцати шести. И спасибо ей.

Ровно столько лет тому театр Норы был на гастролях в Ленинграде. Вадим был там в командировке, и они жили — так, видимо, встали звезды — в одной гостинице. Если идти по коридору от впередсмотрящей дежурной по этажу, то Норина комната была третьей направо, а его — третьей налево. Но это выяснилось потом, потом...

Сначала командированный пошел в театр, куда можно было попасть. В не самый престижный гастролирующий московский театр. Билеты перед самым началом в кассе были. Рубль пятьдесят штука. Давали «Двенадцатую ночь», конечно, лучше бы что-нибудь другое, хотя что? Репертуар нервно перемогался между Софроновым и Островским с легкими перебежками в сторону Шекспира.

Но командированный ходит в театр не для того, чтобы что-то там смотреть. Вадим Петрович, например, идет, чтоб не выпивать с собратьями-толкачами. Что невозможно сделать, оставаясь в номере. У него язва двенадцатиперстной, но кому это объяснишь? Он, конечно, может рюмку, две, но гостиничное пьянство — процесс безудержный, страстный. В нем такая энергия смятения и тоски, что язва просто не может идти в расчет по причине мелкости своей природы. Он после театра еще и по улицам походит тихо и неспешно, а в номер нырнет, как битый пес в подворотню, и затаится там без всякой, между прочим, надежды, что его не отловят где-нибудь часа в три ночи, чтобы задать глобально-космический вопрос: как он насчет баб? Никакой проблемы снять их нет, но Петрович (Михалыч, Кузьмич, Иваныч) рассказал случай такой болезни, что проявляется сразу и притом на лице, какая-то американская зараза, видимо, из Вьетнама, а может, еще из Кореи, какой-то половой вирус, который косит белого мужчину как хочет, а женщине хоть бы хны. Один вот так приехал из командировки, а у него прямо на парткоме лицо пошло буквами.

Дичь, дичь, полная дичь... Но три часа ночи, ремни у штанов на последнюю дырочку и такая сила хотения, что даже страхи получить знаки на будущем парткоме — имею в гробу! «Ты пойдешь с нами, Вадя, или?! Ты сука, Вадя, сука... Ты не мужик, Вадя... Ты обосрался, ебена мать, Вадя...» — «Да, — скажет он, — да. Я такой!» Вот за это, что он такой, они и пошлют его за бутылкой, потому что если ты такой, то хотя бы выпей, сволочная твоя морда. Другой альтернативы, скажут, нет! Или по опасным бабам, или пьем по новой! Выбирай, Вадя, иначе на тебе опробуем вьетнамское (корейское, китайское, мексиканское, негритянское) оружие. «Ты ляжешь, Вадя, первым! И даже не сомневайся в нашей жестокости».

Вот почему он сидит вечерами в театре. Он видел «Двенадцатую ночь» несчетное число раз. Он видел Виол с тяжелыми ляжками и бойцовскими икрами ног, под которыми гнулись половицы сцены. Видел Виол с ногами-спичками, столь легкими и невозбуждающими, что думалось: «О господи! Зачем ты так нещедр?» Встречались и коротконогие Виолы. У этих раструбы ботфортов щекотали им самое что ни на есть тайное место, и эта потеха обуви и тела, бывало, передавалась залу. Тут некрасивость производила тот эффект, которого актрисы с идеальными ногами не достигали, и в этом гнездилась загадка победы природы над искусством.

Нора была идеальной Виолой в смысле ног и ботфортов. И вообще, спектакль был вполне: Эгьючик там, Мальволио вызывали нужный утробный смех.

Когда он совсем освоился в восприятии, вытеснив из памяти всех предыдущих актрис, он понял, что ему нравится эта Лаубе, интересно, кто она по национальности? Немка? Прибалтийка? Красивый голос, из тех, что особенно хороши в нижнем регистре. Мальчик из нее что надо... Хотя и женское в ней, спрятавшись в мужской наряд, очень даже возбуждает. Такого подарка от театра он, честно говоря, не ждал. За полтора рубля — и такие молодые эмоции! Его тут недавно настигло сорокапятилетие. Жил-жил и не заметил, как... Жена с чего-то вдруг засуетилась, а до этого было, между прочим, и сорок, и тридцать пять... Он понял: радостно-нервной вознёй вокруг его лет жена как бы утвердила некий переход в другое его время. Она его назвала, время, так: «Можно перестать себя расчесывать и сдирать струпья». Никогда до этого, никогда... они не говорили про это — про расчесывание и струпья. Но ведь несказанное, оно было в нем, было! Горе-злосчастье неслучившегося, несовершенного, горе ушедшего как песок времени. Вадим Петрович Иванов с нежным шуршанием ссыпался, стекал в узкое горлышко никуда, и сколько там его осталось в воронке жизни?

А тут — на тебе... Такое волнение от женщины-артистки. Существа других неведомых реальностей, существа, принадлежащего, так сказать, всем сразу. И вот оно, существо артистки, вызывает в нем совершенно частную, индивидуальную мужскую нежность, до такой степени не поделенную со всеми, что даже удивительно присутствие других людей слева и справа...

Надо ли говорить, что Вадим Петрович попёрся к служебному входу и вырос там под фонарным столбом? Надо ли говорить, что незнаменитый театр такими «сырами» — по-нынешнему фанатами — избалован не был, что под фонарем он был один — немолодой мужчина провинциального вида: в шапке из зайца, которую напялила на него жена, потому как Ленинград — город сырости и туберкулеза. Другой бы, может, и оспорил мотивацию уже неновой шапки, но он принял треух, как принимал от жены все по праву младшего (хотя жена была моложе его на пять лет), а потому осведомленного о жизни меньше. Жена же знала практически все: Ленинград — город туберкулеза. Одесса — сифилиса. Москва — гастрита. Свердловск — аллергии. Элиста — гепатита. Астрахань — дизентерии. Такой была табель о болезнях его командировок. Поэтому в тот день заячья ушанка под полной луной поблескивала основательной вытертостью, в день серпомесяца это могло и не обнаружиться.

Они — ангелы — вышли компанией, и он пошел следом. Они сели в троллейбус, и он вошел в него, тем более что это был его троллейбус. Конечно, все сошли на одной остановке, потому что он уже в дороге сообразил: скорее всего, артисты живут в его гостинице. Он не решился подниматься с ними в одном лифте, но когда он вышел на своем этаже, она разговаривала с впередсмотрящей и на его вежливое «добрый вечер!» улыбнулась вполне дружественно. А потом они шли вместе по коридору, и выяснилось, что соседи. Вадим Петрович хотел сказать, что был на спектакле, но растерялся, не знал, как оформить в слова то, что спектакля он не видел, а видел и чувствовал только ее, но его заколдобило: будет ли правильным сообщить именно это — уж очень признание может быть похоже на обман, а что есть лесть, как не обман? — но сама мысль о возможности обмана просто не помещалась в том человеке, который ломал ключ, чтоб открыть дверь.

Поэтому смолчал. Нора же отметила командировочную затрапезность мужчины, которую видела миллион и тысячу раз. Ее бывший муж Анатолий Лаубе был вполне таким же и обрел товарный вид, только когда встретил мечту своей жизни — большеступую из Айдахо, и она сводила его в «Березку», из которой вышел уже другой Лаубе, мгновенно поднявшийся над несносимым румынским костюмом и чешскими ботинками «товарища ЦЭБО», или как там его?

В ту ночь Вадим Петрович сам нашел гостиничный номер, где не спали его братья по крови, пьяно хрипя про бесконечность бесконечных вопросов бытия.

— У тебя же язва? — вспомнил кто-то, кто еще что-то помнил, когда Вадим Петрович налил себе в стакан.

— Сегодня это не имеет значения, — ответил он.

— Такое бывает, — поняли его.

Он стал ходить в театр каждый день. Если Нора Лаубе не играла, он уходил сразу, до начала спектакля, прочитав только программку.

Однажды он решился и, когда она вышла в компании сотоварищей, отрезал ее от всех, вручив букетик — что там говорить! — неказистых гвоздик — во-первых, других не было; во-вторых, что называется, «цветы были по средствам».

Нора узнала его сразу, взяла под руку, и они поехали в гостиницу следующим троллейбусом, не со всеми. Она рассказала ему, что сегодня утром подвернула ногу, что вся в перебинтовке, что боится снять повязку, потому что не сможет наложить ее сама, придется заматывать ногу в полиэтиленовую штору из ванной, иначе как принять душ? Но если она снимет штору, как принимать душ? «А говорите, что нет безвыходных ситуаций!» — смеялась, потому что, как, действительно, снять штору?!

— Я вас забинтую, — сказал Вадим Петрович. — Я этому обучился на сборах. Вот ведь! Считал дурьим делом, а могу вам помочь.

— Класс! — ответила Нора.

Процесс разматывания бинта, благоговейное держание за пятку, терпковатый запах стопы, столь совершенной, что он даже слегка оробел. Почему-то вспомнилось умиление ножками дочери, когда она была маленькой, он тогда любил целовать сгибы крохотных пальчиков и думать, какую красоту дает природа сразу, за так, а потом сама же начинает ее корежить и уродовать. Норина же нога не подверглась всепобеждающему превращению в некрасивость, и ему страстно, просто до физической боли захотелось поцеловать сгибы ее пальцев. Но она резко поднялась и, прихрамывая, пошла в ванную. «Бинты в тумбочке», — сказала она ему.

Он прокатывал в ладонях бинт туда-сюда, туда-сюда, слушая шум воды. Все мысли, чувства, ощущения собрались в комочек одного слова — «случилось». Жена, дети, работа — все то, что составляло его, сейчас завертелось, устремляясь к этому абсолютно забубенному, по сути, слову. Могло бы и покрасивше назваться главное потрясение мироздания.

Потом они пили чай, и рядом с пачкой рафинада на журнальном столике лежала грамотно перебинтованная Норина нога, а специалист по наложению повязки трогал время от времени голую стопу, чтобы проверить (ха-ха!), не пережал ли он ненароком какой сосуд и поступает ли кровь в самые что ни на есть ничтожные и незначительные капилляры.

— Не жмет? — спрашивал Вадим Петрович.

— Я млею, — смеялась Нора. — За мной так ухаживали в последний раз, когда мне было четыре года и у меня была ветрянка. Видите след на лбу? Это я в страстях почесухи содрала струп.

Да будь она вся в рытвинах осп, да будь она слепа и кривобока, да будь... Именно это хотелось крикнуть ей во всю мочь. Он даже понимал: это «дурь любви», но хотелось именно таких доказательств. Доказательств криком. Если уж нельзя как-то иначе.

Нора же, сидя тогда с совершенно чужим человеком, думала другое. «Брехня, — думала она, — что любовь сама себе награда. Любовь — боль. Сказала бы еще, боль, как в родах, но не знает — не рожала. Но боль непременно, потому как страх. Потерять, не получить ответа, быть осмеянным, ненужным, наконец, перестать любить самой, что равносильно землетрясению, когда ничего не остается, даже тверди под ногами. Ушедшая из жизни любовь может оказаться пострашнее смерти, потому как смерть — просто ничто, а ушедшая любовь — ничто, но с жизнью в придачу».

Именно тогда от нее уехал в Айдахо муж, и она еще не успела его как следует разлюбить, чтоб перестать жалеть и помнить.

Умная, она знала, что в конце концов все пройдет. Не случай мадам Бовари там или Анны Карениной. Но глядя на умиленного, потрясенного провинциала, который стесняется оскорбить ее даже собственным глотком чая, а потому тянет кипяток трубочкой губ... Вот эти самые ошпаренные губы и сделали свое дело. Ее подкосила степень его ожога.

Дальше — все как у людей. Вадиму Петровичу ничего не стоило продлить раз, а потом и еще, и еще командировку. За ним сроду не числилось ничего подобного. Наоборот, он всегда недобывал там, куда его посылали, всегда рвался вернуться домой.

Поэтому, когда он сослался на какие-то проблемы, ему сказали: «Оставайся сколько надо». Тогда же он попросил прислать и денег, ему их тоже перевели спокойно — то было время, когда деньги всегда были в кассе и люди не подозревали, что им могут взять и не заплатить. Как не подозревали ни об истинной стоимости своей работы, ни о зависимости ее от того, нужна ли она кому? Уже постарели и поумирали те, кто знал, что деньги что-то значат в системе экономики. Люди иногда вспоминали какие-то странные факты из жизни работника и товара, но их было все меньше и меньше, а те, которые стали потом монетаристами, или как их там, были еще октябрятами и носили всеобщего цвета мышиные пиджачки, уравнивающие их потенциал со всеми остальными. Так вот, то, что тогда называлось «деньгами», пришло по телеграфу. Вадим Петрович купил себе новые носки, потому что стеснялся жениной штопки, не всегда совпадающей с главным цветом. Опять же... Нитки того времени... Те, что для штопки, были строго двух цветов — коричневого и черного. Надо было быть большим пижоном, чтобы купить себе серые маркие носки. Вадим Петрович гордо взошел на эту гору.

Театр посмеивался над странно вспухшим романом. Нора только-только отвергла ухаживания вполне не респектабельного журналиста-международника.

Такой весь из себя Ять, чулочно-носочные проблемы жизни проходили настолько мимо него, что, если говорить правду, именно это и остановило Нору, живущую среди вещей и людей так близко, что подлетающий на облаке кавалер в чужом аромате заставил Нору душевно напрячься.

Может, в случае с Вадимом Петровичем она пошла по пути от противного?

Норе было уютно в руках этого знатока бинтования. Ей было покойно. «Не надо держать спину», — объяснила она все это одной старой актрисе, с которой можно было пообсуждать случившийся роман. «Это ненадолго, — ответила та. — Даже среди простейших не выживают именно те, кто не держит спины. А уж в нашем деле позволить себе такое... Как только выпрямишься, так его и сбросишь»...

До этого не дошло полсекунды. Оканчивались гастроли, надо было ехать в Витебск, именно тогда спина как раз и напряглась выпрямиться. Расставались горячо, страстно, но слова Вадима Петровича, что он приедет в Москву непременно-всенепременно, Нора покрыла поцелуем, и он, настроенный на нее, и только на нее, уловил торопливость ее губ, испытал ужас, но тут и поезд тронулся, а Нора еще на перроне — «быстрей, быстрей!», — и вот она уже стоит на площадке с благодарно освобожденными глазами.

«Я свинья, — корила она себя, не отвечая на его

письма. Но тут же утешилась: — Пусть так и думает. Ему же будет легче, что я такая гадина».

Он никогда не думал о ней так. Он думал о ней по-другому — страстно, нежно, продлевая и продлевая каждый из прожитых тогда дней. Он натягивал, вытягивал эти нити из прошлого, боялся их порвать, пока однажды все не порвалось само: тяжело, безнадежно заболела дочь. Смерть назначила истинную цену жизни. Бились с женой, спасая девочку, упустили сына... К тому времени, когда Вадим Петрович и Нора встретились у поребрика под контролирующе замечающим все взглядом милиционера Виктора Кравченко, дочери уже много лет не было на свете, а сыну было столько, сколько было Вадиму Петровичу в том Ленинграде. Жена готовилась к операции катаракты, и Вадим Петрович специально приехал в институт Федорова, чтобы показать все медицинские бумаги, а одновременно выяснить, сколько может стоить операция в Москве, все-таки как-никак, а центр этого дела.

29 октября

Договорились так. Нора возвращается домой в одиннадцать часов. Пусть он ее ждет на этом же месте. «Это мой дом, — и пальчиком в серый, грязный, безрадостный торец. — Видишь, какой красавец!»

По торопливости, по рассеянности или по некоей потайной логике побуждений, но Нора не сказала номера своей квартиры. Вадим Петрович, боясь ее пропустить, пришел на час раньше. После дежурства, возвращаясь дорогой мимо ларька, Витек увидел утреннего старика уже с букетом, обернутым «юбочкой вверх». Витьку давно напрягали именно эти фасонные «юбочки» цветов: все в кружавчиках, цветы обретали особый, специфический намек. Сам Витек цветы никому никогда не дарил, но капитан-психолог объяснял им, что «цветы есть момент спекуляции на влечении мужчины к женщине. Влечение не стыд. Это естественный процесс».

Витя — в который уж раз! — подумал: как он прав, капитан. Но и не прав тоже. Ибо нельзя назвать естественным процессом то, что заставляет этого старика стоять на сквозняке, прикрывая собственным телом «юбочку цветов».

— Не замерз, дед? — с подтекстом спросил Витя, думая, что с этой актрисой ему еще ломать и ломать мозги. — Спрашиваю, не замерз? — повторил он, на что действительно замерзший и неуслышавший Вадим Петрович ответил невпопад:

— Да вот! Жду...

Нора опоздала, потому что по первому ледку троллейбусы скользили медленно. Она увидела Вадима Петровича издали, на фоне унылого торца своего дома, маленький человек боролся с ветром, был несчастен, а букет это еще и подчеркивал.

— О господи! — сказала Нора, внутренне раздражаясь на цветы. Зачем он их? — Идемте скорей!

Она представила, как он будет не знать, не уметь себя вести, как ей предстоит наводить этот ненаучно-фантастический мост между временами и как ей это не нужно совсем. Прошлого у них не было. Надо разговаривать о том, что случилось вчера и сегодня.

— В Москве в командировке? — спросила она.

— О нет! — засмеялся Вадим Петрович. — Я уже не работаю. Я тут частным образом...

Невероятная формулировка, взятая из другого времени. Он это понял и растерялся, что такими здешними словами скрывает проблему жениной катаракты, а значит, получается, и ее самою. Стало стыдно, неловко перед ни в чем не повинной женой, и он приготовился сказать все как есть, но Нора стала рассказывать ему про «случай с балконом» и про то, что, ей кажется, она знает этого упавшего мужчину. Но в словах получилось как-то неловко, неточно: ведь если то, что ей вообразилось, правда, то она знала не мужчину — ребенка. «У него от атропина были просто сумасшедшие зрачки. А сам он становился вялым и сонным»... — это Нора уже уточнила факты, а Вадим Петрович думал: «Надо же, мы сближаемся при помощи офтальмологии.

Если бы я начал объяснять, зачем я здесь... Тоже были бы глаза».

Рассказывая все вслух другому человеку, Нора вдруг поняла, что с ней сыграло шутку воображение, что все ей пригрезилось. Возможно, потому, что они репетируют абсурд. У нее не зря всегда было к нему боязливо-брезгливое отношение. Сегодня, например, она заколдобилась на фразе: «Я ведь никого не стесняю, я небольшого роста». Сказала режиссеру: «Это надо с иронией? Я ведь отнюдь не маленькая». — «Какая ирония? — закричал он, выскальзывая из свитера. — Это в пьесе самая психологическая фраза. Это суть». — «У вас все суть, — пробурчала она в ответ. — Но у нас не радиоспектакль. Меня же видно!» — «Вы что, на самом деле не понимаете?! Разве на самом деле речь идет о росте?!» — «Читаю! — закричала Нора. — Читаю: «Я ведь никого не стесняю, я небольшого роста».

Хотя поняла все сама, но такая обуяла злость...

— Сама напридумала историю, — уже почти смеясь, объясняла она Вадиму Петровичу. — Этот бывший мальчик — сын моего второго мужа. Не дергайтесь, Вадим, я вас прошу. Мы давно разошлись, а потом он умер. Ведь с того Ленинграда двадцать пять лет прошло, не халам-балам, как вы считаете? — А хотела ведь не касаться прошлого.

— Двадцать шесть, — ответил он.

Она сама обозначила память. И разве он виноват, что слеза выкатилась из уголка глаза и застыла, чтоб ее приметили, под очечным ушком? Он повернул голову так, чтобы она не увидела его старческой слабости. Но она заметила и прижала его голову к себе. Вадим Петрович, траченный жизнью инженер, подрабатывающий время от времени ночным сторожем в поликлинике (выгодное для стариков место, каждый был бы ему рад), давно забыл былые мужские молодецкие эмоции. Они ушли от него давно и спокойно, как уходят выросшие дети, — уходят, оставляя чувство освобождения от милых, дорогих, но все-таки хлопот и беспокойств. «Став импотентом, я испытал чувство глубочайшего облегчения» — так или почти так говаривал в какой-то книжке Моэм. Вадим Петрович это запомнил и был рад, что и у него потом оказалось так же, как у умного англичанина.

Могла ли вспрыгнуть в голову мысль, что он не иссох и не иссяк? Что заваленный хламом источник жив и фурычит?

Он остался ночевать, напрочь забыв, что следовало бы предупредить приятеля, у которого жил: откуда у него могли быть деньги на гостиницу? Ведь сначала Вадим Петрович рассчитывал посидеть всего полчасика и уйти — для него одиннадцать часов было временем поздним.

А теперь вот три часа ночи, и Нора лежит у него на руке и рассказывает, как наняла рабочих починить ограду балкона, как они взяли аванс — и с приветом, как трудно найти было человека, чтоб посидел и покараулил квартиру, пока работяги доламывали балкон.

— Пришла тут одна женщина из подъезда, а потом ушла с поджатыми губами. Злюсь на нее невероятно! За поджатость эту... С чего это она взъерошилась на меня?.. Ты заметил, как легко мы все входим в ненависть? Как в дом родной. И как нам не дается сердечность. Участие. Я и сама такая. Да и ты, наверное. Хотя про тебя не знаю. Я ведь тебя вообще плохо знаю. Но ты мне кажешься очень хорошим. По моей математике, это когда в человеке добро и зло в одинаковой и постоянной пропорции, без возможности перевеса зла. С таким, как ты, хорошо переходить бурные реки по шатким мосткам.

Он смеялся и целовал ее плечи.

30 октября

В пятом часу он уснул первым. Разомкнул на ней руки и уснул, удивляясь и восхищаясь случившемуся.

Утром Вадим Петрович вспомнил позвонить приятелю, но дома у того никого не оказалось. Куда ему было деваться?

Нора сказала:

— Оставайся. Я съезжу в театр — обещали выдать зарплату — и вернусь. А ты отдохни и расслабься.

Она поцеловала его так нежно, что из того же самого, что и вчера, слезного канальца опять выползла сумасшедшая слезинка. Нора промокнула ее ладонью.

— Хочешь мне помочь, — сказала, — сходи за хлебом. — Ключи звякнули на столе.

Он еще раз позвонил приятелю, потом еще и еще и стал собираться за хлебом. Вчера было не до того, а сегодня он обратил внимание на аскетизм Нориной кухни. Пакетик майонеза. Баночка йогурта. «Суп Галлины Бланко». Его жена, женщина других правил, просто умерла бы от отчаяния, не будь у нее в холодильнике суповой косточки и не стынь в нем вилок капусты. Почему-то возникло чувство раздражения на жену, вечно озабоченную проблемой обеда, чтоб обязательно первое и хоть пустяк, но и второе — сырничек там или колечко колбасы с горячим горошком... «Да не морочь ты себе голову, — сердился он. — Сколько нам надо?» Жена подслеповато хлопала глазами, но лицо ее становилось твердым и упрямым.

Тут же, озирая скудную снедь Норы, Вадим Петрович впустил в себя мысль, возможность которой еще вчера была чудовищной. Он способен уйти от своей слепнущей жены, организовав ей, конечно, операцию и последующий уход, а потом остаться здесь, у Норы. Навсегда. На все годы. Почему-то мысль, что думает про это Нора, придет ли ей такое в голову, просто не думалась. Он смог бы. Он сможет.

С этим новым, неведомым и очень возбуждающим чувством он и стал собираться за хлебом. Хотя допрежь вышел на балкон посмотреть, что там случилось у бедной девочки. Именно такими словами теперь думалось. «Бедной» и «девочки».

Рваная рана ограды. Девочка ночью призналась, как затягивает ее проем. Что однажды она даже потрясла ногой над бездной, а потом вбежала в квартиру, будто за ней гнались. «Что-то надо делать, — удрученно думал Вадим Петрович, — так это нельзя оставлять».

Выйдя на улицу, он первым делом пошел на помойку. Вадим Петрович был старым и опытным помоечником. Именно там он находил нужные в хозяйстве предметы. Телевизор без начинки он отмыл и присобачил как ящик для обуви. Он очищал чужие поддоны и решетки газовых плит и заменял ими собственные, которые еще хуже. Хотя очисть и выскобли он свое, домашнее... Но сидел в нем, сидел этот помоечный пунктик, праправнук кладоискательства, и эту генетическую цепочку, как ту самую песню, «не задушишь и не убьешь».

На одной из ближайших дворовых свалок Вадим Петрович нашел кусок ребристого материала, он потопал на нем ногами — проверка на прочность, — кусок не дрогнул, не согнулся, не треснул. Найти куски толстой проволоки было делом совсем простым. Конечно, он не знал, какие у Норы инструменты, но надеялся нарыть что-нибудь колюще-протыкающее, в крайнем случае сгодились бы и простые ножницы. Так что возвращался Вадим Петрович, правда, без хлеба, но достаточно обогащенный другим.

«Я сделаю все до ее прихода, а потом уже схожу за хлебом», — думал он, радуясь ее радости, когда она увидит залатанную дыру. Потом она, конечно, найдет честных рабочих и они заварят уже все как следует, но пока... Пока у нее не будет этой страшной возможности подойти к краю. У него закружилась голова от нежности к слабости девочки, у которой для пищи одна-единственная «Галлина Бланка», будь проклята эта курица-женщина во веки веков. Его жена даже с катарактой куда более приспособлена к жизни, и это была очень вдохновляющая мысль, если рисовать ту перспективу, которую уже начинал мысленько видеть Вадим Петрович.

Ребристая штука по размеру плотно, даже с запасом закрывала проем. «Как тут была», — восхищенно подумал Вадим Петрович. У него даже выступил на ладонях пот, хотя руки у него всегда были сухие и жестковатые. Но в минуты крайнего волнения или потрясения он мокрел именно ладонями. У каждого своя причуда. У знакомого Вадима Петровича в таких же случаях текли неуемные и стыдные со-

пли, а человек он был сухой и опрятный. Другой
его приятель бежал от волнения в уборную по-боль-
шому и пару раз даже не добегал, что совсем ужас.
Но разве можно предугадать потрясение? Разве
знал он еще утром, что ему придет в голову идея ре-
монта? А потом карта сама ляжет в руки.

Перед тем как выйти на балкон и укрепить там
все, Вадим Петрович подумал, что надо бы позвонить приятелю, чтоб тот не думал плохого, но сейчас, когда в голове поселилась мысль о некоем другом будущем, почему-то не хотелось объяснять, где
он... Слишком все серьезно, чтоб говорить об этом
по телефону. Надо сесть за стол там, на диван... Чтоб
видеть глаза.

Именно в этот момент его приятель стоял у своего телефона и не знал, что ему думать. Вчера вечером звонила жена Вадима, сказала — пусть возвращается домой и не морочит голову с федоровским
институтом. Она сама нашла врача, в которого поверила сразу и решила, что он, и только он будет ее
оперировать. И деньги он возьмет смешные, потому что он дальний родственник их невестки (а они
и не знали!), но из тех дальних, что лучше ближних.

Вадима еще не было дома, но и время было десять с минутами. Жена сказала, что позвонит завтра
с утра. Вот и позвонила. Пришлось что-то наплести.
Приятель испугался сказать женщине, что Вадим не

пришел ночевать. Он думал: «Мало ли?» Человек ежился у телефона, и мысли плохие, очень плохие бились в его голове. «Какая же ты сволочь, — думал приятель о Вадиме Петровиче, — если у тебя все в порядке, а ты не объявляешься».

Пришла его жена. Старая и единственная.

— Не звонил? — спросила. И добавила: — Лично я кобелизм исключаю. У него для этого дела в кармане вошь на аркане. А за так теперь и прыщ не вскочит.

Нельзя думать плохие мысли. Никто не исчислял их энергетику, пусть даже малую. Никто не знает каналов устремления умственного человеческого зла. Никому не дано увидеть зависимость от гипотетического желания убить до обрушения земли. И очень может быть, что хватило малой толики ненависти, идущей от вполне порядочного человека, которого достала играющая гаммы соседская девочка, и он в сердцах подумал: «Чтоб тебя разнесло с твоим пианино». И разнесло. В другом месте.

На мысли своего приятеля, хорошего человека, «Какая же ты сволочь!» Вадим Петрович уже летел вниз с Нориного балкона. Проклятый ледок, что тормозил скорость машин на улицах, соединившись с истертостью подошв Вадима Петровича, сделал свое дело. Плиточка пола на балконе была выложена с мудрым расчетом стекания воды. Микроскопическая ледяная горка для хорошо поношенной обуви.

С этим уже ничего не поделаешь, но это был праздник души милиционера Виктора Ивановича Кравченко. Он даже не мог скрыть, хотя и сказать впрямую не мог тоже — понимал: радоваться чужой смерти нехорошо. Хотя на этот счет капитан-психолог говорил совсем другое: «Надо возбуждать в себе радость победы посредством мысли о смерти врага». Но «упатый с балкона человек» — так было написано в рапорте — врагом не был. Он был стар, и он был жертвой. А с жертвой, как понятием, Витьку было не все ясно. «Жертва — момент преступления. Но если ты мертвый — не значит, что ты невиноватый. Если, конечно, не дите или сосулька на голову».

Капитан-психолог — умный человек, но и он не может знать ответов на все вопросы жизни. Капитан длинноват от макушки и до пояса и коротковат в сторону земли. Виктору Ивановичу нравятся такие фигуры. Длинные ноги, которые теперь всюду показывают, вызывают в нем нехорошие чувства. Тянущиеся ноги, у которых нет конца и края, и, карабкаясь по которым, уже и не помнишь, с чего это ты тут оказался. Получается, что тебя подчинила длина, и она унижает и оскорбляет тебя высотой по сравнению с тобой.

Низкорослые люди были милиционеру Виктору Кравченко понятней и ближе. Они над ним не высились. Они попадали с ним зрачок в зрачок.

1 ноября

К вопросу о зрачках.

В этих не было света. Совсем. «У нее же катаракта, — объясняла себе Нора. — Надо с ней поделикатней».

Но как? Как? Нора провалилась в вину, как в пропасть. С этим ничего нельзя было поделать. Вина и пропасть стали данностью ее жизни. Можно ли к тому же оставаться деликатным?

— Как это можно было самому починить? — спрашивал тот приятель Вадима Петровича, которому Нора в конце концов дозвонилась. Теперь он в присутствии мертвых зрачков жены покойного бросал ей как поддержку вопрос о несостоятельности ума Вадима Петровича, желающего самостоятельно заделать брешь в ее балконе. Ну зацепись, дура-артистка, за помощь, скажи что-нибудь типа: «Я ему говорила», «Я понятия не имела, что он задумал», «Мне и в голову не могло взбрести»... Но все эти бездарные слова уже говорились милиции, хотя даже тогда она уже знала: она их произносит «из пропасти вины». Это сразу понял молодой мальчик, как его там? Виктор Кравченко. Он наклонился над ней, над ее «колодцем», куда она прибыла как бы навсегда, и смотрел на нее сверху черным, все понявшим лицом.

— Я ушла. Он остался. Я попросила его купить хлеба. Мы вечером заболтались. (Фу! Какое неправильное, стыдное слово накануне предсмертия. Когда ты уже взвешен на весах...)

«Откуда он вас знал?» — Естественно, женщина с катарактой думала только об этом.

«Когда-то, когда-то... В Ленинграде мы жили в одной гостинице. Знаете, как возникает командировочная дружба...»

«Да, я помню», — сказала женщина. И что-то мелькнуло в ее лице как воспоминание радости.

...В ее жизни тогда был голубой период. Надо же! По какой-то цепочке продаж ей обломился голубой импортный костюм из новомодного тогда кримплена. Воротник и карманы костюма были отделаны черной щеточкой бахромы. Он так ей шел, этот наряд, что хотелось из него не вылезать, а носить и носить без передышки. Но голубой цвет маркий. Тогда она сказала: «Надо что-то купить еще голубое. На смену». И купила платье в бирюзу. Все тогда решили, что у нее появился любовник. Другой уважительной причины «наряжаться на ровном месте» люди не понимали. А она как спятила. Купила еще и голубую шляпку-феску с муаровым бантом-бабочкой на затылке. Лицо у нее тогда как бы оформилось по правилам — стало тоньше, овальней. У нее вдруг появилось ощущение собственной неизвестной силы, она даже не скучала, что так долго нет мужа. Ей было тогда с собой интересно.

Потом он приехал. Уставший и унылый. Он не заметил ее голубую феску.

Сейчас это уже не имело никакого значения. Ни эта артистка, ни этот несчастный балкон, ни даже смерть. Ее, имевшую в жизни однажды голубое счастье, прижало лицом к черному без края пространству... Хотя разве можно прижаться к пространству? В него падают, в нем растворяются, им поглощаются... Но нет. Ее именно прижало...

Собственно, зря они пришли к этой актрисе. Она на самом деле ни в чем не виновата, хватило бы посмотреть место, куда он упал, ее глупый муж, неспособный починить бачок или прибить ровненько плинтус. Но там, у подъезда, в них было столько радостной ненависти, что пришлось бежать на шестой этаж в квартиру.

Актриса впустила их и заплакала. Странно, но она поверила ее слезам, хотя тут же подумала: «Ну что такое ей заплакать? Их же этому учат!»

Потом они уходили, а люди подъезда так и стояли у дверей, прижатых камнем. Не похороны ведь, но все же процессия из трех человек. Женщина подумала: «Это они для меня. Оказывают внимание. Они не знают, что мне уже все-все равно». И она пошла со двора быстро-быстро, пришлось ее хватать за локоть. Ведь почти слепая, в чужом месте, как же можно бежать, глупая?

— Датушка, датушка, — сказала кассирша Люся со второго этажа.

Никогда еще чувство глубокого удовлетворения

не переполняло ее так полно, так захлебывающе, что хотелось даже делиться избытком, и она сняла длинную белую нитку с юбки Анны Сергеевны и протянула ее, обвисшую на пальце, самой хозяйке:

— Блондин к вам цепляется, мадам! Хотя по нынешним временам лучше их не иметь. Всегда найдется какая-нибудь подлая и сделает ему шире.

— Стой! — закричала Анна Сергеевна. — Такое горе, а вы!

— Да? — насмешливо ответила Люся. — Да?

У женщин такое бывает: они проникают друг в друга сразу, без препятствий, они считывают текст не то что с извилин — тоже мне трудность! — с загогулинки тонкой вибрации, не взятой никаким аппаратом науки. А одна сестра на другую глаз бросила — и вся ты у нее как на ладони.

Люся и Анна Сергеевна несли в душе одну на двоих общую радость: свинство в виде прыжка с чужого балкона их настичь не может. Они, слава богу, хоть и одинокие, и у них нет мужей, но не могут допустить к себе чужих и случайных. А дальше большими буквами следовало:

...НЕ ТО, ЧТО НЕКОТОРЫЕ.

Когда прощались возле троллейбусной остановки, жена Вадима Петровича сказала Норе странное:

— Я бы тоже хотела умереть на хорошем воспоминании.

— Сделайте операцию и живите долго. Вадим очень беспокоился о ваших глазах, — ответила Нора.

— Да? — спросила женщина. — Я его раздражала. Случалась бумага в супе. Недомытость чашки... Он не указывал пальцем, но начинал громко дышать...

На этой фразе она замерла, потому как неосторожно вырвавшееся это слово «дышать» было тем самым, что отличало жизнь от нежизни.

Возвращаясь домой, Нора вспоминала, как застопорилась на слове «дышать» жена Вадима Петровича.

«Живые, — думала Нора, — обладают тысячью способов передачи информации, в которых слово — самое примитивное. Смерть — это невозможность передачи информации. Это хаос системы».

Она даже не подозревала, что обнаружит дома столько знаков присутствия Вадима Петровича. «Как наследил», — печально подумала Нора. На балконе она прижала принесенный им ребристый щит старой, с отслоившейся фанерой тумбочкой. Бреши не стало видно, даже возникла некая законченность в дизайне с ободранной тумбочкой — хоть ставь на нее горшок с цветами. В ванной Вадим Петрович оставил свой галстук, сам же, видимо, и прикрыл его полотенцем. Очешник, в котором лежал список московских поручений. Гомеопатическая аптека была на первом месте. Вот почему он оказался рядом с ее домом. Рядом была такая аптека. Остался полиэтиленовый пакет с газетой «Московские новости» и брелком томагочи. «Господи, — подумала, — надо было посмотреть раньше. Это ведь для кого-то куплено».

Странно, но в ту ночь они не говорили ни о ком, кроме себя. Только сначала — жена и катаракта — и все. Потом — как оттолкнулись от берега времени. О чем же был разговор, если почти не спали? Нора стала вспоминать, набирался ворох чепухи. Вспоминали, как она тогда, давным-давно, выходя на поклоны, зацепилась юбкой за шип розы, которые получила другая артистка. Это были единственные цветы от зрителей, и Вера Панина была очень этим горда, хотя все знали: букет принес ее двоюродный брат, но Вера так с ним — с букетом — крутнулась, что зацепила Нору и поволокла за собой. Кто-то тут же придумал плохую примету — шип хорошо годился для всяких мрачных умственных реконструкций. Но Вадим того времени предложил другое толкование: роза утащила Нору. Это было время Сент-Экзюпери и его Розы, от него могли идти только хорошие предзнаменования. И теперь можно сказать с уверенностью: тот шип ничего плохого не означал. Еще Вадим Петрович вспоминал в ту ночь, как у него кончились чистые носки и рубашки — конечно, не самое романтичное воспоминание для встречи после долгих лет, но ведь никто еще не научился руководить взбрыками памяти, она ведет себя как хочет. Но получалось, что именно носки и шипы сделали свое дело. Нора сказала: «У меня уже сто лет не было такой родственной близости, такого совпадения молекул». Они лежали обнявшись, у Вадима постанывало, похрипывало горло, а она думала: у него сердечное дыхание, ему надо обследоваться, он себя запустил, и ей так сладко было думать о нем с нежностью. А потом он соскользнулся с балкона, потому что у их истории не могло быть продолжения просто по определению. Не такие они люди... А какие?

И еще Нора думала, что никто ей не предъявил счет за потерю. Ни жена, ни друг-приятель. Как будто все заранее знали, что случится так, а не иначе, и виноватых не будет. Но этот томагочи... Не доставленный неизвестно кому. Он пищал ей все время, она не знала, что делать. «Так я с ума сойду, — подумала Нора, — надо взять себя в руки».

2 ноября

Вот из этих слов и надо понять, в каком она была состоянии. Она даже не заметила, что подъезд ей объявил газават. Иногда что-то бросалось в глаза: мертвое молчание пассажиров в лифте — а какой до этого слышался щебет, пока не раздвинется дверь. Обойденные мокрой тряпкой пределы ее половика в коридоре. По первому разу это показалось смешным. Нора не принимала эти знаки как знаки войны, как не принимала и подъезд как силу, ей противостоящую. Наоборот, люди всегда демонстрировали ей низкопоклонство, если уж не любовь, во всяком случае, с их стороны было должное отношение как к человеку не простой, а, скажем, изысканной профессии, эдакого штучного товара их подъезда. Все как все, а она вот — артистка. Это было данностью. Поэтому до Норы не доходили разные другие знаки отношения, в голову она не могла их взять.

Однажды Люся со второго этажа, будучи человеком, у которого мысль располагалась ближе всего к кончику языка, а потому на нем и не удерживалась, сказала Норе тихо:

— Я бы на вашем месте постеснялась...

Сказала прямо возле лифта, прямо на смыкании дверей, чтоб не дать Норе ни понять, ни переспросить.

Будь у Норы другое состояние души, она бы запросто могла вставить ногу в притвор, и еще неизвестно, чье слово было бы последним, но со дня падения Вадима Нора существовала в некоем другом измерении. В нем главенствовал четкий выход в ничто, хотя и задвинутый рифленой поверхностью. Но это выражаясь словами, а по жизни чувств ей все время было зябко. Душевная мука выходила дрожью, ознобом, а однажды она услышала странный звук, стала оглядываться — откуда, что? Выяснилось:

стучали зубы. Суховато, как стучат деревянные ложки, когда ложкари входят в раж.

Как-то встретила этого молодого милиционера. Забыла, как звать. Он посмотрел на нее обличительно и громко втянул в себя детскую каплю, некстати обозначившуюся.

Она ушла с этим ощущением уличенно-обличенной. «Нашел, дурак, леди Макбет», — подумала Нора, но в душе стало муторно: она чувствовала себя виноватой. Леди такое в голову не пришло бы. Вина виделась так: она слишком много думала о Грише, бывшем мальчике с крутым завитком, который — возможно! — и был тем первым упавшим у ее подъезда. Получилось: она сама создала проект смерти, умственный, гипотетический. И живая жизнь просто обязана была наложиться на ее чертеж. Нора думала, что позвонит еще раз по тому телефону, который знал Гришу, и вот в этот момент Виктор Иванович Кравченко, дернув тонкой шеей, посмотрел на нее так нехорошо. Дело в том, что накануне Виктор Иванович впервые в жизни бил человека. Тип стоял за помойкой, что у детской площадки, с приспущенными штанами, и белая его плоть была столь стыдной и омерзительной, что, когда кулак Виктора Ивановича попал в голое тело, противность мгновенно поползла к локтю и выше и стала как бы захватывать его всего, и тогда, ударяя в этого молчаливо терпящего боль типа, Виктор Иванович стал стряхивать руку, как стряхиваешь термометр. Бил и стряхивал. Бил и стряхивал. Но тут сбрасывалась не ртуть — отвращение.

Потом пришло упоительное чувство успокоения. Все в Витьке размякло, расслабилось, каждой клеточке тела стало вольно. Он смотрел, как убегает этот кретин, на ходу застегивая штаны. Он ведь даже не пикнул, не издал даже малейшего звука, что говорило о правильности и справедливости битья за помойкой. «Рукоприкладство — вещь недопустимая, — говорил капитан-психолог. — Но жизнью это не доказано».

Когда Нора прошла мимо, Витек обратил внимание на тонкоту ее щиколок (имея в виду щиколотки). Он представил их, обе две, в обхвате своих широких ладоней и как он держит артистку вниз головой в балконную дырку и она признается ему криком из сползших ей на голову одежд, зачем она их погубила, двух мужиков, молодого и старого. Она признается ему, будучи вниз головой, в преступлении, и все потом поймут, что все было так самоочевидно, а увидел и понял он один. Витек так сцепил кулаки, что в них ссочилась вода и даже, казалось, булькает... Виктор Иванович распластал ладонь — она была влажной, линии судьбы переполнились живым соком и обратились в реки. Особенно полноводной была та, что являла собой долгожительство. С нее просто капало.

3 ноября

«Я ведь никого не стесняю... Я небольшого роста...» Всегда был комплекс, что она вровень с мужчинами, ну не так чтобы сильный комплекс — пришло ведь ее время, время длинноногих, маленькая женщина, можно сказать, потерялась среди женщин-дерев.

На этой же фразе — Нора это ощутила в ногах, как они будто подломились для уменьшения — пришло ощущение (или осознание?): больше никогда никого не стесню. Ростом. Телом. Количеством. Буду жить боком. Левым боком вперед. Чтоб не задеть, не тронуть, не стеснить. Режиссер стал орать, что не этого от нее хотел. Что не нужна такая никакая, живущая боком, ему нужно ее притворство, ее лукавство. Такова женщина! «Никого не стесню» надо понимать как полную готовность стеснить любого до задыхания, до смерти.

— Да? — удивилась Нора.

После репетиции Еремин сказал, что если она с ходу, с разбега не заведет любовника, то спятит, что он это давно видит — с тех самых пор, как начали репетировать, что ее славное свойство не принимать роль всерьез, а просто надевать, как костюм, ей изменило. Она ведет себя как малолетка-первогодка, выжигая себе стигмы. Кому это нужно, дура?

Что он понимал, Еремин? Тогда, когда был Ленинград и Вадим Петрович, его еще в театре не было. Для него вся случившаяся история заключалась в словах: «Старый идиот взялся не за свое дело и рухнул. Конечно, жалко. Кто ж говорит? Но ты, Нора, его в проем не толкала. Тебя вообще дома не было». Как объяснишь про умственную дорогу, которую она построила вниз и сама к ней примерилась.

5 ноября

Она бы спятила от чувства вины, но случилось невероятное. Объявился Гриша.

Если бы она не разучилась к этому времени смеяться, то да... Повод был. Он был практически лыс, этот новоявленный Гриша. У него не то что излома волос, а даже намека, что излом такой мог быть, не возникало. Зато проявились уши. Они были высоковаты для обычной архитектуры головы, и Нора подумала: «Рысьи». Хотя нет, ничего подобного. Уши как уши. Чуть вверх, но такими зигзагами мелкой фурнитуры, и создается внешнее разнообразие мира. До извивов тонкой материи еще добираться и добираться, а уши — они сразу. Здрасте вам!

К ушам прилагалась бутылка «Амаретто». Это-то соединение и стало ее беспокоить. Но потом. Попозже...

— Я думал, думал, — объяснял себя Гриша, — но водка — было бы грубо?

Он нашел ее по телефонному номеру, который

дала ему сестра из Челябинска, и знакомые, у которых он остановился.

— Вы меня искали. У вас что-то случилось? — спросил он прямо, не понимая, почему она сейчас плачет, и сокрушаясь о ходе времени: в его памяти Нора была красивой молодой женщиной, от которой пахло духами. Эта же была стара, и от нее просто разило мятной жвачкой. «Удивительно тонкий вкус. Зимняя свежесть».

Нора поняла, что ничего не сможет объяснить. Ни-че-го.

Гриша рассказывал о своем способе выживания. Он его называл «моя метода». Маленькие услуги большим клиентам. Нет, ничего криминального. Но кому охота мотаться, чтоб получить достоверную информацию о том и сем? Не ту, которую вложили в компьютерную башку, а ту, что на самом деле проживает в Обнинске, а нужна позарез Челябинску. «Я почти шпион, — говорил Гриша. — Взять, к примеру, кобальт...» — «Я тебя умоляю, — смеялась Нора, — давай не будем его брать. Скажи лучше... Тебе нравится так жить?» — «Вполне, — ответил Гриша. — Во-первых, я свободен в выборе. Во-вторых...» На «вторых» он замолчал, и Нора поняла, что есть только «во-первых», а процесс саморекламы «своей методы» у Гриши не отработан.

— Материально как? — спросила Нора.

— Свою штуку в месяц имею...

«А сколько это — штука?» — подумала Нора. Спросить было неловко. Теперь это не принято. Вполне может быть, что они думают на разные «штуки». Но после того как Гриша оказался живой, свести разговор к деньгам было не то что противно, а разрушительно по отношению к состоянию ее радости. Мелкий свободный порученец Гриша закрыл своим живым телом черный проем ее балкона, и стало возможным думать, что смерть Вадима Петровича действительно случайна, страшна, трагична, но не ее рукой вычерчена. И тот, первый, все-таки бомж, просто задел ее перила, дурачок, не смог спроектировать траекторию падения, потому как был пьяный, а то и хуже — накуренный незнамо чем.

Жизнь на глазах побеждала смерть, случай, что ни говори, уникальный, чтоб не сказать неправдоподобный. Но ведь и Нора — человек странной профессии, в которой главное не то, что есть на самом деле, а то, что надобно назвать, изобразить главным... Нора удивилась бы, скажи ей кто, что раньше она никогда сроду не забывалась в роли, больше того — не верила, что так может быть у кого-то, сейчас же вела себя, в сущности, непрофессионально. Верила в чушь. И это уже второй раз. Первый, когда у нее на репетиции укоротились ноги от произносимых слов, а сейчас вот — от присутствия Гриши. Ей уже близнится, что вообще никто с ее балкона не разбивался. Просто недоразумение. Раз Гриша тут.

Вот тут-то и стало быстро-быстро раскручиваться беспокойство. Вдруг ясно, до деталей, увиделся поворот головы с приподнятым ухом и донышко бутылки. И между атропинным мальчиком и этим лысоватым шпионом новой экономики был еще один, которого она видела так четко и ясно. Легко все свалить на свойства актерского глаза: он уж высмотрит, он уже выковырнет. Издержки профессиональных накоплений. Склад забытых вещей. Но внутри что-то бибикало.

Параллельно с этим пилось «Амаретто» — и вылилось. И она сказала Грише, что раскладушка вымерена и впритык становится к кухонному окну, так что...

Гриша ответил, что может спать на любом данном ему пространстве пола, раскладушка — это для его кочевой жизни почти пять звездочек. Нора подумала, что, пожалуй, представления о «штуке» у них одни и те же.

Она заснула крепко, как не спала уже много времени.

Виктор же Иванович Кравченко знал: у артистки ночует мужчина.

У него странно вспотела спина: будто кто-то

мокрым пальцем поставил ему на ней точки и мокрота... Витек прислонился к косяку двери и потерся.

— Чего это вы, как животное? — ядовито спросила Анна Сергеевна.

С той поры, как он грудью падал на ее пустые бутылки, в результате чего сбежала Олька и от нее ни слуху ни духу, Анна Сергеевна Витька не полюбила. Все в ней завязалось в странный такой узел, а зачем ей это, зачем? А получается — конца нет, вот опять явился не запылился милиционер и чешет спину об ее косяк, как какая-нибудь собака.

— Разрешите выйти на ваш балкон, — сказал Виктор Иванович, запомнив навсегда слово «животное». «Помнить — не забыть, — говорил капитан-психолог, — это не то что взлетело-вылетело. Выдвинь в голове ящик и положи наблюдение».

«Положил», — подумал Витек.

Его приятно удивили убранность балкона и отсутствие на нем новой опростанной тары. Он посмотрел снизу вверх и представил след падения, как след сдвинутого с места мешка.

— Какое у вас мнение? — спросил Витек Анну Сергеевну.

— Мое мнение будет такое, — четко ответила женщина. — Я на шахматы сроду бы не могла лечь спать. Значит, мы с ней разные. Я из другого мяса... Но сегодня у нее уже другой. Молодой. А времени прошло всего ничего...

В шахматы Виктор Иванович не врубился, но не переспросил, потому что за так, за здорово живешь получил наиважнейшую информацию. Спина была уже мокрая вся, он выскочил на свежий воздух и стал смотреть на Норины окна, взобравшись на крышу трансформаторной будки.

5 ноября

Гриша лежал на неудобной и коротковатой раскладушке, и ему было хорошо. Хорошо от неудобства тела. Что коротко. Что провалились чресла. Что комковатая подушка. Физику Гриши не нравилось все, зато — о боже! — как хорошо было в том нежном пространстве, которое разные люди называются по-разному, а Гриша определял это место как «то, что кошки скребут» или попросту «скрибля». Как всякий ленивый человек, Гриша любил словообразования. Это занимало его и развлекало.

Последний месяц ему было ой как нехорошо. Он потому и сбежал в Обнинск, где у него была в запасе нежная грудь, к которой в любое время припасть — не было проблем. Грудь была вдовая, пожилая и даже собой не очень, но для случаев побега лучше не сыщешь.

Возвращался он в Москву осторожно, опасливо, сразу узнал, что его искала Нора, чуть было не сбежал снова, но потом стал наводить справки...

12 октября

...Началось все с конфет. Девчонка торговала польской «Коровкой», а у Гриши они — слабость. Девчонка оказалась болтливая, разрешила за так попробовать и маковые, и ореховые.

— Вообще-то нельзя, — смеялась она. — Да ладно! Абдулла меня любит.

— Кто ж такую не полюбит! — сказал Гриша, но сказал так, для тонуса общения, потому что барышня была не в его вкусе. Крепковата на вид, а Гриша ценил в дамах ломкость и одновременно как бы и мягкость. Но могли ли быть ломкими женщины, если они родились в городе Пятихатки? Девчонка даже паспорт показала — истинно Пятихатки, на фамилию внимания Гриша не обратил — зачем? А вот имя глазом выхватил — Ольга. То да се. Живет девушка у тетки, но хочет снять жилье («Видишь объявление?»), потому что тетка — зануда: никому не прийти, никому не уйти. «Я ей кто — крепостная?»

Гриша — мастер цеплять слово за слово. Почти подружились.

Через несколько дней подошел еще.

Возле Ольги стоял мужик из этих, приплюснутых жизнью, когда уже не стригутся и не бреются. Ольга шепнула: «Земляк. Не может найти работу, а детей аж четверо. Соображаешь степень?» И она незаметно покрутила пальцем у виска. У Гриши детей

119

не было, но он знал в жизни одну историю, как его маму с тремя детьми увел от мужа большой человек, воспитал их, а от родного папы как раз толку не было. Тут не сразу сообразишь, где Пятихатки, а где Гришина мама, но поди ж ты... В каком-то тонком Гришином составе жило представление о Женщине-Подарке (пишется с большой буквы), которая не зависит от такой случайности, как муж-неудачник. Подарок как эстафета переходит к удачливым, ведя за собой детей, родственников и остальные бебехи. Сам Гриша потому и не женился, что, с одной стороны, он ждал такую же, а с другой же — никакой логики! — совершенно не хотел нести последующие неудобства в виде чужих детей.

Гриша узнал, что звали земляка Ольги Пава! Именно так его называла «коровница», уточняя: «Ну Павел он, Павел! Но Пава! Я знаю почему? Так все зовут!» — судя по всему, жена Павы Подарком, видимо, не была, если он торчал в Москве, зарастая густым волосом. «Продай свой скальп с кудрями!» — смехом предложил Гриша. Но Пава не понял юмора, потому как не знал слова «скальп». А когда Гриша объяснил, ответил, что продал бы. Грише в тот момент стало даже как-то неловко, и он стал рассказывать, какие у него в детстве были волосы, не поверишь! Меховая шапка! И где это все, где?

3 ноября

Могло ли ему тогда прийти в голову, что именно из-за волос его будет искать Нора? Ведь Нора ему ничего не сказала. И про разбитого Паву тоже. Хотя к теме волос возвращалась. «У тебя был такой крутой завиток!» — «И не говорите! — смеялся Гриша. — А ведь я еще, считайте, мальчик. Ха-ха. Однажды увидел себя на старой фотографии...»

Как говорила на все случаи жизни Норина гримерша: «Переспать — еще не повод познакомиться». С какой стати грузить на Гришу превратности собственной судьбы? Поэтому Нора ничего ему не рассказала ни про бомжа, ни про Вадима Петровича.

Гриша молчал тоже. Когда вышел на балкон и увидел прижатый тумбочкой рубероид, подумал: надо бы ей заделать дырку, и даже осторожно — вообще! — сказал об этом, но Нора просто закричала как полоумная: «Ни в коем случае! Я уже договорилась!»

Крик ее был неадекватен необязательности его предложения. С чего бы?

Теперь он провисал в раскладушке, радуясь тому, что история кончилась, и он в ней — как выяснилось — ни сном ни духом.

...Ольга тогда сбежала. Так сказала ему вчера ее соседка по лотку. Сбежал и Абдулла. Ольга ничего соседке не сказала, а Абдулла сказал, что, когда близко подходит милиция, надо уходить. И еще он сказал, что «боится белых русских глаз». Конечно, милиция должна была появиться, и у Норы в первую очередь, но она ничего про это. «А я тебя тоже не спрошу! Не спрошу!» — внутри себя весело кричал Гриша.

Хотя занимал вопрос: почему она ему звонила? Не раньше, не позже, а именно в момент этой истории? Но ответ был вполне складный.

— Знаешь, — сказала Нора. — Я ведь одна как перст. Тебя вспомнила маленького. Как тебе закапывали глаза. Какие крутые у тебя были волосы. Папу твоего... Как все у нас было хорошо, а потом плохо...

— А балкон у вас почему сломан?

Это было даже элегантно с печали о себе перевести на грубую материю перил.

— Он был хлипкий сразу. А зимой такие были сосульки. Расшатали.

«Она думает так? Она не знает? Может, она даже не слышала про то, что случилось? Артистка! Что с нее взять? А перила на самом деле были на соплях. Пава только зацепился за них кочергой — и абзац. Почему-то сорвалась и веревка, и очень красиво летело полотенце».

17 октября

Тогда ведь как было. Ольга их пригласила к себе, потому что тетка утром ушла в собес, а оттуда должна была уехать на сорок дней чьей-то кумы.

— Приходите, — сказала Ольга. — Я возьму отгул.

Пришли поврозь. Так, чтоб никто не видел и не донес тетке. Ольга варила картошку, селедка лежала под щедрой охапкой фиолетового лука. «Коровка» дыбилась на блюдечке. Пава пришел пустой. Гриша взял «Монастырскую избу», на что Ольга печально сказала:

— В какие-то веки отгул...

Как-то так сразу стало ясно, что был мужской расчет на Ольгину бутылку. Но та как отрезала:

— Я ставить не буду. Что принесли, то и ваше.

Поэтому было скучновато: ноль семь на три делится сразу и без остатка.

— А бутылок нет, чтоб сдать? — спросил Пава.

Ольга аж зашлась от хохота. Сказала, что уже давно не пещерное время, а бутылок, как грязи, на балконе только у таких идиоток, как ее тетка. Лежат с тех еще пор, когда та жила с сыном, а он «гудел» прилично, а потом так удачно женился, что теперь ни капли в рот, все время за рулем, но матери ни копейки, рожай детей после этого. С нерожания и перекинулся разговор на артистку, что живет сверху. Уже немолодая, а живота ноль, потому как никакая будущая свинья — сын или дочь — не растягивала ей стенки пуза, молодец женщина, предусмотрела последствия.

— Небось богатая, раз одна, — сказал Пава.

123

— Естественно, — ответила Ольга, — всю жизнь живет для себя — накопится.

Потом она показала журнал, где портрет артистки, и Гриша прочел: «Нора Лаубе».

— Да я ж ее знаю! — закричал. — Идемте к ней в гости! Она была женой моего отца.

Такой возник азарт. Что уже забыв опаску — правда, к счастью, никто им не встретился, — взбежали на этаж и позвонили в дверь. Норы дома не было.

Бывает, опьяняет сама ситуация. Во всяком случае, пробежка туда-сюда. Занимательность Гришиной истории — и такое пошло гулять у всех возбуждение, что естествен был итог: надо купить бутылку и еще закуску, потому как осталось две картошины и несколько вялых фиолетовых колец.

С Павы взять было нечего. Решили по-честному: Гриша идет за бутылкой, а Ольга — за колбасой. Паву в квартире заперли. «К телефону не подходи», «Дверь не открывай».

— А это что? — спросил Пава.

— Кочерга, — ответила Ольга.

— Это я вижу. Зачем, если нет печки?

— Тетка открывает дверь с нею, — засмеялась Ольга. — Специально привезла из деревни.

— Пава! — сказала Ольга уходя. — Руками ничего не лапай. Ладно? У меня тетка очень приметливая.

Они разбежались в разные стороны: Ольга в гас-

124

троном, где дешевле, а Гриша по ее указке в «кристалловский» магазинчик. «Принес «Избу», можно подумать, дети», — сказала насмешливо.

С деньгами у Гриши было туговато, но он так возбудился новостью, что Нора рядом и он к ней непременно нагрянет, что по такому случаю решил не жмотиться. Пусть будет самая лучшая водка с лучшим винтом.

Когда он возвращался, у подъезда уже толпились люди. Он увидел Паву, полотенце, чуть в стороне валялась кочерга. Люди были так увлечены упавшим лежащим, что он на глазах у всех отпнул кочергу ногой, а потом, когда уходил совсем, отпнул ее еще раз. Он видел, как возвращается Ольга, но уже знал, что встречаться с ней не будет, что он уйдет отсюда навсегда и ни одна собака его здесь больше не увидит. Гриша завернул за угол и исчез из жизни этого дома, подъезда, Ольги и этой дурной, напрягшейся вожделением смерти толпы. В какой-то момент ожидания автобуса он испытал просто лютую ненависть к Паве. А если бы тому удалось попасть в квартиру к Норе и его застукали?.. Гришу всего просто выкрутило — так ясно он представил, как его потом вяжет милиция, а затем обвал всей жизни, не сказать какой удачливой, но без всяких там яких. Жизнь у него в полном согласии с требованием нормы, пусть заниженной, приплюснутой временем, как у всех не преуспевших, но и не рухнувших окончательно, как Пава. А как у всех нормальных.

По дороге побега в Обнинск он представлял, как дурным голосом кричит у подъезда Ольга, как будет она его ждать, как навалится на нее милиция (и на него, захочет, тоже). «Не найдете, дорогие товарищи, не найдете», — молился Гриша.

А все было совсем не так. Увидев Паву, а потом пролом в балконе артистки, Ольга почти спокойно поднялась в квартиру, выкинула к чертовой матери пустую бутылку «Избы», на все повороты закрыла балкон, сокрушаясь над тем, как шагал бедолага по бутылочному развалу. В школе Пава был хороший гимнаст, черта выделывал на снарядах. «Таких не берут в космонавты, — говорил их физкультурник, — такие идут в циркачи!» Так это ж когда было? Теперь у него четверо детей. Уже не детей. Сирот. Ольга поклялась, что никогда не скажет жене Павы, как он погиб. Она понятия о нем не имеет. Ни разу в глаза не видела. Ни разу. А сейчас она выйдет на работу.

Но следующий день принес неприятности. К тетке приходил милиционер.

Она после этого сказала Абдулле, что уходит, так как без прописки и почему-то менты начали интересоваться.

— У нас человек в подъезде убился, так они теперь шныряют.

Абдулла хорошо ей заплатил. Она так и не узнала, что после нее так же быстро уходил в никуда и Абдулла.

А всего ничего — Виктор Иванович Кравченко лег живым животом на грязные бутылки.

6 ноября

Нора проснулась от ощущения, что троллейбус дернулся и остановился. Таких ощущений в ее жизни миллион, по нескольку случаев на дню. И с чего бы просыпаться с мыслью, что у нее не сходятся концы с концами? Да потому, что она однажды уже видела из окна троллейбуса Гришу с бутылкой. Тогда она обратила внимание на выражение лица мужчины. Он стоял на остановке, ожидая троллейбус, в котором она ехала. Она подумала, что обидчивость мужчин недоизучена психологией. Умная женщина, даже не так, просто женщина в миру проблем и отношений сто раз спрячет в карман и боль, и обиду, а мужчина набрякнет носом, заскрипит зубом, да мало ли? Их очень долго можно нумеровать, такого рода признаки. Этот, ждущий троллейбус, был, видимо, оскорблен сразу всем. И Нора подумала: «Ну что за порода...»

Она тогда вышла в заднюю дверь, а обиженный вошел в среднюю, какое-то время она заметила донышко бутылки, которую он держал в руке. Она злилась на свою прилипчивую зрительную память, что без разбора копит все увиденные лица.

Сейчас она знала точно: тот человек с остановки лежал у нее ночью на раскладушке в кухне. Ее память признала его. Она, память, знала, что такой обиды лицо у сына от отца, вечно оскорбленного живущим без интереса к нему человечеством. Память же тогда угодливо подсунула ей и завиток на голове у мальчика, и она такое себе нагородила, увидев затылок разбившегося бомжа. Все так...

Но почему все-таки не сходятся у нее концы с концами, если так все складненько объясняет ум?

— Да потому что, значит, он был тут в тот день и тот час, когда погиб несчастный! — сказала Нора вслух, а Гриша во сне скрипнул раскладушкой, потому как был чуток.

Норе бы встать и сварить кофе, но как это сделаешь, если кухня занята? Она лежала, громко распластав руки и ноги, она беззвучным криком кричала тому Невидимому, который, оказывается, все давно знал. «Почему ты не надоумил?» — было в тишине крика.

Вчера Гриша ей сказал, что встанет рано и уйдет тихо — у него нужная встреча. Это было вранье. Никакой встречи — надо было застать приятеля дома, до работы, потому как оставаться у Норы Гриша не хотел. А тут еще мудрое утро первым словом снова спросило его как бы между прочим: «А почему все-таки мадам не рассказала, кто ей порушил перила?» Гриша не подозревал Нору в каком-то злом умысле — боже, сбавь! Но то, что такой самоочевидный, можно сказать, просто публичный факт не называется, то надо согласиться: в этом есть нечто остораживающее. Эдакое: я знаю, что ты знаешь, что я знаю, что ты знаешь — до бесконечности сокрытия...

Гриша оделся тихо, умылся бесшумно, когда шел к двери, увидел сидящую на диване Нору в облачении из шахматной простыни. Вид, прямо скажем, жутковатый. Фигурки казались черными фальшивыми собачьими костями. А Норино лицо, желтоватое, стекшее к подбородку, было невероятно ярким на фоне черных по белому костей. Эдакая яркость гепатита супротив яркости замерзшего в степи.

— Ты бывал раньше в этом доме? — спросила Нора. — Если точно, семнадцатого октября?

— Я? — сказал Гриша. — Семнадцатого? Но ты же мне звонила в тот день, я был в Обнинске!

Нора засмеялась. «Так попадаются малолетки, — подумала она. — Он не может знать, в какой день я звонила... Тем более что это было не раз».

— Гриша, расскажи, как это было!

Странное у нее лицо. Она все знает, тогда зачем ей его рассказ?

— Нора, о чем ты? — смеется Гриша. — О чем?

Я уже бегу! Клянусь Богом, я тут никогда не был, ничего не видел, ничего не знаю! — А сам уже крутит в замке ключ. Этого ему еще не хватало, тем более если Ольга сбежала и никто не подтвердит его слов о том, что он пошел тогда за бутылкой. Нора, получается, его видела. Но что она видела? Что?

— Ты стоял на нашей остановке, в руках у тебя была бутылка, у тебя было испуганное и злое лицо... Я шла и думала: чье это лицо? Чье? Ты очень похож на своего отца. У него было такое же выражение, когда его не утвердил ВАК.

Что она сравнивает, идиотка?

Дверь наконец поддалась, и Гриша подумал, что именно этой идиотке он мог рассказать все, что было на самом деле. Если б она не соврала первая. Но она соврала. Все вокруг растет из одного корня — лжи. Все врут налево и направо. И он такой же. Денег на этом не наживает, но и врагов тоже. С кочки на кочку, с кочки на кочку... Я иду по ковру, ты идешь, пока врешь. Я — ты, он — она, вместе целая страна...

— Нора! Я бегу! Закрой за мной.

Она идет к двери. Гепатит и фальшивые косточки.

— Гриша! Расскажи мне! Расскажи. Ты же знаешь.

— Целую вас, Нора! Ты такая фантазерка!

«Он знает, что случилось, — думает Нора, запирая замок. — Иначе зачем скрывать?»

«Черт знает что она теперь навоображает, — думает Гриша. — Еще решит, что я его скинул. Надо смываться отсюда навсегда. В милицию она не пойдет... Из-за отца... Какой-никакой — я ей слегка пасынок. Зачем я пришел к ней, дурак? Зачем?»

Виктор Иванович Кравченко, стоящий у подъезда, не оставил у Гриши сомнений в истинности именно этого умозаключения.

5 ноября

Витек знал, что мужчина остался ночевать у артистки. Когда он вернулся в общежитие после того, как у нее погасли окна, у него свело в желудке. Посидев без толку на толчке, он понял: болит не там. Пальцем он подавил себе живот сверху вниз и с запада на восток. Боли как бы не было, но одновременно она и была. Тогда он решил, что просто голоден и надо поесть. В холодильнике стояло молоко и лежал кружок чайной колбасы. Он откусывал от круга и делал глотки прямо из пакета. Через пять минут пришли отвращение и тошнота.

«Надо следить за пищеварением, — говорил капитан-психолог, — камни кала могут способствовать неправильности исходящих мыслей».

Витек лег на живот, дыша открытым ртом в подушку. Отвращение сосредоточилось в бегущей слюне, но почему-то стало легче мозгам. Он сумел заснуть как был, одетым, лицом вниз, а когда проснулся, то уже знал, что будет делать. Он ее спросит по всем правилам, и пусть она ему ответит по ним же. Пришел со смены Поливода и стал разуваться. Слабым внутренностям Витька вид мокрых ступней товарища был уже не под силу.

У подъезда артистки он столкнулся с выбегающим мужчиной. Тем самым, которого он приметил вчера.

— Предъявите документы, — не своим голосом сказал Витек, потому что не ожидал встречи — раз, а два — он еще ни разу не требовал предъявить вот так, что называется, на ровном месте.

У Гриши тряслись руки. Это было очень заметно и приятно сердцу милиционера. Хотя паспорт был как паспорт. Прописан в Челябинске.

— Вы тут по какому делу? — спросил Витек.

— Был у знакомой. Проверьте. — Далее случился казус. Гриша по нервности назвал номер квартиры Ольги. Витек переписал данные и отпустил Гришу. Только у квартиры Норы он увидел, что ему назвали другую квартиру. Этажом ниже. Витек сбежал вниз и изо всей силы позвонил в дверь Анны Сергеевны.

Анна Сергеевна проснулась оттого, что сверху громко хлопали дверью. Вечером у артистки долго не спали. Грохотали в кухне. Двигали мебель. Она собиралась, одевшись, подняться и сказать той об этом.

С того дня, как Анна Сергеевна «пасла работяг» в квартире Норы, она успела взрастить в душе приличного веса ненависть. Конечно, формально все началось как бы с шахматного белья, но Анна Сергеевна была воспитана в понятиях и отдавала себе отчет: само по себе любое постельное белье не может быть причиной такого сильного чувства. Но если бы только белье! У нее в ноздрях до сих пор запах Нориной кухни, не едный, горелый, кофейный — что было бы понятно, — иной. Она ей сегодня скажет про ночные стуки-грюки, скажет прямо, глядя в лицо.

Вот тут и позвонили в дверь.

Сколько времени прошло, как пропала ее кочерга, место которой было у дверного проема! Она ее специально привезла из деревни, взяла в брошенной избе, из которой люди уволокли все что можно, но кочерга — предмет в хозяйстве единичный: если у тебя уже есть одна, зачем тебе вторая? Вот Анна Сергеевна и привезла никому не нужную вторую в столицу и приставила к стеночке у самой двери. Идешь открывать, а кочерга так складненько ложится в ладонь. Наверняка ее куда-то затырила Ольга, но зараза уехала и ни слова, где ее теперь черти носят, в какие края подалась?

— Кто там? — громко закричала Анна Сергеевна, силой голоса возмещая отсутствие кочерги.

— Это участковый, — тихо ответил Витек.

Он был весьма обескуражен неправильностью номера квартиры. Его охватил злой гнев, но капитан-психолог учил: «Тем больше тише говори, чем больше громче у тебя накопилось».

— Чего тебя с утра пораньше принесло? — спросила Анна Сергеевна. — Кочерга куда-то задевалась, а то б я тебе устроила сейчас ужас.

Слово ударилось об Витька и рассыпалось на буквы. Он собирал их вместе, но получалось как в детской игре — «агречок».

И тогда нарисовалась картинка: чья-то нога в линялой джинсе отбрасывает кочергу. Он шел и думал: «Абсолютно бессмысленный предмет для жизни в большом городе».

Его тогда подвезли по дороге. На происшествие. Он вылез из машины, шел... А тут нога. Штанина. Движение носком ботинка. Бряцанье. Тот самый день.

Витек бежал вниз, забыв о лифте. Анна Сергеевна кричала ему вслед, забыв, что рано утром на площадке не кричат.

Нора стояла в обмотанной простыне — сердитый крик Анны Сергеевны вслед милиционеру совпал с ее внутренним криком обо всем сразу: о Гри-

ше, который врал, о Вадиме, который оставил тома-
гочу, о бомже, который, видимо, не бомж, потому
что Гриша наверняка его знал, но Гриша бежал от
ее вопросов, едва не сломал дверной замок. «О боже! Боже! Прости меня!» — кричит Нора голосом
Анны Сергеевны.

Удивительное — рядом. Отпнутая Гришей кочерга так и лежала в канаве двора. Железяка, она и
есть железяка. Витек взял ее грязную своей чистой
рукой и пошел в подъезд.

«Мыслительный процесс может начаться с любой никакой мелочи, — говорил капитан-психолог. —
Нельзя исключать даже следа мухи».

На девятом этаже он снял с лифтовой шахты ле-
стницу-стремянку. Вместе с нею и кочергой он вернулся к Анне Сергеевне. Та так и стояла у двери,
другие квартиры тоже были открыты. В проемах за-
мерли вызванные Анной Сергеевной, на всякий случай, свидетели.

Этого Витек не ожидал, он не собирался ставить
эксперимент на глазах у посторонних. Он ведь ре-
шал личную, глубоко задевшую его внутреннюю за-
дачу. Поэтому, войдя к Анне Сергеевне, он, во-первых, выяснил, ее ли кочерга у него в руке, а во-вторых, предложил ей закрыть дверь, потому как «тут
вам не театр». Причем эта его фраза к мыслям его о
Норе отношения не имела никакого, это была бы-

товая, обиходная фраза типа: «Не ваше дело» или «Кто тут последний?»

Анна Сергеевна радостно узнала в лицо кочергу, но назад ее не получила, так как вместе с Витьком и стремянкой кочерга отправилась на балкон.

— Он тогда от вас шел, — сказал Витек. — Я видел след. И я вас еще потом спрошу, кто он...

— Кто он? Кто? — Анна Сергеевна испугалась не слов — тона голоса. Было в нем что-то пугающее, некая настырность: бедная женщина вдруг поняла, что не знает, с какой стороны ей оборониться и какую часть себя прикрыть.

Витек же как раз все знал очень хорошо. Он верил, что у него получится. Он взойдет к актрисе через балкон и, значит, докажет возможность такого пути. И тут неважно — зачем? Важно: к ней шел убиенный.

Потом он разберется с хозяйкой кочерги — тут налицо уже все улики! Стоя на стремянке и кочергой отодвигая рубероид с тумбочкой, Витек сказал прямо в открытый рот Анны Сергеевны:

— Кочерга служила зацепом в квартиру артистки. Но ограда была на соплях.

Анна Сергеевна завыла жалобно и тонко, потому что правда милиционера всегда была и есть выше правды простой женщины-пенсионерки, которой вовек не доказать, что в ее дому сроду не было посторонних мужчин, охочих до актрис.

Но кочерга, кочерга... Плач о непонятном выходил из Анны Сергеевны жалобным вытьем. А чем же еще он мог выходить?

Нора несла на балкон мокрое полотенце. Иссекла себя горячими и холодными струями, а толку чуть. Шла в распахнутом халате. «Сейчас схвачу воспаление легких, — думала. И тут же: — А пусть! Пусть воспаление! Отчего-то ведь умирать». Он вырос как лист перед травой — гордый, грязный и с кочергой.

Она не испугалась. Она заплакала. Мог ли Витек взять себе в голову, что был третьим человеком на земле, способным прослезить Нору на ровном месте и сразу. Первым был Феллини. Вторым — Альбинони. Третьим оказался Виктор Иванович Кравченко с кочергой и при исполнении. Дальше история смутная. Ибо все не ясно. Могла бы Нора кинуться на грудь Феллини, взойди он к ней через окно? Но на грудь Витьку женщина кинулась. И было тут все сразу: и понимание отваги милиционера, проделавшего путь, который для другого оказался последним; и плач по Вадиму и бессмысленности его смерти; и тревога-обида о выросшем мальчике с рысьими ушами... Да мало ли...

Этот же был живой, теплый и грязный. Но главное — живой!

И он, живой, проделал весь путь, чтоб объяснить, насколько она не виновата в том, что мертвый человек обнимал ее полотенце.

Она так любила сейчас этого молоденького отважного дуралея, который пришел снизу. И теперь можно никому не говорить о Грише. Пусть его! И можно объясниться с соседкой, этой запалившейся на нее неизвестно за что женщиной. Она поговорит с ней потом. Обязательно.

— Голубчик вы мой!

Стоя в полураспахнутом халате, Нора прижимала к себе грязную форму Витька.

Витек же опустил глаза и увидел эти экранные белые ноги, которые отделяла от него грубошерстная ткань штанов. Он перестал себя понимать. Каким-то бесшумным, почти вкрадчивым движением он освободился от кочерги. Облегченная рука взяла на себя руководство ситуацией. Он не подозревал о ее храбрости: «Дурачок, ты ничего не умеешь», — смеялась Нора. Для действующего в неизвестной обстановке Витька это не имело значения. Пусть говорит что хочет. Правда, другой Витек, тот, что остался как бы в пределах кочерги, был сцеплен зубами и запоминал все слова женщины. Уже зная, для чего они ему пригодятся.

— Какой ты запущенный, — смеялась Нора. — Давай я тебе вымою голову! — Еще она предлагала остричь ему ногти, почистить лицо — «У тебя угри, мальчик!», — сделать другую стрижку. Пусть говорит...

Расслабленный и опустошенный, он, казалось,

уснул. Но что-то сильное, мощное толчками снова рождалось в нем...

Женщина поняла это неправильно и легко засмеялась своей проницательности. Откуда ей было знать, что толчковая сила гнала его не к ней, а от нее. Витек видел дверь, в которую он должен выйти. Там, за дверью, он поймет себя лучше, да просто станет самим собой, чтоб никакая б... Сказал ли он это вслух или просто громко подумал?

— Да остановись ты! — смеялась Нора. — Я не ем молоденьких.

Народ подъезда был на месте. Народ ждал. Солировала Анна Сергеевна. Она уже несколько раз повторила историю про то, как не спала ночью, про шум и бряк «у этой». Она объясняла, что милиция «не там ищет». С нею не спорили.

— Два случая с одного балкона, — кричала Анна Сергеевна и показывала людям два пальца, как бы не веря в силу слова произнесенного. — Два! — повторяла она. — Два! — И осеняла толпу своим двуперстием.

— Разойдись! — сказал Виктор Иванович Кравченко, увидев все сразу. Он произнес это с лету, как первое попавшееся, и попал в точку.

Они отпрянули — шаг в сторону сделал каждый. Только Анна Сергеевна не тронулась с места. У нее занемела правая нога и стала совсем неживая. «Как

протез», — подумала она. И еще пальцы. Два вытяну-
тых вверх для убедительности пальца не сжима-
лись. Она испугалась не этого, а того, что люди за-
метят! И она улыбнулась им всем половиной лица,
не понимая кошмара своей улыбки.

Нора поставила на место рубероид и прижала
его тумбочкой. Она видела людей внизу и уходящего милиционера. «Не побоялся», — думала она о нем
с нежностью. И еще она думала, что, освободившись
от несуществующей вины, она сможет наконец оп-
лакать Вадима. Раньше не могла. У нее не получалось. Она поставила забытую кочергу у двери, чтоб,
когда придет Виктор, не забыть отдать.

На слове «придет» Нора затормозила. Разве он
нужен ей, этот мальчик? Нет, ответила она, это я
ему нужна. Он такой запущенный. Он придет.

И тут она вспомнила еще одного мальчика, которого однажды всего миг видела по телевизору. Давным-давно, когда были приняты пафосные концер-
ты детей в честь съездов партии. Стоял в приглу-
шенном свете детский хор на сцене и ждал взмаха
дирижерской палочки. И вдруг из первого его ряда
вышел маленький мальчик и слепо, пошатываясь,
пошел в темноту зала. В последнюю секунду, уже перед ямой оркестра, его перехватила выскочившая
из-за кулис женщина и унесла на руках. Не дрогнул
хор. Не вскричал зал. Не сбилось время концерта.

Нора часто вспоминала этого ребенка. Что с ним было потом? И что произошло с его сознанием, когда он вышел из строя? Что потянуло его в черноту неизвестности? Маленький запутавшийся хорист... Может, ему захотелось пописать? Или он забыл, где он и кто? Возможно, теперь у него рысьи уши. Возможно, он стал милиционером. Возможно, он не вырос вообще.

Нора смеется. Какая мальчиковая дурь сидит у нее в голове. «Нет! — говорит она себе. — Этот здесь ни при чем!» Что?

Как говорит ее абсурдистская героиня? «Пьеса банальна, а могла бы быть привлекательней, по крайней мере, познавательней, правда ведь... но...»

«Но» и «как бы» — ключевые слова нынешней речи.

Нора корчит гримасу. «Дура...»

5 ноября

Та сила, что толчками выталкивала из Витька расслабленность тела, завершила дело победой. По улице шел уже хорошо сконцентрированный милиционер. Все фишки стояли в нем по местам. Во-первых, он раскрыл тайну, как разбился бомж. Оказалось — элементарно! Тетку с кочергой он прижмет теперь в два счета. Она определенно навела убитого на артистку. Больше некому. Во-вторых, эта самая Лаубе...

Если думать именно так — Лаубе, то можно победить в себе эту оскорбительную слабость. «Идя на задание, на выполнение долга, нижний член оставляй дома, чтоб не болтался между ногами». Капитан-психолог любил эту тему — низа и верха — как в милиционере, так и в простом человеке. «Преступления во имя низа и во имя денег — первые в нашем деле, — говаривал он. — Но низ в деле преступности хуже. Он есть у каждого в отличие от денег».

Витьку почему-то сейчас, когда он шел домой, все это казалось каким-то глуповатым, что ли... Он вспомнил капитана, его клочковатые, взлетевшие высоко вверх не по правилам брови, и это пространство между бровями и глазами... Непонятное пространство, не обозначенное никаким словом. Не придумали люди слова? Или не сочли необходимым называть диковину в строительстве лица капитана? Но кто он такой, чтобы ломать мозги для называния места на лбу начальника? Ладно, пусть... Пусть капитан не силен в словах. И пусть даже глуповат, но суть он знает. Ведь получается, он заранее предупредил, что наступит момент, и Витек ослабеет перед женщиной Лаубе. Это ж надо иметь «такое фамилие!». Второй раз за последний час он споткнулся на странности фамилии артистки и испытал приближение открытия.

Первая его женщина — продавщица сельмага Шура — в глаза не смотрела и отдавалась в подсобке с легким отвращением к самому процессу. Не жалко, мол, на! Когда на третий раз Витек заметил, что тело Шуры отвечает ему, он больше не пришел. Это совпало с уходом в армию, то да се. И Шура, скорее всего, не заметила, что Витек больше не пришел не потому, что его забрили, а по более тонкой причине. Потому что всхлипывать телом и широко открывать глаза женщине ни в коем случае не следовало.

С тех пор так и пошло. Возникали тихие, безответные тетки или равнодушные девчонки, выдувающие жвачные пузыри. Девушка из Белоруссии была не такая, с ней у Витька ничего и не случилось. Этим и еще вразнотык растущими ресницами она и запомнилась.

Витек не верил в Бога. Хотя временами Бог беспокойно задевал Витька. Его в жизни стало больше — целования, рясы, заунывное пение. Витек хотел понять, зачем это людям, если ни одного доказательства?! Ведь никакого безобразия Бог не остановил, ни от чего страшного не уберег? Поэтому Витек, голова которого не вмещала существование Бога, всегда радовался приметам его отсутствия. Ага, ураган! Ага, дите в колодец провалилось! Ага, и СПИДа дождались! Так где ж Ты есть, когда Тебя нет?!

Получалось, что Дарвин ближе. И человек — животное и от обезьяны — вне сомнений, глазом видно. Но если уж надо продлевать человечество — пусть! Пусть это будет. Он согласен. Но без обезьяньего шума. Тихо. Женщина под мужчиной должна быть как бы мертвой.

Эта Лаубе практически стояла перед ним голая. Она сама, первая, прижалась к нему длинными ногами. Она лапала его. Она смеялась и подсказывала ему, что и как... Она в этом участвовала без стыда!

Стоя под душем, Витек плакал, потому что не мог отделаться от наваждения воспоминаний. Он боялся, что пойдет к ней вечером. Он вспомнил, как стоял у ее дома тот покойный старик с букетом «в юбочке». Витек понял, как близок к такому же позору ожидания. «Лучше смерть», — подумал он и испытал странное облегчение от возможности выхода из всего этого при помощи смерти.

Он даже запел что-то вроде: «Никогда, никогда я тебя не забуду». Он слышал эту сладкую песню в кино, кино в армии, ему понравилось.

Сейчас он пел без слов, мыча и высвистывая запомнившийся мотив.

Пусть она еще раз сделает с ним что хочет. Эта Лаубе, нерусский человек. Он позволит ей все ее умения.

Витек всхлипывает. Его организму жалко Лаубе. Ему хочется ее трогать и нюхать. Но он не хочет быть животным! У него есть понятия. И он ставит их впереди себя.

По телу бежит вода, и тело ему не подчиняется. Оно живет своей жизнью, жизнью восторга.

Витек кричит в отчаянии счастья.

7 ноября

Вечером он купил в киоске запаянный в целлофан цветок. Витек не стал спрашивать, как его звать, негоже это. У цветка была жирная головка, а по ней как бы разбегались сосудики с кровью. Гнусным был желтый язык тычинки, что подрагивала изнутри нагло, неприлично. «В мозги лезет одна похабель, — подумал Витек. — В конце концов, око за глаз — это справедливо», — скажет он капитану-психологу, когда придет его время говорить.

Пока же он идет, положив целлофановый цветок под куртку. Он потому и куплен, хоть и дорогой, что незаметно прячется на груди.

И еще потому... «Слышишь, капитан? Как я все предусмотрел. Цветок на груди — мое алиби».

Когда он позволит Лаубе еще раз — всего один раз! — тронуть себя, он столкнет ее с балкона, но так, что никто на свете «не догадает его». Ибо милиционеры не покупают цветы неизвестных названий. «Некоторым живым, — скажет Витек капитану-психологу, — полезно быть мертвыми».

И пусть капитан с ополоумевшими бровями найдет что ему на это ответить!

— Ну, — возможно, скажет он (он же не стерпит смолчать), — ты прямо мыслишь как существуешь...

Смерть под звуки танго

Взрыв — ...внезапное разруши-
тельное расширение изнутри.

В. Даль

Бомба с лицом пионера

Он засмеялся громко и весело. Шарик не понял, поднял голову и гавкнул как бы в пандан смеху. И тогда он подумал, что не помнит, когда смеялся в последний раз вот так громко и от всей души. Когда? Смех оказался сильнее вопросов, и он засмеялся снова, уже удивляясь другому — свойству рта растягиваться и свойству горла дрожать и исходить странным звуком.

Дурак ты, смех. Откуда тебе знать, что он уже три месяца мудохался с тротилом и детонатором, а тут оказался на Горбушке и купил без проблем и почти за так бомбочку с часовым механизмом. Ему даже не мечталось такое чудо. Вон она лежит, красавица. Как тут не рассмеешься над простотой решения. До соплей складывал то да се, а парнишка, такой весь из себя пионер-отличник, возьми и спро-

си: «А бомба тебе, дед, не нужна?» И не то чтоб
тихо, в ухо, а почти в голос, одновременно щебеча
что-то свое, детское. Кассета, видите ли, нужна ему
до зарезу... Он даже растерялся, он — не пионер. За-
шли за будочку... Вон лежит, лапочка, и не надо
больше жечь пальцы дураку-самодельщику. Он вспомнил себя в возрасте пионера. Этот в хорошем кашне и с чистыми руками, а он тогда — весь в грязи и
саже, и с ребенком, прижавшимся к нему, как к за-
щитнику и надежде. Господи! Я ничего не забыл.
Я все помню. Я помню огонь, и кровь, и крики.
И ты, Боже, мне в этом не указ.

Когда есть главное, остальное пристраивается
само собой. Это он знает по жизни. За умной мыслью подтягиваются глуповатенькие, за сильного
хватаются слабые. Если на столе лежит бомба, поздно, как теперь говорят, пить боржоми. Он спрятал
ее под кровать. Ждать, чтоб случился день бомбы.
Иначе зачем был пионер? Не просто же так тот возник на Горбушке, возник и объяснил ему, что и как.

Он уснул крепко и снова видел во сне маму. Как
обычно, она шла ему навстречу по аллее, распахнув
руки, и он знал, что сейчас попадет в них, но почему-то пробегал сквозь нее с протянутыми, но уже го-
рящими руками. Как всегда, он проснулся в слезах и
с мыслью, что много лет нескончаемые слезы после
сна — единственное его счастье увидеть маму.

Он сумел заснуть снова, но видел уже собственный смех, мокрый такой, с хриплостью. Шарик на него уже не лаял. Он признал смех кормящего его человека.

Ей же как раз снились слезы. Из сонника, который она обнаружила в столе редакции, со штампом еще библиотеки горкома КПСС, она знала: слезы — к радости. А вот смех, наоборот, к печали. То ли сонник писался в недрах горкома с некой глубокой партийной воспитательной целью, то ли это элементарная правда бытия, в котором хорошее всегда из плохого, а плохое непременно из радости, ибо другого материала творения жизни, кроме того, что под рукой, все равно нет.

Но встала она в надежде на радость. Это важно. Муж уже заварил чай, и она чувствовала — он злится, что она копается где-то там.

— Ты не помнишь, откуда это? — спросила она. — «Во сне он горько плакал...»

— От верблюда, — буркнул муж. Он ведь хотел «спасибо» за чай, за то, что ждал ее, копушу, за то, что сыр порезал тоненько, а она черт знает о чем... Кто плакал? В каком сне?

Уже было ясно: горкомовский сонник с ходу в руку не попадал. А впереди день, и он ей не сулит ничего хорошего. Она-то знает. Муж не в курсе. Он вообще живет мимо нее, но это тот случай, когда линию разъезда давно миновали, но колея у них единственная, свернуть с нее можно только вместе — в кювет там или уж в пропасть.

Не надо об этом думать с утра, мысль о колее хороша к вечеру, ко сну, потискаешь ее, потискаешь и ложишься «в одну колею», все, мол, правильно. Все хорошо. Таня и Ваня — бхай-бхай.

Татьяна шла на работу быстро не потому, что опаздывала, а потому, что быстрой была мысль. Она ее и несла, мысль, что она все скажет своему редактору, бывшему однокурснику, бывшему троечнику, бывшему жалкому типу, которым они, стильные девчонки середины восьмидесятых — джинса и марлевка, но уже и фальшивый бархат, и крупно вязанные шали из Прибалтики, и французский парфюм по вполне доступной студенткам цене, — «гребовали», а надо было ластиться, ласититься. Но кто ж тогда знал?

Тань! Я не помню. Эта «Азу» у Вознесенского про что?

— Это «Оза», идиот, «Оза»... Имя женщины, любимой, между прочим.

— А я что, обязан помнить? Когда было...

Ну, это так. Пример. Можно и другие. Как он остолбенел от книги Моуди «Жизнь после жизни», бегал за каждым и спрашивал ополоумевшим ртом: «Как ты думаешь, это правда? Не! Не может быть. Недоказуемо». Его не обрадовала возможность жизни бесконечной, а напугала до смерти. Мол, как же потом, как? Кто будет объяснять правила? Они все тогда сомневались, крутой материализм далеко от себя не отпускал, но в нем, испуганном, было то самое невысказанное — а вдруг? Тогда как же? Страх, ужас новых условий после жизни.

Сейчас он ее начальник. Сейчас испуг у нее. Та профессия, которой ее учили, воистину оказалась древнейшей и вышла, как ей и полагалось, на панель. В гламурное издание попасть — счастье. Она попала. И вот теперь на грани вылета: не в теме, не понимает, откуда все есть и пошло. «Из причинного места, девушка, из межножья».

— Человека лишали естественного интереса к тайному, сокрытому. А ведь так все просто. Секс — сердцевина жизни. — Это ей он, не знаток «Озы».

— Думай, что говоришь. А где тогда сердце? — Это она, забывавшая, кто горько плакал во сне.

— Не лови на слове. Ты их, слов, безусловно, знаешь больше. Но слова — не знак ума и успеха. Докажи делом. За это я тебе хорошо плачу. — Он теперь весь в таких выражениях.

И так каждый день. Это нам не нужно, и это тоже, «шпилькам — да, валенкам — нет». Ну, и как ей жить? Как? Если в центре номера «форель, запеченная в слоновьих ушах»? Если ей надо воспеть пожилую певицу, что выходит на сцену в распашонках, едва прикрывающих место, где теперь сердце. На обложку, на обложку! И еще — ракурс снизу, лежа у коротеньких толстых ног. Клево, круто, зашибись! За описание кружевных подштанников платят много: значит, ты в теме, в центре событий. Снизу! Снизу! Чтоб кружевная кромочка наружу...

Все, как она и предполагала.

— Татьяна! Предлагаю тебе в последний раз забойную тему. Конкурс красоты. Никакой социалки — убью. Только красота и легкое возбуждение от нее. На финише выйдет Аня Луганская... Ее папа — ты знаешь — наш кормилец. Так что помни это, девушка, каждую минуту своей жизни.

Разве могла прийти в голову мысль, что эти слова — «минута жизни» — станут ключевыми во всем, что произойдет дальше? Было просто отвращение от слов, как и от взгляда, провожавшего ее к выходу. И подлая мыслишка: раз он ее посылает на такое задание, значит, еще не увольнение. И она получит «налик» и купит дочке Варьке долбаные стринги, девчонка комплексует, что у нее не то, что теперь носят. Ивану — ни слова. Он трендит, что на блажь пристало зарабатывать самой, а не стрелять у родителей «пятихатки» и «косари».

Но что значит зарабатывать шестнадцатилетней девчонке? Пробовали устроить ее на почту. Но там ранний разнос, в темном подъезде к ней прицепился мужик, на ходу расстегивая ширинку. Девчонка заорала и бросила ему в лицо все, что несла. За «потраву газет» ее оштрафовали, в результате ниче-

ГАЛИНА ЩЕРБАКОВА

го не заплатили, а мужик — его нашли сразу — сказал, что она сама ему все как есть предложила. И поди докажи. Один на один — ноль результата. Забрали девчонку из почтальонов.

Была проба на «посидеть с ребенком», пока богатая мамочка делает шопинг. Дитя орало как резаное и укусило Варьку почти до крови. Ну, конечно, они с отцом на нее же и напустились — бестолочь, мол, и все такое прочее. Но Татьяна вовремя вспомнила своего младшего брата, которому все было можно, и кусаться тоже, потому что он младшенький и — пойми, дура, — мальчик. Отец от сознания, что у него сын, ходил надутый и поглупел сразу и навсегда. До сих пор живет с ощущением, что дочь — неумеха и нескладеха, а сыночек — хват. Братик-любимец оказался в нужное время в нужном месте — возле нефти, хотя никакой «керосинки» не кончал, обычный инженер-строитель. Нет, она любит удачливого брата, она даже терпит его подначки типа «мы, дураки, университетов не кончали».

— Ну скажи, Танька, тебе Лев Николаевич хоть раз в жизни пригодился по существу или этот твой любимый Антон Павлович? Они научили тебя денежку зарабатывать или хотя бы осветили путь?

— Осветили, — отвечала она. — Я бы тебя сейчас прибила за твою пошлость, а они не разрешают.

— Е-мое! Заслуга! Как это? Непротивление злу насилием? А ты сопротивляйся! Ты мне вмажь хотя

152

бы мыслью, чтоб я зашатался! Нету, Тань, у тебя такой мысли. Но я все равно тебя люблю. За слабость и беззащитность. Рядками сидит в твоей голове классика с единственной мыслью — бедность не порок. Она порок, Танька, порок. И чижолый, чижолый, как беременная слониха.

Так в их обиход вошла беременная слониха как метафора жизни тяжелой и, в сущности, бесперспективной.

Об этом она думала, едучи на этот пресловутый конкурс красоты, праздник новой жизни, жизни-обжираловки и обпиваловки, жизни, где нет слова «стыдно», потому как ракурс единственный — лежа и снизу. Возле Дворца молодежи уже клубился народ, и она расстроилась, что издали ничего не увидит и надо пробиваться в первые ряды, где сверкают пафосные машины и щебечут девицы-красавицы.

Нечего было придуряться слабенькой, она проломила щель в толпе и вышла, считай, на авансцену. Как раз проезжал кортеж, ради которого прижались к обочине менее значительные тачки. Тень всегда точно знает свое место и даже, кажется, счастлива этим. Субординация на этой земле вечна, и взросшее холуйство вечно, и на каждый момент его более чем. В голове закрутилось филологическое образование: слово «вечный» — оно ведь от «вече». Вечный — это вечевой, набатный, тревожный звон, это не от века, который просто срок. Ах, какое классное слово для нашего человека — «срок»! Вот так влезешь в русское слово и погибнешь в нем.

Именно на этих мыслях и случилась всамделишная гибель, прямо на ее глазах. Тонированный «Мерседес» как-то неуклюже и даже беззвучно поднялся в воздух и тут же рухнул уже не «Мерседесом» — кучей железа, стекла и человеческих тел. Людские вопли даже слегка запоздали. В этой мертвой паузе распадающегося «Мерседеса» она все еще разбиралась со словом «вече». Вечный, набатный, всполошенный, сполох — испуг, страх, порух... Отчего у нас так часто в сути слова — беда, горе?..

А кругом уже орали, вопили. Вспыхнул огонь, люди кинулись вспять, давя друг друга. Она же замерла на месте. Почему она не бежит? Ей же страшно, как и всем. Если сейчас еще что-то взорвется... она же совсем рядом. «Я подумаю об этом потом», — сказала она себе. Боже мой! Опять литература: Скарлетт О'Хара.

Но уже оживала некая система порядка, и ее оттеснили статные ребята. И уже была милиция, и нечто в красивом, белом, в цветах и почему-то рваном платье было положено на землю.

И тут возникло это лицо. Худой, аскетический профиль с закушенной губой. Поворот — и уже глаза. В них ужас. Отчаяние. Мука. «Вот эти глаза, — подумала она, — на обложку. Лицо понимающего горе». Она оглянулась, чтобы увидеть других. И нашла то, что нашла, — любопытство! Интерес. И — боже! — злорадство. Распахнутые глаза и рты пожирали остатки машины и людей даже с некоторым восторгом.

А потом ее смело за поставленную ограду. Уже там она обрела слух. И в шепоте людей было то же, что и в глазах. Злорадство! И шепот, как крик. Всего у тебя, богача, выше крыши, а пи...ец тебе, как немытому бомжу. И уже подспудно, потаенно — так, мол, им, олигархам чертовым, и надо, девчонка, конечно, может, и ни при чем... Хотя все они при чем, с младых ногтей при чем, разве что шофер простой человек, семья небось, дети, но все равно — и у него не наша жизнь. С голоду не сдохнут, а тут сосед попал под трамвай, жена — в инсульт, а трое детей уже нищие на всю оставшуюся жизнь, в один момент — никто и звать никак.

Она стала искать лицо того мужчины, с чистым, незамутненным сочувствием. Но его не было. Дальше стоять не имело смысла. Мероприятие было отменено.

Она позвонила в редакцию из автомата.

— Знаю, знаю, — сказал редактор. — Для нас это очень плохо, очень.

— Для нас? — спросила она

— А! Ну да... Жалко, конечно. Не наше дело искать, кто... Мы хорошо дадим похороны. Три полосы. Такой замысел: лицо живое — и оно же мертвое.

Отец и дочь... Нужна большая слеза... Мать, говорят, жива. Спиши с нее слова.

— Ты нормальный? — спросила она.

— Как никогда, — ответил он. — Я сейчас — образец нормы. Сегодня же напишешь слезницу к фоткам. Ребята уже работают. Конкурс твой никуда не денется. Есть интересная мысль... Кто из красавиц был намечен второй? Не тут ли собака порылась?

Газеты уже вечером сообщили: теперь победительницей, скорее всего, станет вторая после покойной Ани Луганской — Вика Скворцова. Ее папа, Скворцов, физик по образованию, а ныне успешный владелец сети ресторанов, в отношениях с Луганским замечен не был, даже как бы не знаком, но за собственную дочку-конкурсантку очень переживал, а жена его еще до всего устроила истерику: мол, дочери Луганского подсуживают, все нечестно, богатый папа всех купил. И все это черным по белому петитом и боргесом во всех газетах.

Смятение... хаос

Вера Николаевна предпочитала, чтобы ее звали Вероникой: Вера-Ника. Получалось красиво, зарубежно. За плечами более чем тридцатилетний стаж работы в школе, где у нее была совсем другая кличка — Максим. Это не из-за Горького, псевдоним которого она произносила слегка не своим голосом, будто она не русская училка, а какая-нибудь мисс Браун из Цинциннати. Имя выходило из нее на вдохе искаженным и даже слегка неузнаваемым. А слово-то элементарное! На нем просто невозможно споткнуться, но поди ж ты...

Но кличка ее была не от писателя, хотя ей хотелось так думать. От пулемета, который у нее лупит по ученикам без ума и разума. Она этого не знала. Считала себя любимицей. Страх принимала за почтение, неулыбчивость за субординацию. Учительство — дело странное. В чем-то мистическое. Никогда не знаешь, где найдешь, а где потеряешь. Горького не любили все ее ученики: и те, что были совсем, совсем раньше, и даже эти, последние, которые ничего читать не хотели и искренне недоумевали — а зачем? От этих она и ушла. Стала репетиторствовать и называть себя Вероникой. И, надо сказать, все ей пошло в масть. За шестьдесят, а тонкая и звонкая, на каблучках, в джинсах и блузочках, которые имели свойство высмыкиваться и даже показывать пупок, вполне сохранившийся. Но это только когда они встречались с Андре, Андреем Ивановичем в простоте, любовником Веры Николаевны. Муж был не в счет. Как и взрослая, уже немолодая дочь. Как и внучка на шпильках и в шортах минимальной длины. При чем тут они все, если Вера Николаевна ощущала себя Вероникой на какие-нибудь совсем незначительные годы. Одно ужасно — денег было все-таки маловато. И Андре был не богатый любовник, он был учителем физики из ее бывшей школы, и у него, идиота, было трое детей.

В то утро у них должно было быть свидание. Муж ушел на свою работу — сторожить автостоянку «буржуинов», а у Андре как раз было «окно» в два урока, благо школа рядом. Вера Николаевна стояла у окна и ждала, когда он появится из-за угла соседнего дома и посмотрит на ее окно, и она сделает ему легко так ручкой, мол, все о'кей. И он ускорит шаг, потому как время дорого.

Когда он вышел из-за угла, тогда и раздался взрыв. Он повернул голову на звук, а она поняла, что грохнуло где-то в районе Дворца молодежи.

— Слышал? — спросила она его на пороге. — Где-то в районе дворца.

— Там сегодня конкурс красоты, — сказал Андре, прижимаясь к ней.

Сладкий миг, который она потом долго носит в себе, восхищаясь молодостью трепета и гордясь этим вечно женским в себе. «А мне ведь уже шестьдесят три, соплячки», — хочется ей крикнуть всем снулым теткам и бабкам, в которых превратились ее сверстницы. Но в этот раз вечно женское сдохло, как и не бывало. Конкурс красоты. На нем должна быть дочь Татьяна. Она позвонила с работы и сказала: «Не ищи меня. Я на конкурсе красоты, а мобильник отдала Варьке». Всем по мобильнику было для них дороговато. «Я-то упрежу всех заранее, — объясняла Татьяна, — где я и на сколько, а эту дуру ищи-свищи, если понадобится».

— Подожди, — нервно сказала Вера Николаевна Андре, — мне не нравится этот взрыв.

— А кому он может нравиться? — резонно ответил он. — Но где нам взять другую страну, где оружием можно затопить океан. Не бери в голову!

Мужчина на пороге хотел любви и еды, того, чего ему хронически не хватало в его жизни. Сорокалетняя жена все еще боялась забеременеть, но презервативов не признавала. А потому «пошел бы ты, Андрюша, на фиг!». И еще: «У нас до зарплаты сто семьдесят рублей. Прошу тебя, не ешь колбасу. На троих мальчишек мы не зарабатываем».

Жена была лор-врач в районной поликлинике. Самая неденежная специальность. За насморк и тонзиллит не приплачивала ни великая нефтяная держава, ни ее сопливый народ. К ней даже очереди не было. Таким был расклад. Вот почему в день, когда он шел к Веронике, он спокойно не ел ни колбасу, ни сыр. Но не надо думать, что в этом был только животный расчет. Ему нравилась Вера Николаевна с давних пор, еще при той власти, которая была отвратительна всей своей сутью, но как-то все-таки кормила. Эта же... Восторженно принятая в начале девяностых — ночь стоял на баррикадах, оставив жену и двух тогда еще маленьких детей, и не было в его жизни более чистых и светлых дней — и эта... Да не эта! Эта вспухла уже потом, кагэбэшная вертикаль. И насмерть проткнула только-только родившуюся надежду на другую жизнь.

С Вероникой они с той самой ночи у Белого дома. Единомышленники. Единоверцы. Сейчас они не вспоминают то время, саднит в сердце. И вот дошло до момента, когда он ждет от своей любимой подруги не только ласки, но и хлебушка с маслом. У нее это всегда. Она хороший репетитор, и муж ее сторожит не какой-нибудь детский сад, а престижную автостоянку. Он был у него там — они дружат, так сказать, еще и домами. Какая у них техника слежения, какая связь со всеми службами, какой, наконец, пистолет у каждого. Подержишь в руках — и уже как бы и мужик. Но мужу Веры Николаевны за семьдесят, старенький, а жена его все еще в соку — откуда что? И история с географией слились в объятии, вот и слава богу!

Он тянет к себе Веронику, у него нет времени реагировать на какой-то там взрыв. Власть любит устраивать потехи, чтоб ее боялись. Андрей Иванович не верит в террористов, он давно знает место рождения жестокости и крови. Хотите, я вам покажу его? — любит он спрашивать в учительской.

— Бросьте, Андрей Иванович! Не вздумайте говорить эти глупости детям. — Так перекусывает тему их директор. Но это ее обязанность. Главное, что она тоже из той ночи возле Белого дома.

— Я сейчас позвоню в редакцию, выясню, где она, и будем завтракать, — говорит Вероника, выходя из его рук и оставляя на его ладонях пусть и не упругие, но теплые и нежные ощущения ее живота. Кофточка таки высмыкнулась.

— Спасибо, — ответила Вероника трубке. И уже Андре: — Она на задании во Дворце молодежи.

— Но взрыв не обязательно там, — ответил он. — В той стороне — не значит там.

— Прости, но я должна туда сходить. Я должна знать, что этот чертов конкурс идет своим чередом. Пока я переодеваюсь, попей чаю. Я все приготовила.

И он поел. Хорошо поел. И буженину, и салат из курицы с сельдереем. И большую чашку чая успел торопливо выпить с берлинским печеньем. Последний его глоток она уже ждала в коридоре. Она прижалась к нему, теплая, близкая, ах, черт возьми этот взрыв! И сказала тихо и нежно:

— Мы наверстаем, Андрюша.

Идти было всего ничего, три двора насквозь. Они вышли как раз к неотложкам. Кто-то кричал, кто-то матерился. Милиция встала плечом к плечу, и видно было только одно: неотложки загружаются плотно.

— Таня! Ты здесь? — тонко крикнула в никуда Вера Николаевна.

— Не кричите, мамаша, — сказал милиционер. — Вам дадут телефон для справок.

Откуда Андрею Ивановичу было знать, что эти слова будут самыми страшными для Веры Николаевны. Что в них она услышит одно — отсутствие надежды. Ибо справка по телефону — это конец. Она как-то вся обвисла. Он понял, что ее надо отвести домой. Он боялся, что уже может не успеть к уроку, он придумывал на ходу причину пропуска, и как-то само собой сложилось: он вышел в «окно» прогуляться, услышал взрыв, пошел на него. Встретил Веру Николаевну, которая искала дочь. Получалась пусть даже искаженная, но правда. А это лучше прямой лжи. И он, ведя едва дышащую возлюбленную, вымеривал в своей версии проценты лжи и правды. Бездарно и стыдно, но главным ведь было сохранить в тайности их связь, ибо эта идущая рядом поникшая в страхе и ужасе женщина вдруг обрела для него какое-то особое, единственное значение, и он забормотал: «Только бы с ней ничего не случилось». — «И я о том же, — пробормотала в ответ Вера Николаевна, — спасибо тебе». Ах ты, боже мой! Он ведь имел в виду не Татьяну, дай бог ей здоровья, а Веронику, Верочку, счастье запоздалое и единственное. Так на смерти, оказывается, может вскрикнуть любовь. А ведь совсем недавно смысл заключался — пардон — в буженине. Пошлость какая! Это был не он, не он. «Вера, Верочка, ну ты не падай, прошу тебя. Может, Тани там и не было вовсе. Сказала одно, а сама занялась другим. Вера! Я чувствую, с ней все в порядке. Ты себя побереги. Я без тебя...»

«Господи, о чем это он! Может, мне это наказание за грех...»

Он остановил женщину, повернул ее к себе и прямо в лицо, в глаза, в губы крикнул: «Я люблю тебя, я не могу без тебя». Кажется, до нее что-то дошло, проникло, она как-то вздрогнула и сказала знобким голосом: «А почему раньше молчал?» Она спросила и ушла, не из рук, из всего ушла, как умерла. Такую — никакую, не живую и не мертвую, — он довел до дома.

На лавочке у подъезда сидела Татьяна. Целехонькая, между прочим. Вера Николаевна схватила ее и зачем-то начала трясти — убедиться, что ли, что кошмара больше нет?

— Бабахнуло, — сказал Андрей Иванович, — а у меня как раз «окно», я и пошел посмотреть, а ваша мама кричит: «Таня! Таня!»

Вера Николаевна смотрела на него как на ненормального. Зачем он врет? А! Понятно. Таня ведь не в курсе. Не в курсе чего? Голова соображала плохо. Дочь рядом — это замечательно, а Андрей Иванович — он тут не к месту. Он ей кто? Любовник? Глупости какие, эти любовники, надо его отправить раз и навсегда.

— Спасибо вам, — сказала Вера Николаевна. —

Я ведь так испугалась за тебя, — это она дочери. — Идем домой. Мне надо выпить что-нибудь... А вам еще раз спасибо. — И она отвернулась от Андрея Ивановича, как от чужого, случайного человека. Ну, действительно, не звать же его в гости?

Включенное радио говорило, что от взрыва погибла семья Луганских, сам Луганский и дочь, претендентка на первое место в конкурсе красоты. Жена как-то удачно выпала из машины. Поцарапана, побита, но жива. Больше десяти человек, стоявших рядом, получили незначительные ранения и ушибы, у шофера взорванной машины тяжелая черепно-мозговая травма.

Конкурс перенесен на другое, пока еще неизвестное время. Комментатор сказал, что конкурсы красоты стали у нас взрывоопасными мероприятиями. Если всех пострадавших в связи с ними посчитать, то Аня Луганская войдет уже во вторую десятку жертв. Конечно, кроме девушки, не менее привлекательна для убийства фигура ее отца. Олигарх и все такое... Одним словом, искать преступника надо в его ближнем круге. Мудрость истины — избавьте меня от друзей, а от врагов я избавлюсь и сам — национальный способ выживания в «вертикальной» стране.

— Давай попьем чаю, — сказала Татьяна. — Папа свою чашку не вымыл, это на него не похоже.

— Это я не допила, — ответила Вера Николаевна, забирая чашку Андрея Ивановича у дочери.

Она до сих пор не могла прийти в себя. Вот она — живая дочь. Ничего с ней не случилось. Даже завалященького ушиба нет, но как бы и случилось тоже. Близость края жизни. Всего на шаг, на секунду... «Вам сообщат по телефону». Так просто, элементарно. Возьмут и скажут: «Вашу дочь взорвали». Вера Николаевна вскрикнула, и это было достаточно громко.

— Что с тобой, мама? Успокойся ты ради Христа. Как хорошо, что рядом оказался Андрей Иванович. Привел тебя домой. Молодец. А я была в шоке, не знала куда податься. Уже направилась на работу, да вспомнила, что вы рядом. А тебя нет. Я, конечно, не думала, что ты там... С какой стати? Ну, пошла в магазин, мол, подожду... А тут вы идете. У тебя вид... Я забыла, что я вчера сказала, какое у меня задание. Хорошо, что у Варьки именно сегодня случились сердечные дела, а то бы я тоже дала свечку. Она собиралась за мной увязаться.

Вера Николаевна тупо смотрела в чашку чая. «Что такое сердечные дела? Это может быть близко к смерти? Или это в другом измерении и там нет телефонной связи?» Тут-то и раздался телефонный звонок. Трубку взяла Татьяна.

— Она все еще в шоке, — говорила она. — Я так вам благодарна, что вы оказались рядом и привели ее. Сейчас буду вызванивать папу, чтоб он был с ней. Мне ведь надо возвращаться в редакцию. Они ждут от меня подробности взрыва. Я передам ей, что вы звонили. Спасибо вам еще тысячу раз, дорогой Андрей Иванович!

«С кем это она? — думает Вера Николаевна. — Какой-то Андрей Иванович, наверное, со службы».

— Хорошо, что на твоей работе знают наш телефон, — говорит Вера Николаевна, — мало ли что... Все так зыбко... Так ненадежно... Взрыв — и конец.

Она вздрагивает и хватает Татьяну за рукав. Та видит, как мнется ткань в скрюченных материнских пальцах, у нее всегда были хорошие, ухоженные ногти с красивыми вытянутыми лунками. Эти же пальцы и ногти принадлежали старой женщине. Татьяна выдергивала потихоньку рукав, но мать успевала захватывать его снова и снова. Было странное чувство — неприятной жалости. И еще подлая внутренняя мысль: не придуряется ли мать? Все же в порядке. Интеллигентный человек привел домой, дочь живая и здоровая, кто тебе те, что пострадали? Никто и звать никак. «Я гадина, — думает Татьяна. — Люди же! Молодая девчонка... Какое скотство — это время. Время немеренности. Немеренности денег и жестокости. Самодовольства и тупости. И надо всем — немереная власть ничтожеств...»

Она все-таки вытянула рукав и отвела мать на диван.

— Ложись и лежи. Я позвоню папе. Но мне даже сказать ему нечего — ведь все в порядке. С чего ты так распустилась — я без понятия. Мне надо идти. С меня стребуют слезницу. Погибла моя героиня — дочь Луганского.

— Господи! — говорит мать. — Когда же они наконец кончатся, эти Луганские?

— Они только начинаются, — отвечает Татьяна. — Пришло их время.

— Все наше время — их время, — бормочет мать. Она кладет голову на валик дивана. И Татьяна видит тонкую, как бы сломанную на изгибе старую шею. Она берет подушку и подкладывает под голову матери. Ну вот, теперь по-человечески. Мать уже спала или делала вид. На подушке она обрела спокойное лицо, и шея не выглядела отжатым куском ткани.

— Я пошла, — сказала Татьяна.

Она закрыла дверь в комнату и уже из кухни позвонила отцу. Отец все знал и спросил, не лопнули ли от взрыва стекла в кухне.

— Ну, с какой стати? — рассердилась Татьяна. — Можно подумать, что мы рядом.

— Не скажи, — ответил отец. — У нас грохнули во дворе машину, и у соседа внизу вылетела форточка.

— Все в порядке, — ответила Татьяна. — Мне не нравится мама. Она не в адеквате. Очень эмоциональная девушка. Приходи скорей.

Рукав измят. Хорошо бы прогладить, но некогда. Татьяна заворачивает рукава. Из зеркала на нее смотрит напряженная женщина. Подвернутые рукава придают ей деловой вид и как бы оправдывают напряжение. Напряжение — по делу! С тем Татьяна и уходит. Она идет мимо Дворца молодежи. Там все еще суета. Милиция оцепила все пространство, за которым зеваки. Следы крови выглядят вполне естественно и не вызывают дрожи. Кровь — цвет и вкус нашего времени. Она, современная женщина, к тому же журналистка, отмечает, что высохшие пятна крови выглядят на сером асфальте, можно сказать, даже стильно — бордо и металлик. Надо будет выяснить, чьи это цвета — Версаче, Кензо? Но уж, конечно, не старика Диора. Она напишет, что пятна на асфальте были похожи на проступившую сквозь бетон и цемент кровь самой земли. Такой она, кровь, ссочилась.

Думая об этом придуманном слове, Татьяна произносит «ссучилась» и долго не хочет расставаться со словом, но оно ведь будет явно не в масть. Хотя оно самое точное для этого времени. Все ссучилось! Так хорошо помещалось слово во рту и выходило сквозь стиснутые зубы, вызывая легкое посвистывание.

В редакции ей показали еще мокрые фотографии с подписями. И среди них — тот самый мужчина с горем в глазах. Максим Скворцов. Он обнимал плачущую девчонку, свою дочь, тоже участницу конкурса. Отвечая на какой-то дурий вопрос репортера, девочка сказала: «Никакой приз не стоит жизни». Что тут возразишь?

Вера Николаевна слышала, как уходила дочь. На секунду вернулся этот ужас возможной потери, но он ушел сразу: с Таней все в порядке. Погибли Луганские! Хорошая для смерти фамилия. Луганские должны погибать. Только вот почему? Она не могла вспомнить, какой у нее к ним счет. Да никакого. У нее не было знакомых Луганских, а это странное торжество в ней — это просто реакция на страх за Татьяну. Татьяна — дочь, Луганские ей никто. И вот на этом месте что-то сбоило и не давало покоя.

Вера Николаевна встала. Голова кружилась, коленки дрожали, а тут так некстати телефонный звонок. Аппарат есть у изголовья дивана, но он молчащий, звонит тот, что на кухне. Она берет трубку, ей кажется, что сейчас ей все разъяснят. Иначе в звонке нет смысла.

— Верочка, родная, как ты?

— Кто это? — спрашивает она.

— Это я. Андре.

— Вы ошиблись номером, — отвечает она. У нее нет знакомых Андре. Бездарное имя. Он что, иностранец? Она кладет трубку. Откуда ей знать, что в учительском туалете плачет сейчас мужчина, который вдруг понял, что без этой пожилой дамы нет смысла жизни, раз — и нет, что с той августовской поры он уже не представлял жизни без нее, что не было ничего лучше их свиданий в «окно», что он готов отдать все за возвращение их встреч, а сейчас он пойдет и кинется ей в ноги.

Вера Николаевна добрела до кухни. Села и положила на стол руки. Пальцы слегка дрожали. Это не имело значения. Был взрыв, но ее дочь не пострадала. Это главное. Что еще? Погибли Луганские, отец и дочь. Это хорошо. Но разве это может быть хорошо? Может! Это правильно. Но с какой стати? Кто они ей? Никто. Она их не знает. Откуда же в ней глубинное, из печенок, торжество?

Открылась дверь, и вошел муж. Не поворачивая головы, она знала — он. Еще когда только заскрипел ключ в замке. Седой старик вошел в кухню и сказал: «Татьяна сказала, что ты не в адеквате».

Какое странное, чужое слово. И муж странный. Когда он успел стать таким стариком? Вот он сел напротив, взяв ее руки в свои, смотрит в глаза. Кто-то ей уже смотрел сегодня в глаза... Что за гэбистская манера у людей — смотреть в зрачки?

— Таня была там, — говорит она, но не узнает своего голоса. — Погибли Луганские.

— Кто такие?

— Ты не знаешь, кто такие Луганские? — кричит она.

— А ты знаешь?

— Я? — Она замолкает. Маленькое ликование, без величины и веса, лижет ее изнутри. — Я? Я знаю.

— Ну и кто они?

— Те, которых надо было убить!

— Но там была девочка! Как можно убить девочку?

Легко и беззвучно она сваливается со стула на пол и лежит боком, жалко и беззащитно. Он не знает, что делать. Он брызгает на нее водой. Она открывает глаза, и он волочит ее в комнату, как куль.

Уже лежа на диване, она просит крепкого чая.

— Надо вызвать неотложку, — говорит он.

— Не вздумай, — отвечает она своим привычным голосом. — Просто кружнулась голова.

Ей действительно лучше. В голове прояснилось. Седой старый муж правилен. Все на своих местах. Таня жива-здорова.

— Там порезана буженина. Тебе ее дать? — спрашивает он из кухни.

— Дать! — отвечает она.

Она не знает, что муж не понимает, когда это она успела купить буженину, если утром к чаю не было ничего, кроме закаменевшего костромского сыра. Значит, выходила еще до всего. Она легкая на ногу, не то что он.

Они пьют чай вместе в комнате, расположив все на табуретке.

— Я тут не понял. О каких Луганских ты меня спрашивала?

— Ни о каких. Забудь. Это моя история. Сама разберусь.

Значит, все правда. Была у него грешная мысль, что у жены кто-то есть или был, что десять лет разницы между ними — это не хвост собачий, а сексуальным гигантом он и смолоду не был, а она до сих пор как натянутая струночка, только пальчиком тронь — зазвенит. Но если не знаешь, то лучше и не знать. А сорок с хвостом лет вместе на дорогу не выкинешь, это не просто срок, почти вышка. Или совсем другое — когда двое прорастают друг в друга, попробуй раздели, где кто. Может, был у нее какой-то Луганский, женщины — существа мстительные.

Высокие и дальние мысли кружили голову старому мужу, и под них хорошо шла буженина. Но ни с какой стороны наличие свежей буженины уже не беспокоило мудрого старика. Не все ли равно, откуда она взялась? Хорошо, что она есть.

Татьяна сделала подписи под снимки. Опять ее задержало лицо Максима Скворцова, как она теперь знает, физика-бизнесмена, дочь которого теперь, скорее всего, станет первой красавицей. Портрет девочки был тоже. Заплаканная, перепуганная мордаха. Никакой красоты — одни нюни. Лицо же отца... Татьяна вдруг подумала: вот позови такой даже не в даль светлую, а за поворот, на склон оврага, — пошла бы не глядя. Но тут же себя окоротила: «Это я так думаю, потому что знаю — не позовет. Я в мыслях храбрая, в делах совсем нет». Как любил повторять преподаватель зарубежной литературы — отнюдь. Его так и звали — Человек-отнюдь. Периферийные ребята спрямили слово для удобства собственного языка и звали его Отнюдя. Глупое слово, но прижилось и даже передалось вослед идущим. «А у нас лекции читает Отнюдя».

«Никуда бы я за ним не пошла, а вот материал о бывшем физике в журнале гламура сделаю».

Редактор сразу не понял.

— Где поп, где приход? — сказал он. — Физика на другой улице.

— Мы же поднимем этим гламур, — ответила она. — Нас прочитают грамотные. Отложат своих Ницше там или Хайдеггеров и узнают, что физики теперь ходят на конкурсы красоты и руководят ресторанами.

— Ты в этом смысле? Ладно, пиши. Тем более если у него дочь — претендентка. Это для нас главное. Но только без наворотов. Просто так, доступно... Любит баньку. Часы предпочитает швейцарские. Ближе к нашему народу, ближе!

К концу рабочего дня Татьяна набрала телефон родителей. Он был катастрофически занят. Решила, что позвонит уже из дома. Вне зоны был и телефон Варьки. Настроение упало на минус. Где она?

Где? Ехала со сползшим лицом, просто чувствовала спавший на воротник подбородок.

Вокруг нее в метро стояли мужчины, все как один — не с лицами физиков.

Возле подъезда она увидела Варьку. День парных случаев, подумала она. Варька висела на огромном парне, обхватив его двумя ногами. Хотелось убить дочь за все сразу. За скрюченные на теле амбала ноги — на виду всего дома. За пузыри, которые Варька выдувала изо рта. За тупой, почти мертвый взгляд парня. «Я бы с таким, — подумала Татьяна, — даже в моем преклонном сорокалетии на одном гектаре не села бы... О господи! Что же делать?» И она изо всей силы шлепнула Варьку по обвисшей заднице. Дочь взвизгнула. Парень — как это теперь говорят? — оставался не в теме. Он мертво смотрел на Варьку, мертво — на ее мать.

— Мам, ты че? А мы ждем тебя. Знакомься, это Тим. Он же Укроп, мой друг-единомышленник. Наш вождь — Мэнсон.

Она прокричала это громко. И Татьяна почувствовала, как сдвинулись шторки на окнах, а кое-где даже скрипнули створки, как народ когда-то престижного кооперативного дома, а сейчас заплеванной башни-семиэтажки, в который раз убедился, каким хорошим и правильным было то время, когда они, молодые, приходили сюда смотреть, как выгрызается котлован их будущего жилья. И на тебе. Вот оно, будущее! Мэнсон! Кто, кстати, такой?

Татьяна знает этого героя. Почему-то ей кажется, что еще недавно этот страшный дядька, видимо, был женщиной, но потом для понтов он(а) навесил(а) себе яйца. Зачем? А затем, что ни один в мире успех не может состояться без участия в нем главной мощи — девчонок, теток ибаб (пишется вместе). Где бы ты был, Мэнсон — он же Басков, Киркоров и др., без них — ибаб?..

— Дома есть что поесть? — спросила Варька как ни в чем не бывало. — Мы с Тимом как волки.

Это был перебор для одного дня. И выход существовал один. Она открыла сумочку и достала «пятихатку».

— Перебейтесь, — сказала она дочери.

— А разве мы съели вчерашний суп с фрикадельками? — спрашивала Варька, одновременно заталкивая денежку в карман.

— Он прокис, — ответила Татьяна, — я забыла поставить его в холодильник. Но ты возвращайся скорей. Знаешь про ЧП?

— Тоже мне ЧП. Где сейчас не взрывается? Чего ты взбутетенилась? А бабуля вообще умом тронулась. Звонит весь день на свою родину. Тамошние воды уже вспучились от ее криков.

— Откуда ты знаешь? — забеспокоилась почему-то Татьяна.

— А мы и к ней подсыпались на предмет пожрать, но дедуля нас не пустил. У бабушки, говорит, важный разговор с Луганском. Мол, ты же знаешь, семью Луганских взорвали. А я не знала. На фиг мне это знать. Но задумалась: Луганск и Луганские. Город и человеки. Что-то в этом есть. Или нет?

— Ничего нет, — ответила Татьяна. — Луганск — это бывший Ворошиловград. Можно иначе: Ворошиловград — бывший Луганск. Фамилия с этим не связана.

Татьяна посмотрела на лицо Тима-Укропа. Не мысль, а некое возникновение ее бороздило грубую лепнину скул, носа, надбровий. И была в этом просыпании лица даже какая-то милота — она же надежда: не мертвый он, живой.

— Ладно, ребята, я пошла, — сказала Татьяна, а сама продолжала смотреть на вдруг вздохнувшую окаменелую природу парня. Дочь заметила интерес матери.

— Он клевый, — сказала она. — Он тебе понравится — книжки читает. Он из краев бабушки.

— Лисичанск, — подтвердил Тим-Укроп. Голос не подходил к его грубой внешности, был глуховат и мягок.

«Фрикадельки, между прочим, не прокисли», — вспомнила Татьяна, но предыдущая мысль — о матери и ее звонках — оставила все по-прежнему.

— Пока, ребята, — это им обоим. — И не задерживайся, — Варьке.

Кто?

Девочка кричала как резаная:

— Он трогал мой велосипед! Он своими руками трогал руль!

Прибежала гувернантка, дала ему пощечину и протерла велосипед от и до. Он смотрел на свои руки, они были чистые. У него всегда чистые руки именно потому, что у него грязная работа. Он только передвинул велосипед с дорожки, которую мел. Гувернантка же грязными руками дала ему пощечину. У нее в руках была тряпка.

— Ее вещи не трогать! Сколько было говорено!

Он и не трогал. Он знал свое место. Просто подвинул велосипед, чтобы подмести тропу.

Нет, щека не болела. С чего бы? Женщина-гувернантка не умеет давать по морде. И никогда этому не научится, даже если ей там, в доме, начнут давать оплеухи. Она учительница музыки, у нее тонкие длинные пальцы. Она унижением зарабатывает на образование сына. Это он узнал сразу, когда она пришла в дом. Ей хотелось поговорить, и она нашла его. Один раз. Больше ей не разрешили. С обслугой не иметь дела. Она выше и должна ставить их на место, если что... «Их» — это его и прочую чернь.

Он не обижается. По морде — это такая малость, если вести счет унижений. Интересно, та, что погибла в машине, кричала как резаная? Или ее — сразу? Хорошо, если это было быстро. Он по себе знает, какими долгими бывают две минуты оставшейся жизни. В голове у него навсегда крик умирания. Крик мамы и всех, всех, всех.

Вера Николаевна все-таки дозвонилась.

— Это я. Вера. Говорю коротко. Вы же теперь заграница. Юлия Ивановна! Скажите, у того, вашего, Луганского были дети? Ну как это вы не знаете? Я вас прошу, узнайте. Спросить у своей мамы? Ей девяносто. Она уже не помнит, как ее зовут. Но, конечно, спрошу. А вы спросите еще у Симы. Она когда-то интересовалась историей края. Прошу вас, дорогая. Я позвоню вам завтра.

Она положила трубку, ее трясло. Глупо, конечно, нервы просто ни к черту. А к матери надо съездить. Пустое дело, но надо...

— Завтра я съезжу к маме, — сказала она мужу. — Сужу по себе. Так хорошо помню все свои молодые ощущения, а что было вчера — без понятия.

— Не придуривайся, — сказал муж. — Иногда я думаю, что тебя приморозили в молодости. Я вот совсем старик, а у тебя вполне может быть любовник.

Он, конечно, не собирался это говорить, но откуда нам знать, что мы сделаем через пять минут? Молчишь, молчишь... Молчишь, молчишь... А потом раз — и бухнешь... Бухнул!

— А умные мысли тебе, дураку, в голову уже никогда не приходят?

— Это умная мысль, Вера. Я же вижу. Ты моментами вся такая — ух. Будто на свидание собралась.

И в этот день у нас обязательно бывает буженина там или семга. Приметил я такое...

Случись такой разговор в другой момент, Вера Николаевна и труханула бы, и растерялась, но она изнутри вся горела другим пламенем, поэтому махнула рукой. А он и сам сменил тему.

— У нашей Варьки новый кавалер. Они хотели сегодня зайти, но ты повисла на телефоне. Без тебя я не решился их позвать.

Как, оказывается, просто переводить рельсы. У внучки каждый день кавалеры новые, но как стрелка для отклонения разговора и это годилось. Старый дурак придумал себе незнамо что, а тут колотится в дверь подрастающее, вечно голодное молодое поколение.

— Прости, я дурак, — сказал муж. Но ему не хватило малости — подойти и поцеловать Веру Николаевну, которая на этот данный момент была не той, утренней, трепещущей от объятий Андре. Была совсем другая женщина. Ее сегодня взорвали, не причинив явного физического вреда. И ее надо было приласкать по-родственному. Ибо взрыв как-то странно принадлежал им всем: и мужу, и дочери, и внучке. Никому по отдельности, но одновременно им всем.

— Так я тебе сказала, что завтра поеду к маме?

— Знать бы зачем...

— Передать привет. И проверить, держится ли у нее подножная табуреточка.

В день звонка из Москвы у Юлии Ивановны был ревматический удар. Кости болели все, от мелких запястных до формообразующих в тазобедре.

Есть ли дети у Луганского? Какой глупый вопрос, если учесть, что ему уже за сто лет.

Наверное, когда-то были. Они такие же старые, как она. У них и дети уже не молоденькие, небось тоже уже дедушки и бабушки.

Сима пришла вся убитая усталостью. При ее хромоте — целый день на ногах... Выпускает газетку практически одна. Сама редактор, сама распространитель. Два раза их уже поджигали, но она — хромоногая дура Феникс. Ее каждый день цитировало украинское «оранжевое» радио. Когда тебе за пятьдесят и у тебя не было мужчины, революция — самая что ни на есть развлекуха. Сама Юлия Ивановна думает о том, что революций в ее жизни слегка перебор. Она из семьи шахтозаводчика, расстрелянного после семнадцатого. Мать с двумя взрослыми дочками скрылась на хуторе у родни. Слава богу, власть их не достала. Достал голодомор двадцатого. Спас их рыбак-инвалид. Когда стало совсем плохо, приютившая родня честно сказала: спасайтесь сами. Вот тут он и объявился, одноногий дядька. Взял женщину с двумя дочерьми в работницы. Рыба оказалась и колючей, и вонючей, но как-то кормила. Сестры рассказывали, как страдала мать, но не сдавалась.

Так и жили. Так и выжили. А однажды рыбак пришел ночью и лег на мать. Кате, старшей, было уже двадцать лет, Оле — пятнадцать. Они слышали, как мать приняла его, как стонало ее тело и каким счастливым был ее выдох. Через год родилась Юлия. Через два — Ленчик. Рыбак плакал от счастья, от него же напился и утонул. Мать скоро ушла за ним. Очень тихо, как бы даже забыв о маленьких детях. Как выжили? А неизвестно. Как выживают звери, трава... Побирались. Подворовывали. Катя и Оля были и в няньках, и в уборщицах. Уже не вспомнить всего. Только ощущение холода, голода и грязи. Главное, старшие сестры не отдали их ни государству, ни чужим людям — прятали, как щенят. Господи! Как же это все могло быть? Старшая сестра, покойная Катя, красавица, умница, так и не вышла замуж — где бы она могла найти достойную пару в своей молодости? Такое мужское быдло было вокруг. Тем более что опыт второй сестры, Ольги, был неподходящ для примера. Ее муж был из большевиков Луганских и приходился каким-то родственником звонившей ей сегодня Вере Николаевне. Прожили они всего ничего, год, не больше. Муж рванул на Дальний Восток, именно для истинных революционеров дел было невпроворот. Оля хотела поехать за ним, но он ее не взял: «Гарантий для жизни дать не могу». Сказал и сгинул.

У Юлии, случайной младшенькой сестры, вариантов замужества как бы даже и не возникало. И она приспособила себя к полумужской жизни. Сделала короткую стрижку, стала петь в агитбригадах. Так ни разу в жизни ни с одним мужчиной и не поцеловалась. Пошла работать в школу — и, как выяснилось, на всю жизнь. К короткой стрижке привыкла, привыкла курить. В жизни с сестрами — пока те были живы — выполняла мужские работы. Катя и Оля играли в четыре руки на рассохшемся пианино, а она перекладывала печь и перестилала полы.

Брата Ленчика с детства носило по стране, как сухой лист. Прибился к сестрам перед самой войной. Наверное, этого бы не случилось. Но за ним тяжело шла сильно беременная женщина. Лето было жаркое и голодное, Юлия сейчас уже не помнит почему. Ведь страшный украинский мор был позади, а это был уже тридцать девятый.

Ленчик, уходя на финский фронт, оставил им жену и дочь, документов они никаких не видели. Сам он, шагнув в солдатский строй, сказал: «Обетованной земли тут нет, насмотрелся — знаю. Найти хотя бы просто землю. Если найду, вернусь за ними». Что он имел в виду? Землю для жизни или место для могилы? Этот вопрос задавала старшая, Катя, сестрам, которые опекали, как могли, невестку Леку. Ее дочь назвали Лизой в честь их бабушки, красивой дамы с портрета. От той, что приняла в себя рыбака, фотографий не осталось. К тому времени, как записывали Лизу в загсе, лица со старых портретов уже все кончились. Во всяком случае, у них в Лисичанске.

Девочку обожали все четверо. Она была хороша необыкновенно.

Юлия Ивановна бросает взгляд на Симу: господи, почему этой так не повезло? И думает: зато живая. Лизу и Леку застрелили немцы. Просто так, ни за что. Мать и девочка-кроха шли знакомой тропинкой, не зная, что это было уже немецкое штабное пространство. Гавкнули обученные собаки, и два выстрела решили все. Катя умерла от горя через месяц. У Ольги стало дергаться веко, таким и осталось до конца ее жизни. Она умерла в сорок четвертом. Крепко стриженную Юлию Ивановну, хотя она и кидалась на могилы сначала Лизы, а потом Кати, ничего не сломило. И теперь она знает почему. Должна была явиться Сима.

Но сначала явился Ленчик. Она не ждала его. Так естественно быть погибшим в войну, а писем он не писал никогда. Юлии даже думалось: а был ли грамотным брат, если он бежал из дома восьми лет? Один год прошел после войны, второй, третий. Явился-таки сын рыбака. Обтерханный, с голодными глазами и привычкой хрустеть пальцами. Юлии делалось от этого хруста просто нехорошо, но стеснялась сказать теперь уже единственному родному человеку на земле. У Юлии Ивановны возникло странное ощущение — брат не помнит женщину Леку. Во всяком случае, ни во втором, ни в третьем разговоре он о ней не спрашивал. Сестра повела его на могилы Кати и Оли, рядом была общая могила Леки и Лизы. Он остановился. «А я все думал: где они? Если у вас их нет... А они, оказывается, есть». Он долго смотрел на фотографию Леки и Лизы, они прижимались друг к другу. «Такая красота не для этой страны», — сказал он. Но, как теперь говорят, тему не закрыл.

Как-то его разобрало. Стал вспоминать свои мытарства до войны.

— Где только меня не носило. По всем стройкам, по всем рекам. Понять хотел, чего они добиваются, если куда бы ни пришли — людям становится хуже. Тут же обнаружил свойство народа, он у нас сложноподчиненный. Не просто раб там или крепостной, а раб с идеей: так, мол, мне и надо! И детям моим будет надо, и внукам. Одновременно! Слушай сюда: встречались разные люди, и бесноватые тоже. Знал такого. Из наших краев, между прочим. Некто Луганский. (Ленчик не знал, кто был муж Оли.) Убить мог на раз-два. Так верил. Я понимаю, это природный идиотизм: видеть, как все плохо, и кричать, что лучше не бывает. В общем, я в идею этой страны не верил, не верю и не поверю никогда. Я столько бит за это. Луганский тоже чуть меня не пристрелил, но, узнав, что я его земляк, сказал: «Живи, сволочь, и пусть твои глаза лопнут от стыда, что ты, сопляк, не понимаешь великой идеи». Вот я, сволочь, и живу, и глаза мои не лопнули. А настоящих людей все мене и мене. Срослись с поганой властью кто всем телом, кто боком, кто ногой, кто рукой. Я видел в Сибири закрытые лагеря. Слышал, что там самый смак народа. Но я, хрень такая, даже до этих лагерей не дорос. Или глуп, или слаб. Лучше б тот гад меня пристрелил.

Его приняли на работу в школу, завхозом. Он много пил, но никогда не впадал в дурь. Только говорил чуть громче и сильно потел.

Его взяла в примаки уборщица школы, некрасивая Уля. Что-то поскреблось в душе Юлии Ивановны. Мама и сестра были настоящие дамы, и даже ей, рыбацкой дочке, что-то от них, она надеялась, перепало. Уля же — это, конечно, ужас. Мало того что животаста и жопаста, так и слова из нее выходили незнамо какой природы. «Ща колидор сбацаю», «Енту тряпицу не трожь, она для деликатности». И все-таки хорошо стало без него, когда брат ушел с перекинутым через плече скарбом. А потом родилась Сима. Как раз в год смерти Сталина. Более того, в самый что ни на есть тот же день. Девочку в родах — такое ведь горе в стране! — врачи упустили, осталась она хромоножкой. Но любви ей поначалу досталось не сказать сколько. И от пожилой матери, которая, будучи крупной и животастой, даже не подозревала, что может родить ребенка. («Енная мать! — причитала она над девочкой. — Из говна та-

185

кая красота».) И от Юлии. И от молодого еще отца. Ленчик на смерти Сталина как раз и погорел. Рождение дочери подвигло его на высокие, почти заоблачные мысли о справедливой, после такого гада, жизни без арестов, без расстрелов, без этой вонючей партии, зажравшейся до блевотины. Ну, это ладно. Могло сойти за пьяную дурь. Но выросла из глубин Ленчика страшная, как смерть, идея: фашизм и коммунизм — одно и то же. И пошел он гулять с этими мыслями. Недалеко ушел. До первого встречного. И расстреляли его без всякого суда. Как особо лютого врага народа. Да не одного, а вместе с его сожительницей и парой хлопцев из школы, которые оказались рядом и слушали речи завхоза.

Боже! Как же Юлия прятала тогда новорожденную Симку, боялась — заберут в приют. За золотое кольцо бабушки Елизаветы выправила ей документ, будто девочка была подброшена на крыльцо, а значит, ничья. Ну а потом Хрущев сделал свой доклад. В таком потрясении судьба ребенка — пшик, но на всякий случай Юлия переигрывать ничего не стала. Ничейная хромая Сима стала носить фамилию кратковременного поклонника Юлии — Чуракова. Так навсегда исчез из жизни след рыбака.

У Татьяны не клеился материал. Обложка вся искрилась белыми розами на черном атласе гробов. Поп был важен, как памятник Тимирязеву, паства угодливо смотрела ему в раскрытый рот, и только одно лицо на этой тризне было лицом горя. Татьяна знала его уже наизусть — лицо Максима Скворцова. Что его туда занесло, так близко к облаченному Тимирязеву в кругу кликуш? Его лицо хотелось описать так, чтобы словами выделить из фальшиво-помпезного действа. Но слова у Татьяны были смерзлые.

Думалось, в сущности, о том, что никоим образом не соответствовало моменту. О любви. Небывалой, опрокидывающей и не знающей ни греха, ни сомнения. Она именно так могла бы полюбить этого человека. В молодости это называлось насмешливо — «влюбиться с разбегу». Девчонки дотошно изучали на опыте друг друга итоги таких разбегов и возникающие после них столь же неожиданно ненависть («и как же я могла, дура!»), и аборты, после которых хотелось навсегда зашить причинное место, и мордобой от возмущенной жены или там невесты, а чаще от родной матери, и стыдные обзывалки, которые не отлипали ни со спины, ни со лба. Господи, да когда же это было! Ей за сорок, а ее изнутри подпалило, как малолетку. Ни словом не перекинулись, ни плечом не коснулись, а вошло в нее его лицо, будто там ему изначально и было место. И кровь удивленно взвизгнула, получалось, именно этого ей не хватало. Думалось только об этом, а слова-уроды описывали попа. Плевать, что так выходит. Лишнее вычеркнут, а некрасивому приделают гребень.

Принесли новую информацию. Во время взрыва машины одновременно случился пожар в доме Луганских. В нем оставалась девочка Оля пяти лет. Девчонку, видимо, вынес старик-сторож. А гувернантки-музыкантки и след простыл. Девочка не пострадала и даже не испугалась. Она сидела в сторожке, и они с дедом лепили из пластилина всяких тварей. У старика это получалось ловко и по реализму, а у Оли смешно и по фантазии. Аист был похож на жирафа, курица на лягушку, а у змеи была козлиная морда. Дом погасили быстро, он почти не пострадал. У старика-спасателя слегка подралась одежонка. Кто-то дал ему почти новые десантные штаны, кто-то — поношенный, с латками, но замшевый куртёнчик, ну и денег насовали богатые соседи.

Народ вокруг жил широко, помочь герою, истинно русскому человеку, всегда в масть, тем более — в первую минуту после беды. Сторожу сказали, что маму Оли выпишут вечером, в крайнем случае — завтра утром. И раз уж у него так с девочкой все ладно получается, пусть она у него побудет. «А мы вас будем охранять». Сторож кивал головой: мол, делов-то — налепить с девчонкой гусей и утей, а пища у него есть, и молоко утром принесла молочница, и крупа манная чистая, без козявок, и яички, и опять же во дворе все растет до одури. Дождутся они мамку без проблем.

— Так когда она придет?

— Скорее все-таки завтра утром, — сказали ему.

Сторож покивал головой.

История со сторожем становилась в отведенное ей место исключительно по-хорошему. И хотя нос у деда был красный, а волосы стояли седым нечесаным гнездом, но гламур свое дело знает. Деда на фотографии высморкали, волосяную хату причесали на бочок, замшевый прикид оказался в масть. А уж Олечка на руках деда выглядела чистой, если кто еще помнит, Мамлакат.

Но никому не ведано знать, какой пирог испечет для нас жизнь даже при самой лучшей опаре.

Фантомы прошлого

В дождь и непогоду нога у Симы болела так, что ее хотелось отрезать. Смешно говорить, но останавливало одно: денег на будущий протез у нее не было и не могло быть никогда. Не правда ли, странно, что мертвая нога стоит дороже живой? С другой стороны, ногу, которую впору было отрезать, было жалко до слез. Пусть сухая, пусть недовыросшая, но служила же она ей верой и правдой полсотни лет. Просто в день рождения «плохой ноги» умер Сталин, и до старородящей ли тетки было тогда родильному дому? Люди (говорят) готовы были отправить в Кремль собственные полноценные сердца, почки, да мало ли что, только бы он встал и сказал, что никогда не сомневался в доброте русского великого народа, отдавшего ему все. Некоторые даже видели себя во сне в виде свеженького трупа, а рядом стоял воскресший из мертвых вождь, и на их мертвых лицах сияла гордая улыбка победителя.

Сима давно знала все про Сталина. Не было дураков, чтобы лечь вместо него. Но одновременно и были. Ну как плюс и минус.

А вот что ей свернули шейку бедра, потому как очень торопились слушать радио, про это она не знала. Она ведь подкидыш. Мать ее, скорее всего, бедная нищенка, родившая ее в пути. Тетка говорит, что о дне рождения ее, 5 марта 1953 года, было написано на бумажке коряво и с ошибкой. Таковы были изыски Юлиной лжи, они-то и были самыми убедительными.

Девчонка росла и росла. Сердце у нее было нежное, и, как и всем, однажды ей захотелось любви. Это же так, должно быть, прекрасно! И однажды она наступила на «прекрасное», как на мину.

В детстве ее посылали в специальные санатории для больных-опорников. Там их подлечивали бесплатно, там было весело, там она научилась ходить, прихрамывая чуть-чуть. А медсестра подарила ей длинную цветастую юбку.

— Будешь носить длинное, никто и не заметит твоей ноги.

Сима долго разглядывала себя в зеркале и очень себе понравилась. Вот тогда она и влюбилась первый и единственный раз в жизни.

Парень носил правую руку наперевес и был старше ее на пять лет. Вот это-то и оказалось страшным. Однажды вечером он потащил ее здоровой левой в ямку, оставшуюся от какого-то выкорчеванного дерева, и стал стягивать с нее длинную юбку. Она не кричала — стеснялась. Одновременно боялась того, что может быть. И в эту секунду она поняла, что никогда в него не была влюблена, иначе почему все так противно? Ничего не случилось, парень не справился одной рукой с толстыми, с начесом, рейтузами. Был странный запах пропотевшей одежды, его слюны и не передаваемое никакими словами отвращение от ямы, как от могилы. На следующий день она уехала из санатория, зарыв под кустом юбку-подарок. В окно уходящего поезда она видела, как парень бежит за ней, но невозможно зацепиться за поручень, если он с правой стороны, а правой руки нет. Такое пронзительное открытие некоего закона.

После этого Сима стала хромать с вызовом и на всякий случай стороной обходить братьев по несчастью.

Сейчас ей пятьдесят один год. И, слава богу, другого «случая ямы» у нее не было. Она толковая газетчица, ее печатают и в Луганске, и в Киеве, и даже два раза в Москве. На маленьких фотках она просто красотка. Но Сима ведь знаток полиграфии, она понимает великое свойство ретуши: любого сделает красавцем.

Ей присылают отклики на ее материалы, и если они от мужчин, она рвет их сразу. Ничего не поделаешь — запах ямы. А с женщинами у нее бурная переписка. Про все. Про гадов-начальников. Про сволочей-мужчин, про несчастных детей, как больных, так и здоровых, про Украину, которую отделить от России — все равно что перерезать себя по пузу, а если воссоединить, значит, задохнуться под русским мясом.

Юлия Ивановна тайком почитывала эти письма, но боялась не их, а ответов, которые отсылала племянница. Она не знала, что в них накорябает эта как бы подброшенная на крыльцо последняя «самая родная из чужих» Сима Чуракова. Она ведь так и не знает, откуда есть пошла. Девочка-подкидыш — и все тут. Мало ли таких было после Сталина? После Хрущева? После всех будущих? Так и жила Сима Чуракова, ничья на этой земле.

Юлия Ивановна выпивает рюмку водки залпом, каждый раз в надежде, что залп попадет в сердце и уже будет все равно. Она единственный свидетель, и последний. Но не случалось...

Ей еще предстоит рассказать Симе про звонок

Веры Николаевны. Про этот глупый вопрос о Луганском. Они нужны, эти сволочи, Симочке?

Родная мать Симочки была никто и звать никак. Она любила грызть ногти желтыми зубами. У Симы рука отцовская, лопатистая. Сима об этом не знает, она дитя «с порога». И не узнает.

Когда-то какой-то из большевиков Луганских хотел застрелить Ленчика. Может, он был муж Оли? Но не застрелил же? Черт с ними со всеми. Не дело Симы ковыряться в этом. Такая это дурь — сводить концы, можно сказать, столетий. Они не сводимы.

Вера Николаевна всегда была с прибабахом. Вот и взбутетенилась. Луганские, одноногий рыбак — все это уже так давно не принадлежало жизни. Старшая сестра Катя сказала бы: «Девочки, не трогайте плюсквамперфект. Не всякие раскопки открывают Трою, есть такие, что откапывают могильную чуму».

Недогорелую усадьбу Луганских охраняла несметная орава фээсбэшников. Они сто раз заглянули в сторожку, даже взяли у хозяина на память пластилиновых гусей в огромных лаптях, собак-барышень со вздернутыми хвостиками, копилочных кошечек с лукавыми мордами, голеньких поп-девушек и прочую глиняную тварь.

Команда залегла по своим местам. В восемь утра пришла смена. Все было в ажуре. Недогорелый дом стоял как вкопанный, железный, в два роста забор

скалился на мир, плещущее озеро с утиным кря-
каньем и прочее хозяйство жило, как и вчера. Машины ровненько стояли в гаражах, ангарчик для
легкой авиетки сверкал на утреннем солнце, и даже
мини-танк, похожий на безносого бегемота, был не-
возмутим. Все было на месте, все пахло хорошим,
свежим утренним порядком в России. Не было только сторожа и девчонки.

И никаких следов.

Документов сторожа никто не видел. Назвал
себя, как назвал. Нашли контракт в бумагах Луганского: «Принят на работу на соответствующих условиях Никифор Иванович Крюков, 1922 года рождения».

Несчитово собак, несчитово людей, несчитово
техники как по команде ринулись не в четыре стороны, а сразу в шестнадцать. И ничего.

Возникла нелепая идея взмывающего парашюта
и уже совсем глупая — бесшумного вертолета, взле-
тел и исчез. А сторожевые собаки даже и не тявкну-
ли? А бодрствующие солдаты, видимо, были одно-
моментно поражены в зрачок ока? Хотя от амери-
канских служб чего только не дождешься...

А все было просто. Старик знал про особый момент ночи. Это когда отключается все — память,
силы, даже техника. Какие-то пять-шесть минут.
Просто их надо почувствовать, и тогда спасешься.
Старый беглец знал толк в этом деле. Девочка скук-

силась, задремала, он взял ее на руки и вышел из сторожки. Время было то самое, мертвое время. Он вышел дворами к параллельной улице. Не тявкнула ни одна собака. Не скрипнула под ногами ветка. Ему навстречу мигнули фары машины. И он успел.

— При чем тут девочка? — спросили у него. — Ты должен быть один.

— Никто не знает, где найдешь, где потеряешь. Я нашел.

Они ехали тихо, они покинули поселок ровно в ту секунду, когда закончилось таинственное время ночи.

Юлия Ивановна начала разговор с Симой издалека:

— Ты что-нибудь знаешь из жизни Веры Николаевны, матери Тани?

— Без понятия.

— Тогда слушай. Я тут повспоминала, про что рассказывала Катя. Вера — дальняя родня Луганских, зажиточных заводчиков из-под Артемовска, он раньше был Бахмутом. Скрывала она это тщательно. Так было правильно в наше время. Род был поделен. Одни стали солезаводчиками, в тех местах много солевых шахт, да и не только — богатый край, чего там только не было. Другие крестьянствовали.

— А крестьянский дурак ушел в революцию, — перебила Сима. — Все отдал народу, а сам остался при разнообразном оружии — от ножа до пулемета. Это пишут регулярно седьмого ноября.

— Это только половина истории, — сказала Юлия Ивановна. — Его жена знала, что часть родни живет за границей еще с Первой мировой. Она хотела уехать к ним, что и сделала. Муж гнался за ней с кровавой слюной на бороде. И догнал. Перво-наперво прострелил ей ноги, чтобы уж дальше никуда. Оставил ей, окровавленной и перебитой, дочерей, а старшего, мальчонку Ванечку, забрал с собой. Тому было лет шестнадцать, а то и меньше. Про женщину и девочек никто ничего не знает.

Парень же был рад. Куда фасонистей быть с отцом на тачанке, чем под юбкой у матери. И пока отец и сын куролесили по всему югу, другие молодые Луганские спасались в деревне, кое-кто из них вымер в голод, а кто-то уцелел, в НЭП стали богатеть, рукастые были ребята и мозговитые. За это время коготки у Ванечки подросли, а светозарная идея революции полбашки ему снесла. А батя возьми и поделись с ним подробностями семейной истории. И сказал ему слова, которые запомнила моленькая жена уже Ивана. Отец тогда говорил сыну: «Мы будем слабаки, а не революционеры, если не убьем богача, даже если он твой брат. Жир будем снимать со всех, даже с детей малых, иначе идею не осуществить». Молодая жена Ивана до смерти испугалась слов «жир снимать с детей малых» и убежала.

Скрывалась у родни Веры Николаевны. Вот почему та и звонит... Весь род Луганских поделен на умных и дураков. Ваня был в отца — из дураков и горячий. Они-то и спалили дом оставшихся в России братьев с людьми и скотиной. До сих пор говорят, что в какие-то ночи в Барвенках слышат детский плач. Некоторые не выдерживают, покидают те места.

— Тетя Юля! Я же это сто раз слышала. Я знаю больше твоего. Зачем ты мне это опять все снова?

— Старое возвращается, Сима. Сколько вокруг убийств! Взошла ненависть, взошел детский плач.

— Россия без ненависти и крови не может. Она на этом замешана спокон веку.

— Так, слушай. Позавчера убили семью Луганских в центре Москвы.

— А мы тут при чем?

— Сима. Мы все Луганские.

— Не заговаривайся. Я Чуракова, ты Ситченко.

— Ни ты не Чуракова, ни я не Ситченко. Мы все, в сущности, Луганские. Потому как русские и земляки. Рассматривай это как фигуру речи.

На шестой день после несчастья у Дворца молодежи был арестован Максим Скворцов по подозрению в подрыве машины. Татьяна прочла это в газете за чашкой чая, захлебнулась, долго откашливалась, потом потекли слезы, и кот по имени Мурзавецкий с огромным удовольствием облизывал ей щеки. Озорной приблудный котенок обожал слизывать человеческие слезы. И уж если они ему перепадали, то можно было не волноваться — вылижет досуха.

Страсти начались несусветные. Какие там Косово и «Аль-Каида» вместе с Грузией? На второй план отошел старик-сторож, пропавший с девочкой. Никакое человеческое спасение для прессы не соблазнительнее убийства.

Татьяне предстоял разговор с редактором. Она вошла без стука и сказала сразу, что не верит в эту чушь. Что если есть на лицах знаки, то на лице Скворцова просто вычерчена порядочность. Редактор смеялся, откинувшись на стуле, через расстегнутую пуговичку на нее смотрел волосатый пуп. И этот пуп думал, смеялся и делал журнал, в котором она работала. И она засмеялась тоже.

— Значит, дотумкала, — уже серьезно сказал редактор. — Знаки увидела на лицах, балда. А стигматов там не было?

— Дотумкала я вот что. Если у человека волосатый пуп наружу и из носа растут волосы или вдруг на ровном месте у него начинается хронический пердеж вместо мыслей, то надо лечиться, лечиться и лечиться, как надо было бы завещать великому Ленину. Но он сам был хрен моржовый.

— Можешь писать заявление по собственному, — получила она абсолютно спокойный ответ, но не возникло в ней ни страха, ни гнева, а стало даже как-то хорошо. Как будто ехала по колдобинам, да еще на трижды искривленном велосипеде, и вдруг ни с того ни с сего покатило, покатило — легко, радостно, как в рай.

У Веры Николаевны инсульт. Еще неделю назад примеряла новые трусики — стринги, чтобы удивить Андре: его корове таких не носить. Вот и был бы у него день радости — и водочка, и буженина, и соблазнительная ниточка в попке. Да он бы просто зашелся.

Но ничего прекрасного не произошло.

В очередной раз звонила в Луганск, кричала: «Что, трудно узнать, они из каких?» И на этом слове — «каких» — что-то застряло крестом в горле, буква «х» вспухла, глаза как-то дико опрокинулись вовнутрь и что-то горячее-горячее зажгло ей жилы, и она — и не она вовсе — завалилась на пол, а телефон упал ей на грудь. В это время в дверь звонил Андре, а открыл ему задержавшийся дома муж — он вернулся с полдороги, забыл, дурак, какие-то пассатижи. И все предстало ярко и непристойно: пена у рта, закатившиеся глаза и странное не то «х», но то «кх» из слипшегося горла.

Казалось, не довезут до больницы. Но инсульт, страшный снаружи, оказался незначительным — микро. Она пришла в себя. А вот с мужчинами случился конфуз. Они топтались в приемной «Скорой помощи» оба-два, как говорится, без слов, одни жесты. Муж нервно тер виски, а Андре открытым ртом громко выдыхал воздух. Когда был дан отбой самому страшному, муж рухнул на стул, а Андре сказал, что зайдет позже, чтоб уже поговорить с Верой Николаевной. «Козел!» — думал ему вслед муж. А тот как бы услышал и даже засмеялся якобы шутке.

Татьяна не знала ничего. Она в этот момент толклась в Бутырке, добиваясь свидания со Скворцовым с помощью оставшегося у нее удостоверения редакции. Волосатый пуп еще не начал упразднение ее документов. Еж твою двадцать! Как же она его обозвала?.. А ведь могла остаться в сладеньком журнале, где и деньги что надо, и «круг общения», и выход в свет на любой корпоратив, ешь икру или разные суши, пей-залейся, да мало ли что?

Но она, безработная, сидела напротив Максима Скворцова.

— Я из журнала.

Он отвернулся от нее и стал смотреть в зарешеченное окно, а ей хотелось плакать, она представляла неимоверное количество безвинных мужчин с этой тенью решетки на лице.

— Мне еще в детстве объяснили, что лицо — всегда отражение совести. Вы в этом деле ни при чем. Поэтому я здесь.

— Я вас не знаю. И ваше лицо ничего мне не говорит о вашей совести. Простите за прямоту. Раз вы работаете в этом журнале, значит, у вас спецзадание. Иначе с какой стати вы тут?

— Меня уволили. Сегодня у меня заберут пропуск, и я к вам больше не прорвусь. Скажите, чем я вам могу помочь?

— Ничем. Покойник, хозяин вашего журнала, предлагал мне сумасшедшие деньги, чтобы я снял свою дочь с конкурса. Жена моя была «за». Но дочке очень хотелось, хотя я уже знал, что все давно куплены. По логике, у меня был резон шлепнуть Луганского, но я не умею убивать. Лицо тут ни при чем. Просто у меня другое воспитание. Те, которые это сделали, лучше моей кандидатуры для своего прикрытия не найдут. Все про все знают. Помните эту сцену в «Идиоте» — деньги в печь? Покойник устраивал такие штуки. Куражился. Все куплю! Все продам! Ему однажды били морду специальные люди. Он тогда заявил, что знает, сколько стоит кресло президента, и нашего, и всякого другого. Ну, дурак, одним словом.

— Его уже нет. Что будет с вами?

— Справедливый суд. Кучка присяжных. Если до этого дойдет. Но скорее нет. Я как бы повешусь в камере от угрызений... Или вскрою себе вены бритвой. Не делайте такие страшные глаза. Не сам. Я и на такое не способен.

— Что передать вашей дочери?

— Ей мама все объяснит. Она для нее высочайший авторитет. «Он, — скажет она, — пошел на это ради тебя».

— Надо искать преступника. У вас хороший адвокат?

— Был хороший, да наверняка перекуплен. Оставьте все как есть. Как есть — очень плохо. Погибла ни в чем не повинная девочка. Погиб дурак Федор. Дело будет контролировать его брат. И храни вас бог возникнуть перед ним. Вы не проживете и секунды. Я боюсь за дочь. Не будут ли грозить ей?.. Но это уже Троянская война, а у Федора есть еще одна дочь. И моя супруга тоже не из паствы преподобного Серафима Саровского. Не влезайте. Это топь. И очень может быть, что она страшнее, чем кажется на первый взгляд.

— Меня зовут Татьяна Черникова. Безработная журналистка. Извините, но я попробую рыть землю носом.

— Бедный нос, — сказал он ей вслед.

Ее спокойно выпустили. Знаменитый журнал был популярен и здесь. Портреты «звезд» и «секс-символов» вырезались из него ножничками и висели там, где раньше были Ленин и Сталин. Место Дзержинского теперь занимала Жанна Фриске.

Он все-таки боялся, что она устанет и не дойдет до нужного места.

— Хочешь на ручки? — спросил он.

— Ты же старенький, а я уже немножко сильная, — ответила девочка.

Он боялся сбиться с пути. Он заплакал, когда увидел огоньки фар. Машина просигналила два раза.

— Климовск, — сказал дед шоферу.

— Мокша, — ответил парень и открыл дверцу. — А о ребенке разве договаривались?

— Не спрашивай лишнего.

Их заставили переодеться, а вещи, в которых они были, бросили в какое-то болотце, казавшееся недвижным, но мешок с одеждой оно втянуло в себя быстро и даже с аппетитом чавкнуло.

В машине девочку стало укачивать. Ей сказали, что они едут к маме, она ее ждет. Ее покормили вкусными пирожками с яблоками, попоили горячим чаем из термоса, и она уснула, положив голову на колени деда.

Тот самый главный пожар

Константин Луганский был из той ветви семьи, что, сломавшись накануне революции, оказалась за рубежом. Он был из третьего поколения русских вне России. И первым, кто вернулся. Он приехал, учился в Московском университете, защитил диссертацию, женился и остался. Слава богу, были уже вегетарианские времена. Жена его была тоже из бывших — из рода грузинских князей. В невестки они получили красавицу татарку. В доме всегда было певучее разноязычие. И это многоголосие Константин любил больше всего. Он за все время, что жил в Турции и Болгарии, во Франции и Германии, нигде не ощутил такой прелести разноязыкой речи, где главный язык не доминировал, не давил, не чванился, а был тем не менее отцом семьи. В голодные девяностые они взяли из детдома троих детей — казашку, украинку и белоруску. Он искал еврейку или армянку. Но, странное дело, брошенных еврейских или армянских детей не нашлось. Тут возникали боль и стыд за русских, за брошенных в таком неимоверном количестве больных и необученных.

Тогда и родилась мысль собрать остатки, если они есть, старой луганской семьи, разделившейся когда-то на два цвета — белый и красный. Он ничего не знал про родню. Будучи ученым-химиком, много ездил по разным городам, по заводам. Тихонько, исподволь познавал законы жизни этой трижды перекроенной родины, находились и однофамильцы. Как правило, они уже были чужие. Но случилось...

На форуме предпринимателей в Екатеринбурге, причесываясь у большого зеркала, он увидел другого себя. Всего в шаге от него, точно таким же, его движением поправляя волосы, стоял мужчина его лет. И они смотрели глаза в глаза в зеркале. Нелепая ситуация развернула их друг к другу, и Константин первым протянул руку и сказал:

— Луганский, Константин.

— Луганский, Николай, — ответил двойник. Они рассмеялись и ушли в сторону. Николай был мэром крупного сибирского города, его дети учились в Англии, вот только беда у него случилась с племянником. Взорвали в машине с женой и дочерью.

— О господи! — воскликнул Константин. — Когда же кончится это дикарство?

— Вот тебе адрес в Москве. Через две недели — сорок дней. Обязательно будь! Ты небось из бежавших Луганских? Мы теперь все общаемся. Мир сузился и сомкнулся. Бери с собой супругу.

Третий звонок загнал их в зал, и там они потерялись.

Вечером в гостинице Константин достал синеватую фотокопию фамильного древа. Он втянул в свой интерес младшего сына, историка. Они любили баловаться рисованием фамильных древ.

Их древо было раскидистым, похожим на осеннюю сливу накануне окончательного освобождения ее от черных влажноватых плодов. В как бы плоды они вписывали вспомненные или узнанные имена. Самой весомой была их собственная ветвь, хорошо сохраненная в эмигрантской памяти. Слева и справа от нее были редкие, будто осыпанные холодом ветки. Русская революционная ветвь была самой родственной, но и самой страшной по числу умерших.

Само древо начиналось с Бабуси, легендарной прапрабабушки. Смолянка, красавица, она родила дочь и двоих сыновей и овдовела в сорок лет. Говорят, сватать вдову приезжали и с югов России, и с запада Украины. В ней замечательно текли и кровь шляхтичей, и кровь запорожцев, и молочные реки донской казачки. Бася — для сверстников, Мамуся — для детей, Бабуся — для внуков и правнуков была тем краеугольным камнем семьи, который был и защитой, и опорой, и уверенностью в будущем. Ее портрет с венцом косы на голове увозили на груди в эмиграцию, держали близко к киоту оставшиеся. К ней с просьбами поддержать обращались в ночи атеисты и припадали ниц верующие. О ее уме рассказывали удивительные истории, ее шуткам смеялись правнуки.

Старший ее сын жил долго и умер, глядя на стылую рябь Женевского озера. Младший погиб рано. Женился, родил сына и свалился с лошади. Не пьяный, не неумелый, а свалился ровнехонько под копыто. Говорят, его окликнула в окно молодая жена, за ней так и осталась виноватость. Она не выдержала молчаливого укора и покинула семью покойного, выйдя замуж за подающего надежды писателя. Как-то даже не обсуждалось, что ее сын должен остаться с бабушкой. На древе — через ступеньку от нее — внук Петр, от дочери, и внук Василий, от неудачного наездника-сына, на фотографиях — ясноглазые, насмешливые, в форменных студенческих сюртуках столетней давности. Это их прадеды, двоюродные братья.

Они росли вместе. Бабуся следила за их здоровьем, наблюдала, как мальчишки тягались между собой в писании, у кого струя хлеще и дальше. Как-то инстинктивно, без раздумий почему, она болела за того, у кого не было отца, за Васеньку. А у него как раз не получалось победить брата, хоть тресни. Струя у Петеньки была тугой, хлесткой, она сбивала траву намного дальше, чем Васенькина. Бабуся звала докторов, беспокоясь, не признак ли это чего-нибудь нехорошего. Но мальчишки были здоровы, и никто не знал, что Васенька был уязвлен превосходством брата в сбивании травы.

Было решено, что Петя пойдет по технической части — машины, шахты, а Васенька — по сельской: он ведь грибник, рыболов, охотник. Так и сделали. Петя, как умел, развивал промышленность, а Вася крестьянничал. Это было Бабусино слово — крестьянничать. Она, говорят, его вкусно выговаривала, упирая на «ян-ни», будто в этих слогах был весь смысл. А может, он и был, кто знает? Инь и ян.

Так вот, два брата влюбились в одну девушку. Выбор был за ней. Успешный молодой промышленник и хорошо стоящий на земле хозяин. Девушка, пути Господа неисповедимы, выбрала первого. Бабуся на этом сорвалась. Она болела за слабую струю. И, слава богу, умерла за год до больших безобразий пятого года.

На юге России еще и не пахло никаким Лениным и прочими революционерами. Ходили какие-то чахоточные студенты с сумасшедшими глазами, что-то вещали за справедливость, ногти у них были грязные, а мочились они под заборами. Не смахивая последнюю каплю.

Это позже пришли ребята крепкие и горластые. Они уже умели щелкать налыгачем так, что дребезжали окна, а у слушающих пацанов сладким холодом падало в животе. Но это было потом, когда загорелось повсюду — и недуром.

А еще раньше, еще при Бабусе, девушка Настя легко ступила в бахмутскую церковь под ручку с Петенькой. Кто там заметил парня с синим от горя лицом, что толокся вроде как бы совсем рядом, а на самом деле даже и не существовал. Мысленно Василий Луганский взрывал церковь, а вместе с нею все чертовы копи, даже новый, с иголочки трактир и задубелую во времени церковно-приходскую школу. Уничтожив все дотла, он успевал — умственная жизнь быстрая, ее не догнать — схватить на руки невесту и, перекинув ее через седло, мотануть так далеко, что оставшимся в живых в голову не брякнет их найти. И где-то там, на мягкой траве, он долго будет разглядывать ее голый живот и стройные ноги, чтобы потом раз и навсегда сделать все это своим.

Так было в голове. А в жизни парень мокрел у храма Божьего под звуки пения, разрешающего любовь в любую минуту желания. И не было взрыва, и не треснул пополам трактир, и Настя не легла поперек седла.

А вокруг уже занималось зарево двадцатого века, но кто же думал всерьез о том, чего не может быть никогда, на взгляд людей обеспеченных и умных. Соляные копи жили и умножали Петенькину силу. И Василий был неплох в деле, очень успешно крестьянничал, как сказала бы покойная Бабуся.

Соль, конечно, солью, но соль земли — это хлеб, и Петру не хотелось отрываться от земли. Летом городские Луганские приезжали в родовой хутор. Так хорошо там! И сады, и речка, а маленьким детям козочки да лошадки — настоящее счастье. И брат Василий — рукой подать, всегда гость дорогой.

А у Василия летом загоралась душа. Мечта по имени Настя оказывалась почти рядом. В гости зайти — запросто, пятнадцать минут на лошади. А ногами ходить — вообще одна радость. То подсмотришь в саду голое коленце, то спущенные плечики сарафана, а то и вообще было: присела Настя под кусточком, Василий так и замер, чтоб не спугнуть, у него мышцу судорога схватила, как собака бешеная.

Бабуся требовала, чтобы он женился. Василий и сам понимал, что надо, сколько можно жить, подглядывая за чужой женой. Но не мог себе представить женщину, кроме Насти. А тут возьми и заедь к ним троюродный дядька, предводитель дворянства Столыпин, Бабусин родственник. Он быстро навел порядок. Нашел Василию холостячку, наследницу ростовских пекарен. И поженил в два счета.

Как же не полюбил жену Василий, как не полюбил! И тем не менее к Первой мировой в семье у него подрастали мальчишка и девчонки-двойняшки. У Петра было два сына и две девчонки — стройненькие, узенькие, как мама Настя. И продолжалась эта девичья красота в семье брата как его клятость.

Располневшая от родов Настя возбуждала Василия теперь куда круче, чем раньше. Так бы и кинулся! Так бы и съел! И девчонок ее хотелось раздеть и разглядывать по самую пипочку. Даже бы не тронул, что он, зверь какой? Вот только глаза насытить, запахом упиться — этого хотелось до не могу, раз уж с матерью не получилось.

Революция входила в Василия раздражением на собственную личную жизнь. И первопричину всего — не поверите! — он видел в Боге. Это ж сколько он молитв прочел, это ж сколько он поклонов отбил, а щедрот его церкви вообще не счесть. Лучшая колокольня во всем крае, а иконостас даже где-то запи-

сан как ценная реликвия. И ничего ему за это. Ни-
че-го.

Подоспела война. Забрали сына Петра. Оба брата провожали его до Ростова. Красиво ехали ребята
на войну. Петр сразу поехал домой, а Василий, по-
махав ему шапкой, зашел в трактир. Извозчику раз-
решил часок покемарить. И тут случилось.

Рядом сидел парень, годами в сына Петра.

— Чего ж не служишь? — спросил Василий.

— А зачем? — вскинулся парень. — Царя защи-
щать? Я пойду в армию, чтоб повернуть ее против
этой жизни, когда человек не может жить по своей
воле, он как пес — где ему укажут место, там и дрых-
нет, в какую плошку что нальют, то и жрет. Нет!
Это не по мне! Каждый сам должен взять то, что
ему надо и что хочется.

Парень уже был хорошо пьян, но слова его вхо-
дили в Василия, как нож в масло. Они загорались в
нем таким теплым и радостным огнем. И ему стало
казаться, что это он сам говорит, а его слушают: и
про попов жадных, и про неволю — ничего сам не
выбрал, ни жену, ни судьбу, ничего своей рукой не
взял.

Надо было возвращаться, но он поперся по улицам и видел многих людей, в глазах которых пле-
скался такой же огонь неприятия жизни.

В результате пришлось искать наемную пролет-
ку, собственный кучер ждал, ждал да и тронулся домой, пока не ночь.

Шла война. Гибли люди. Погиб сын Петра. Такое горе, а Василию как-то в радость: и в церкви на отпевании, и дома на поминках он был рядом с Настей, и теплый ее бок касался его. А когда она в очередной раз безудержно зарыдала, он обнял ее, все-таки родственница, и держал ее долго-долго, как свою. И она даже как-то прижалась.

Этой скромной близостью он жил долго, радостно ожидая других счастливых случаев. Они подворачивались. Умерла мать Насти, и снова он сидел рядом с Настей, но все было совсем иначе, та плакала, сморкаясь в платочек, и теплый бок ее был равнодушен.

Время летело быстро. У плохого времени совсем другая скорость. Россия взбухала странно, то заливаясь кровью, то впадая в смертную тоску или пьяную радость.

Однажды, проходя по привычке мимо садов Петра, он услышал стук заколачиваемых окон. У крыльца грузились подводы. Петр был напряжен, даже увидев брата, не расцепил зубов. Но потом сказал. Как убил:

— Мы уезжаем, Вася. За границу. В России нельзя оставаться, пришла чума. Приедем, устроимся, дадим тебе знать. Надумаешь — приезжай.

— Все едете? — спросил Василий.

Глупый вопрос, но ждался глупый ответ: мол,

Настьку с девочками оставим пока, а ты приглядывай. Но ответ был другой:

— Остается Данила. Мы из суеверия молчали, но у него жена на сносях, вот-вот родит, а дорога будет трудная, опасная. Ты за ними, брат, поглядывай. У меня, скажу тебе, сердце не на месте.

Василию хотелось сказать, что другие сыновья сражаются за Россию, а не сторожат беременных баб, но вовремя вспомнил, что старший сын Петра погиб. Как только успел сообразить. Слова уже собрались в горле, в слюне, готовые выскочить, пришлось ими подавиться. Закашлялся. Петр сочувственно сказал: «Ты, Васька, себя береги. Осень плохая, очень холодной водой течет, а у нас в роду, помнишь, был Никифор чахоточный. Всю жизнь пришлось прожить за границей. Легкие — место нежное...» И он обнял Василия.

Так они расстались навсегда.

— Петр с семьей драпает, — сказал он жене.

— Потому как умный, — сказала жена.

И тут он стал ее бить. Сроду руки не поднимал, а тут накатило. За все сразу. Что Петр, видите ли, умный. Что умному досталась Настя, а ему, дураку, значит, эта костлявая сука, о которую руки обломаешь, а удовольствия ноль. Заверещали дочери, все в мать. Что Бог ни разу ни в чем ни капелюшечки ему не помог, а значит, теперь он точно живет без него.

Он пойдет с теми, кто сносит купола, кто убивает шибко умных, и будет ему счастье.

А вскоре жена с детьми убежали из дома. Хорошо, что догнал. Хорошо, что успел выхватить сына. Ему плевать, что потом случится с этой сукой без ног и с верещащими девчонками. Он их ненавидел. Ненависть шла горлом — пеной и кровью, опровергая уже сам лозунг революции, что она есть счастье для всех. Какое там счастье от пены с кровью? Был просто слабый человек, сломленный нелюбовью. Не так уж и мало, между прочим. В революцию идут и по куда как меньшей причине. Тему счастья и справедливости мы даже пальчиком не тронем. Посмотрите революциям в глаза. Где вы там увидите справедливость и тем паче счастье?

Невозможно угадать, когда и где ты потеряешь ключ от квартиры, на каком бордюре расквасишь нос, кто из близких тебе людей заложит тебя всю с маковкой. Все варианты бед и случайностей можно рисовать до бесконечности. А вот что ты ударишься в любовь, как пьяный в витрину, это из невозможного, так сказать, эксклюзив. К тому же если тебе за сорок. И ты иссохла в том месте, где выращивают розы любви, там давно живет-поживает могильничек из стихов Цветаевой, амура с отбитым крылышком и собственным портретом, в котором нет ничего, кроме неприличного сияния когдатошних глаз.

Татьяна предъявляла всем и каждому негодящийся, глупый для юрисдикции аргумент: человек с таким лицом, как у Максима, не способен на убийство. И ей впрямую говорили: вы — дура. Тоже мне аргумент. А с таким лицом человек может быть президентом, воспитателем детей, врачом? Ты знаешь, какая у Сократа была морда? Но он был Сократом. А Пушкин что, Джонни Депп? Смотри наоборот. Красотка Марлен Дитрих — редкая сука, а у серийного убийцы — лицо как у Чехова. И так далее... Бесконечное число разговоров с журналистами, юристами, депутатами.

Зачем она пошла к его жене, она не знает сама. Красивая гламурная тетка, из тех, которых нам теперь ставят как образец успеха и правильности жизни, лежала на узком диване, покачивая на пальцах ног до отвратительности розовую и пушистую, скажем грубо, тапку. Узнав, что Татьяна пишет статью о взрыве и ей хотелось бы поговорить о Максиме, жена дернула плечиком.

— Ну и что вы хотите узнать от меня?

— Ваш муж мог бы пойти на преступление? Никто, кроме вас, не знает это лучше.

— Лучше — хуже... — засмеялась женщина. — Это не предмет для разговора. Он обожает нашу дочь. Он мечтал, чтоб она была первой на конкурсе. И теперь она ею станет. Разве нет? Мужчина обязан бороться за любимых женщин.

— Но для этого надо оправдать вашего мужа, иначе вашу дочь просто не допустят до конкурса. Такой способ победы, согласитесь, пройти не может... — На лице женщины-тапки мелькнуло даже не выражение смятения, сомнения (ну, мало ли какие мысли бывают у тех, чьи мужья сидят за решеткой за убийство), лицо подверглось некоей гримасе, очень осторожной, чтобы, не дай бог, не грозила возникновением мимических морщин. Представьте себе тихое-тихое болото, и вы на него дуете изо всей силы, чтобы всколбасить... Тот самый случай мимики.

— Не сбивайте меня с толку, — сказала она. — Мне все объяснили юристы. Макс человек горячий и не любил Луганских. Он многих не любил из нашего круга. Пока нет никаких фактов, подтверждающих, что сделал он. Мог, но сделал ли? Его будут держать там в целях его же защиты. Его адвокаты боятся, что Луганские могут подложить компромат или как это там... Они договариваются об общем интересе. И писать категорически ничего не надо. Это не ваше дело. Пишите о пенсионерах, которых так много, что их-то точно пора взрывать. Вы заметили, как воняет старость? Бедность?

Это было ей уже вслед, как издевка.

Уходя, Татьяна вспомнила выражение, которое не давало ей покоя, пока перед глазами маячила эта карамельно-розовая тапка: классовая ненависть.

Господи! Тоже мне класс! Глупая, наглая бабенка. Но с чего-то же начинается столкновение миров. В ее случае тапка олицетворяла безнравственность и подлость, вскормленные несчитовыми деньгами. Деньги — это наше теперь все. Ум, совесть, честь. А если она против, то скажут: может, ей просто завидно, что у нее нет этой анфилады комнат и прислуги, которая с презрением из-за ее позавчерашних туфель закроет за ней дверь? Но мне не надо это сегодняшнее, господи, — кричала внутри себя Татьяна. Просто пришло время царствования людей без мимических морщин, людей-масок, окаменевших от силы и права денег.

Она поехала к матери. Вот кто рухнул от того взрыва, можно сказать, навсегда. Каждый раз Вера Николаевна ощупывает дочь, будто ей надо окончательно убедиться: она жива и ничего с ней не случилось. Иногда у матери сидит этот неприкаянный учитель, который был тогда. В его глазах, когда он смотрит на мать, столько страдания, что сразу возникают две мысли, хорошая и плохая. Хорошая — что мы еще не все говно, что живет в человеке боль не от плохого пищеварения, а от жалости и сочувствия. Плохая же... Зачем травить душу матери своим приходом, если ты все равно не знаешь петушиного слова для своей старой подруги? А то только нюни. Господи, а ты сама, дочь, знаешь? Встань и иди!

Иди и смотри! Обрящий да увидит! Сколько еще цитат можно вспомнить?

Мать зациклилась на Луганских. Какие-то детские воспоминания. Что-то где-то когда-то было, хотя вся жизнь прожита на каком-нибудь этаже, среди панельных стен, а до того — деревянных.

Но почему-то у нее трясутся руки. И Таня выпроваживает грустного друга, сидящего как-то неуверенно и боком. Ей надо накормить мать супом. Это сложно: приходится подкладывать под подбородок полотенце. Лицо у матери детское. Детское в морщинах. Отнюдь не мимических. Морщины-борозды, по которым проехала жизнь всем, чем могла. Ах, как любят в России, хоть в советской, хоть пост, ездить по человекам. Главное государственное дело. Гусеницами ли, колесами, шинами от «Мерседесов». Главное — прокатиться по живому. Сам дурак, что не зацепился за борт или не отскочил в сторону. Ты что, без понятия, что страна едет?.. Незнамо куда, правда. Но это уже вопрос к философам.

— Мама! Открой рот шире! Слышишь меня? Шире! Ну что ты как маленькая.

А ведь ее никто не взрывал, просто она испугалась, что могут взорвать ее дочь. Всего ничего — в этой стране постоянное ожидание беды. Слева, справа, сверху, снизу...

А тут еще телефонный звонок. Пришлось отставить тарелку, вытереть матери лицо и взять трубку.

— Верочка! Это я! — Голос чужой, издалека.

— Это не Вера. Это Таня.

— Таня! Господи! Я не узнала твой голос. Это Юлия Ивановна. Помнишь, вы как-то с курорта заезжали к нам в Лисичанск.

(Она тогда почему-то ляпнула: «Где-то здесь должны жить эльфы».)

Крохотный зеленый городок. Ее мама — из Попасной, это недалеко. А Юлия Ивановна — учительница. Ей может быть уже сто лет, не меньше. Голос такой дребезжащий...

— Да, я помню. Как вы живете?

— Мама звонила, спрашивала о Луганских. Они ей седьмая вода на киселе. Сима — ты помнишь Симу? — рассказала, что были два брата, между ними была вражда, и во время коллективизации один из братьев спалил семью другого вместе с детьми и няней. Страшная история. Зачем это Вере? Про это лучше не помнить.

— Да ни за чем. Что-то вспомнила и забыла. Я скажу маме, — ответила Татьяна, будучи уверенной, что ничего подобного она матери не скажет. — Спасибо вам за информацию. Привет передавайте Симе. — И первой положила трубку.

Так не бывает, но так было. Мать смотрела на нее абсолютно осмысленным, даже каким-то помолодевшим взглядом.

— Это была Юля? Я и без нее вспомнила Луганских. У бабушки одно время, рассказывали, пряталась сбежавшая жена одного из Луганских, а в доме другого — бывает же такое — сгорела девушка из нашего села, она нянчила у них ребенка. Так мне говорила мама. Я поеду к ней, расспрошу поподробней.

— Зачем это тебе? И что может помнить девяностолетняя старуха с провалами в памяти? Я запрещаю тебе к ней ездить!

Последние слова Татьяна прокричала и сама услышала в собственном голосе какую-то странную неуверенность. Будто не так уж и бессмыслен этот поход к бабушке, которую определили в дом престарелых по ее, Татьянину, настоянию. И сейчас вдруг та ее настойчивость кольнула ее болью и стыдом.

Она тогда вышла замуж, и они впятером жили в трехкомнатной хрущевке. Иван был из тех, кому придумали это определение-клеймо — иногородний. В этом слове было много смыслов. Иной — значит, не москвич, второсортный. Иной — значит, посягатель на твои кровные метры. То, что Иван был из Свердловска, города высочайшего интеллекта и какого-то особого таланта и развития, значения не имело. Бал правил сатана, и он насытил исконно русское слово «иной» (не этот, некий) только одним смыслом — не свой, чужой, иноверец. Все вместе — не москвич. Значит, тебе ничего не положено, если только ты не устроился в какое-нибудь специальное место.

От сатаны пошел и вопрос: как быть? Разменяли трехкомнатку на однокомнатку для молодоженов и проходную двухкомнатку — для мамы, папы и бабушки. Бабушка шумела в проходной: двигала стульями, включала на всю мощь телевизор. И она, Татьяна, первая начала разговор о доме стариков. Мама махала руками: «Как ты можешь такое говорить, ведь стыдно же, стыдно! Мать родную...»

Родная мать подслушала разговор и сказала: «Валяйте! Все мое поколение прошло через тюрьму. Я что, лучше других?»

— Какая тюрьма? — кричала Татьяна.

— Я буду к тебе ездить каждый день, — бормотала мать.

Но ездила, через день, Татьяна. И бабушка ей говорила:

— Ну что печалиться, детка, если сделать из людей сволочей — главная задача коммунизма? И никто тут не лучше. Никто! Поверь и успокойся — никто.

Потом родилась Варька — поменялись жильем с родителями. Теперь живут, слушая ночами Варькину музыку. И уже без вариантов. Денег на жилье для дочери у них нет. Перспектива тут одна: если они умрут. Или бабушка с дедушкой. Это не мысль, не план, не надежда. Это так — ясный след коммунизма, закаменевший в условиях капитализма. Так вот кольнет боль и стыд — и живи дальше. Или не живи. Никто никого на этом свете не держит. После тебя останутся как минимум квадраты.

— Возьми с собой папу, — сказала Татьяна совсем другим голосом и уже застыдилась своей непоследовательности. «Как дерьмо в проруби», — сказала она себе.

— Нет, — ответила мать. — Я поеду с Андре.

— Это кто? — спросила Таня рассеянно.

— Мой друг. Он ведь меня спас, когда это все случилось. Если бы не он...

Татьяне хотелось крикнуть матери, что никто ее не взрывал, а значит, и не спасал. Но она смолчала. Ее вдруг охватило предчувствие, что все это не так просто — звонок Юлии, сгоревшая когда-то родственница, бабушка в лечебнице и Андре, который уныло сидел сегодня здесь на стуле, а когда ушел, то ей захотелось выбросить стул вослед.

— С тобой поеду я.

Бабушка довольно проворно вышла им навстречу.

— Боже, Танечка! Тебе так к лицу этот лиловый шарф. За этот цвет мне досталось по морде. 22 июня сорок первого года я надела лиловое в черный горох платье, которое сшила ко дню своего рождения. Мне исполнилось двадцать семь, а твоей матери год. Я тогда была одна дома и не слушала радио, я смотрела на себя в зеркало. После твоего кормления, — она посмотрела на Веру Николаевну, — это должен был быть мой первый выход в свет. Платье изорвали в клочья мужнины родственники. Они слушали радио о начале войны, и я им, естественно, показалась до неприличия радостной.

— Можно понять, — сказала Вера Николаевна.

— Что? Так и рвали платье? — спросила Татьяна.

— Кто-то взял за фонарик рукава, кто-то за бант, третий за пояс. Шифон был дрек, фальшивка, не выдержал патриотизма. Советская власть ведь не прощала никому несоответствия утвержденным понятиям. И еще она ненавидела индивидуальную радость. Радостно должно быть или всем, или никому. Я это вызубрила назубок значительно раньше. Но в тот день, дура, забыла. Так жалко было платье... С чем пожаловали, девушки?

Ну и какая тема для разговора годится после этого? Тема здоровья, советской власти или качества тогдашнего шифона?

— Мама, — сказала Вера Николаевна, — вспомни про ту девушку, которую спалили вместе с Луганскими.

— Марусю? Она была мне троюродная сестра и сирота. Ее родителей уничтожили как классовых врагов. Мы забрали ее к себе. Наша семья была городская. Папа был железнодорожником, не пахал, не сеял. Марусе искали работу, но где она была, эта работа, на станции Попасная? Луганские кем-то нам приходились и жили на хуторе, они были как бы на-особицу, и их пока власти обходили. Хороводил тогда всем Васька Луганский, отпетая сволочь, но родственников на хуторе как бы оберегал. Вот Маруся и пошла в няньки к ним. Там было четверо детей. Хуторянские Луганские были молодые и плодились хорошо.

— А у Василия были дети? — спросила Татьяна.

— Сын-оторва. И, кажется, дочки? Не помню. Маруся была очень довольна своей работой у другого Луганского. Вежливая семья, без скандалов. У нее даже стал завязываться роман с кем-то из деревенских. Или ей так казалось, трудно сказать. А потом мы узнали, что команда Василия Луганского сожгла их дом и подворье, никто не спасся. В газете писали, что уничтожено еще одно гнездо контрреволюции, у которого была прямая шпионская связь с заграницей. Родители сожженных действительно уехали еще во время войны, до революции. Остались сын с женой на сносях, мальчишка старшенький и двое — или трое? — маленьких. Вырубили род под корень.

— Часть рода, — сказала Татьяна. — Другие-то живы.

— А что им сделается? Это было их время. А теперь скажите, с чего такой интерес.

— Тут убили одного Луганского с дочерью, — сказала Татьяна.

— Значит, теперь они бьют своих, — засмеялась бабушка. — Как это поет «Машина»: «Вот новый поворот, и мотор ревет»...

— Какая машина? — растерянно спросила Вера Николаевна.

— Бабуля, ты молодец, раз поешь молодые песни.

— Ну, какие они уж молодые? — засмеялась бабушка. — Молодые — это «Муси-пуси, миленький мой, я горю, я вся во вкусе рядом с тобой».

— Она спятила, — сказала Вера Николаевна на ухо Татьяне.

— Не бойся, дочь! Ефимову сто с лишним, а он рисует. Моисееву тоже — он пляшет, а мне всего ничего, девяносто два. И я пережила и революцию, и даже перестройку. Держите меня в курсе Луганских, мне очень нравится эта история.

Он был в уборной, когда услышал голос мамы, странный такой:

— Ник! Ник! Помоги мне! Где ты?

Он выскочил, но дом был уже в огне. Он видел, как мама разбила окно и с маленьким Мишкой на руках пыталась вылезть. Ее срезали пулей. В другом окне срезали няню Марусю с маленькой Олечкой. В третьем окне убили отца. Потом на всякий случай стали палить по всем окнам. Они так ярко виделись на фоне огня — дед Василий и его сын Иван, и другой его хлопец, мальчишка, может, не намного старше его самого, сын от второй жены Василия; отец говорил, что она у него местная фельдшерица и ярая большевичка. Но ни с ней, ни с сыном Василий никогда брата не навещал. «Успеется, — говорил, — гостевать». — «Как хоть зовут моего двоюродного брата?» — спрашивал отец. «Володька», — отвечал Василий.

Дед Василий кнутом показывал, где надо добавить огня, а Иван и Володька подскакивали в седлах при каждом громком треске и смеялись, как дети у распаленного костра. Голосов больше не было, и гады ушли. И тогда он услышал слабенький плач. Он понял, что убитая нянька выронила Олечку. И они там рядом, под окном, внутри комнаты, убитая и живая. Он полз по земле, раздирая в кровь тело битым стеклом. Окно закрывала жухлая сирень. Он влез в горящий, трещащий в ожидании обвала дом, нащупал девочку и спрыгнул вниз за минуту до того, как грохнула крыша. Он спрятался в коровнике, из которого, видимо, еще раньше увели коров, зарылся с сестрой в сено и потерял сознание. Ему было восемь лет.

Он не видел расцарапанного и порезанного тела, он вообще мало что понимал. Совсем маленьким он видел, как отец спасал скот из горящего хлева. Как он вошел в огонь, а мать кричала не своим голосом, но он вышел живой, и за ним мчались козы и козлята. На отце дымилась рубаха, и мать долго смазывала ему спину мазью.

Когда он пришел в себя, Оли рядом не было, и он закричал, но, оказалось, девочка стояла в дверях сарая, маленькая такая в рамке проема, и звала маму. Ночь шла на убыль. Он боялся восхода солнца. Он боялся возвращения тех, кто стрелял и жег. Перед глазами стоял гарцующий на коне дед Василий. Последнее время он не приходил к ним, а раньше заходил, никогда не вытирая ноги. Мама, нагнувшись, всегда мыла за ним пол, а няня Маруся вырывала у нее из рук половую тряпку.

Он думал до утра. Ранним утром измазал лицо сажей себе и Оле, надел одежду скотника. Оставшейся головешкой сжег волосы себе и локоны рыдающей сестрички. У него расшатывался передний зуб, и он вырвал его. В таком виде, ползком, они добрались до железной дороги и там прицепились к угольному составу, который, как он понимал (ездил уже с отцом), двигался на север. На этом его знание географии кончалось, но там, в конце пути, жил какой-то дальний мамин родственник. Они отправляли ему сушеную вишню и сало, и он запомнил улицу — Трухачевская. Смешное название, но сегодня оно страшило, а не смешило.

И они таки добрались, похожие на цыганят дети. Дядька их признал и не выгнал. Просто сказал, что прятаться надо пуще. И отвел их в детдом, где работал его брат. Детишек туда определили под чужими фамилиями. Братья хорошо выпили по поводу устроенного дела.

Он слушал их разговор, это было важно. Вспоминали Луганских-старших, Василия и Петра. Хорошие были по молодости, кто бы мог подумать, что станут звериными врагами.

— Зверь-то один, — говорил дядька.

— У меня другое мнение, — отвечал его брат. — Другой тоже хорош. Родину бросать нельзя. Особенно если она в беде. А то все тогда драпанули, а шпана с винтовками и пошла гулять. Вот гуляем уже второй десяток лет.

— Так с бандитами разве пристало жить?

— Не пристало! Но остались-то мы, голодранцы. Я за кусок хлеба шапки с церквей рвал, а потом нам объяснили, что это за идею. Нет никакой идеи, есть совесть и добро, а если их нет, то и ничего другого нет. А идея — вообще кучка говна, сильнее всего воняет.

В детдоме было даже хорошо. Только все время снилась головешка, которой он сжигал волосы Олечке. После этого сна он бежал к ней в группу и носил ее на руках, пока воспитательницы не выталкивали его взашей.

Окончив семилетку, он решил навестить дядьку.

Его встретила старая поседевшая тетка, которая, открывая дверь, сказала как приговорила:

— Расстреляли твоего дядьку, месяц тому. За пособничество врагам народа. Смели человека с земли, как грязь.

— Каким врагам? — хрипло спросил он.

— Дак, видимо, тебе! Доложил кто-нибудь, что он скрывал кулацких детей. Пригрел их, несчастных.

Как он бежал со двора, когда кричала ему тетка: «Вернись, дурак!» Он слышал, но вернуть его было невозможно. Страх огня. Ужас огня. Боль огня. Маленькая девочка, дрожащая в руках. И смерть, цокающая копытом, с плеткой в руках: «Ща тебя! Ща!» И слюна изо рта деда Василия, и визгливый смех дяди Ивана. Надо брать сестру и бежать. В детдоме он знал много ребят от убитых родителей, но свою правду он не сказал бы никому даже под пыткой.

Бежать было некуда. Не было ни одной родной или хотя бы знакомой души. Но за плечами уже была семилетка, значит, возможность работы. Вечером он сказал Оле, чтобы она тихонько собрала вещи, они уедут. Девочка уже плохо помнила тот побег, ей тогда было чуть больше трех лет. Сейчас ей было десять, и ее недавно приняли в пионеры. Она не хотела уезжать, ее любила повариха, и у нее здесь была самая лучшая подруга на земле — татарочка Рая.

Но он думал: а вдруг перед расстрелом дядька сказал, куда он отвез детей врагов? Может, хотел этим спастись? Он нашел кладовку, куда были сброшены старые детские вещи. Он слышал от взрослых, что было указание их сжечь, но завхоз ходил по двору и говорил: «Я все выжарю и выморожу. Еще как пригодятся. Мало ли». Будто знал, что впереди война, а еще до нее оборотистый мальчишка найдет там крепкие, хоть и залатанные, штаны и пиджачок другого цвета. И суконное девчачье платье, и платок, бывший когда-то пуховым, и ботинки с галошами себе, и ботинки без галош для Оли.

Он ночью строго взял ее за руку и повел к станции. Зацепиться за товарняк было плевым делом. В мешке были буханка хлеба, вареная картошка и куски ржавой селедки — детдомовский деликатес. Они ехали в дровах, ложась плашмя, чтобы не увидели на станциях и переездах. Ехали ровно столько, на сколько хватило еды. Выпрыгнули в зеленом веселом месте, которое дружелюбно переходило в сельское кладбище. За кладбищем стояла деревня. Решили пройтись побирушками, уже хотелось есть, и выяснить, куда их привез дровяной товарняк.

Юлия Ивановна почему-то расстроилась после разговора с Татьяной. «Она черствая», — подумала она. И поделилась с Симой, когда та пришла с работы.

— Вера ищет кровную месть, и зря, — сказала та. — Вот уж кому это не свойственно — русским. Мы ни добра не помним, ни зла. И это не так уж плохо, если разобраться.

— Не помнить добра? — возмутилась Юлия Ивановна. — Ты заговариваешься, девушка.

— Истина, тетя Юля, как правило, бывает такой не подходящей к конкретной ситуации или человеку. О каком добре ты говоришь? У нас его так мало. Просто крохи. Казалось бы, надо особенно помнить его, если мало, но раньше этого возникает вопрос: а почему так? Почему у нас на всех добра никогда не хватает? Как ты сама думаешь, почему?

— Сколько люди его сотворили, столько и есть.

— Ну вот и твой ответ! И он правильный. Это писатели придумали, что мы, русские, добрые, отзывчивые без меры, что, мол, это горем проверено сто раз. А если горе у нас из года в год и нет ему конца? И жизнь в горе уже не показатель нашей нравственности, а пожиратель ее. Добро становится чудом, которое надо являть и дивиться ему. Оно уже не для людей, оно лишь для сказки. Черноту горя не утешить и не освятить. Мне жаль Веру и Татьяну, если они вступили в луганскую сагу. В ней можно пропасть.

— Я тебя не понимаю, — сказала Юлия Ивановна, — а главное, не хочу понимать. Горе закаляет человека, а не превращает его в подонка. Почитай жития святых, не хочешь — бери доступные для тебя примеры. Глухие балерины. Слепые ученые. Инвалиды-спортсмены. Доктор Гааз. Мень. Серафим Саровский.

— Ну, что ж... Это тоже наш путь... Выколоть глаза, проткнуть барабанную перепонку, сломать ноги. Убить кого-нибудь. И потом наконец жить по совести.

— Хватит! — закричала Юлия Ивановна. — Как тебе не стыдно! Все перевернуть с ног на голову.

— Даже не спорю. Стыдно. Я ведь и про себя. Но русский проект счастья мне не виден ни в прошлом, ни в будущем. Умирает русский — талантливый дурак. И, может, это хорошо для всех остальных? Мы столько наваляли зла в поисках особого добра. Или, как стыдливо говорят, особого пути.

Лицом к стенке

Они с Олечкой уснули тогда у крохотной могилки, съев с нее свеженькие плюшки и еще теплые яички. Проснулись от плача. Женщина обнимала Олечку и кричала, что Бог есть и он вернул ей доченьку. Так они попали к тете Вале, только что схоронившей свое единственное дитя. Полубезумная, она признала в Оле дочь, а измученная девочка не сопротивлялась. Он запомнил лицо сестры, будто она что-то хочет вспомнить. А она просто признала в рыдающей женщине мать, такая же теплая мягкая грудь была когда-то счастьем. И к этому счастью прижималась лицом. И разве мог быть лучший вариант в их долгом бегстве?

Сам он здесь оставаться не собирался. Сказал, что вернется, и ушел. Ноги, не спрашивая, не отвечая, несли его дальше и дальше. Шел уже сам, не озираясь по сторонам. Его взяли за бродяжничество, и до самой войны он больше мира не видел. Звучит странновато, но так было. А потом его призвали в армию, и он скоро, уже в сентябре, попал в плен по дури командиров, не знающих, где фланг, где тыл, где право, где лево. Приобретенное свойство убегать помогло. Бежал из плена, попал к партизанам. И тут случилось то, чего по законам больших чисел случиться не могло, а по закону тонких материй, справедливости ли, возмездия или чего еще, может, даже судьбы — происходит. Как чудо. Или как полное безобразие.

Верховодил в отряде некий Луганский. Узнал он его враз. Тогда на молоденькой лошади гарцевал пацан и очень сильно гикал. И чем сильнее полыхал их дом, тем громче он гикал, собственным криком приподнимая себя с седла. Этот голос с визгинкой звучал и в отряде. На него он в конце концов и вышел, когда бежал из плена. Брел, брел и на тебе — гик. «Надо же такому быть, — сказал он себе. — Я этот голос слышал». У бежавших из плена документов не бывает. Он назвал себя Крюковым, по фамилии тети Вали. А местом рождения назвал Луганск. Так он стебался перед начальником, мол, ты Луганский и я луганский.

— Учти! Луганские в плен не попадают, — сказал командир. — Ты у меня всегда будешь в глазу, помни!

Откуда ему было знать, что он сам уже был в глазу у молодого парня. Луганский же хлестнул кнутом по сапогу и гикнул:

— Ты, беглый, мне отряд не позорь. Это для меня святое, коммунистическое.

Теперь они были рядом — сын того старика, который, как рассказал ему отец, всю жизнь подглядывал за бабушкой, а придя домой, лупил нещадно свою старую некрасивую жену, и он, отпрыск той бабушки. Ему тогда было восемь лет, но стало стыдно от этой истории и неловко за бабушку. Он даже был рад, что бабушка далеко, иначе он совсем бы сгорел от стыда.

И вот он — рядом, сын того, кто убил его мать, отца, брата и няню Марусю. Луганский сам же начал рассказывать, как он, еще мальчишка, и его батя уничтожали кулаков и жгли их каленым железом. В честь его отца стоит теперь колхоз имени Луганского, туда приезжала с концертом артистка из Москвы, она отцу низко поклонилась за народное счастье.

И тут он сразу переходил на немцев, которым в их дохлой Германии завидно, как расцветает Россия, и он убьет всякого, для которого дело Ленина—Сталина не главное в жизни: «Если ты такой идиот и не понимаешь сути, то зачем тебе жить?» И он щелкал налыгачем, как тогда, в двадцать девятом, его отец, в ноздрях же приблудившегося парня стоял запах гари, а в ушах — крик его горящих родных.

Он зарезал его ночью и спокойно пошел спать в свою землянку. На него никто не подумал. Отряд, увидев убитого командира, слепо пополз в неизвестном направлении и, к счастью, попал к своим. И сразу принял бой.

Он был сноровист, меток. Но за ним был плен, и он уже хорошо знал ударную силу советских слов: «кулак», «белогвардеец», теперь вот — «плен». Потом таких слов стало не счесть. И при очередной проверке его отправили в штрафбат.

Три раза был ранен, один раз почти убит, но выжил же... Был демобилизован, и с той случайной фамилией Крюков объявился в своих краях. На месте их дома стоял Дом культуры, а вокруг цвел и пах колхоз им. Василия Луганского.

Как все вспомнилось!

...Они уже живут во флигеле. Большой барский дом он не знает. Знает, что отец сам отдал его новой власти, а землю, так он считал справедливым, — крестьянам. В большом дому в его детстве живут беспризорники, и беременная мать носит им еду в тяжелых кастрюлях.

ГАЛИНА ЩЕРБАКОВА

Нет-нет да и приезжает дед Василий. Важный, весь в коже.

— Тебе это зачтется, — говорит он отцу, а смотрит на мать. — Хочешь жить в городе? — это он ей.

Отвечает отец, что-то вроде «мы останемся на земле». И произносит странные слово — «крестьянничать».

Василия как шилом торкнуло. Заорал, как покусанный собакой:

— Крестьянничать, крестьянничать! Ненавижу это слово. Где революция скажет, там и будешь работать. Она знает где...

Так и уехал с белой пеной на губах.

Ну а потом начался мор коллективизации.

Варили большой котел супу, себе и беспризорникам. Отец умел припрятывать продукты. Впрочем, когда приходили их забирать, то искали не очень, знали, что они родственники Луганского. Тот приезжал сам.

— Из чего суп? — спрашивал. — Пшенки давно ни у кого нет. Слышал, кормишь бродячих детей? Не знаю, хорошо это или плохо. Они неизвестный элемент. Могут оказаться врагами. Ты темный для меня человек, племяш. Свою правду тешишь, а своей правды нет. Есть одна, наша, революционная. Примкнешь — я первый за тебя руку подниму. А самого по себе я тебя не уважаю. Да живи, пока я добрый...

И еще, вспоминается, он всегда смотрел на маму.

Чудной у него был взгляд, горячеглазый, так бы можно сказать.

Потом стало полегче. Отец возился со своими бывшими крестьянами, учил их ненавистному дядьке слову «крестьянничать». Детям объяснял, что в слове «крестьянин» корень — «крест». Говорить это было небезопасно. Церковь сожгли еще в восемнадцатом. Старухи крестились на то место, где она стояла.

Открыли школу, но он туда не ходил. Его с пяти лет обучала грамоте мать. Приезжал Василий, требовал, чтобы он ходил в советскую школу.

— Грамота грамотой, а классовую борьбу надо понять с младых ногтей.

— Не бойся, объясню, — отвечал отец. — На пальцах.

— Ты мне без этих подначек. Все как один, значит, все как один. Без исключений.

Пошел в школу. Запомнились же слова отца матери, говорившиеся в ночи: «Начинать дело с убийства крестьянства — значит убить Россию. Убитого крестьянина не восстановить. Это как убить воду, землю». Почему это запомнилось, он не знает. Фокус памяти. Крестьянин — вода и земля. Казалось потом — глупо. Как можно убить воду?

...Не было у него тут, в родном краю, своего дела. И ему даже стало легче от этого. Он собрался ехать к Олечке, в ту деревню возле кладбища с хорошим именем Покровка.

Пошел последним прощальным ходом по улице мимо Дома культуры. Оттуда выходили люди. Видать, не местные, городские. К ним подрулила машина, сначала одна, а потом и другая. Прощаясь, говорили громко.

— Бывай, Владимир Васильевич! Не зазнавайся в своей Москве. Помни родину-отечество, где появился и проявился.

Все это весело говорилось молодому еще мужику. Он усаживался в первую машину и, судя по всему, был тут главным.

Машина отъехала. Оставшиеся докуривали не торопясь.

— У Луганских порода крепкая. Далеко пойдет. Правильно сделали, что не рассказали ему про поджог. Он бы тут нам устроил за поругание памяти деда. Ну да ладно, все обошлось.

И вторая машина отъехала. А он, посторонний с этой улицы, тяжело вздохнул. Лучше было бы не знать, но ведь узнал!

С тем и поехал в Покровку.

В том сорок шестом Оля была уже не девочка, а юная красавица. Тетку Крюкову она называла мамой без малейшего сбоя в голосе, помнила плохо детдом. Он спрашивал, а она морщилась и пугалась. Так, какие-то мелочи. Крюкова оттащила его в закуток и встала перед ним на колени: «Христом Богом молю, не рассказывай ей, что она не моя. Я ведь ради нее на большой грех пошла, могилку своей дочери слегка притоптала, клятву со всех взяла, чтобы молчали... А ей другое детство нарисовала. Я ей болезнь своей дочери отдала. Менингит у той был. А детдом превратила в больницу. Сказала, что болела очень, но спасли. А врачам, которые говорили, что дочь не выживет, доказала: видите, выжила. Они обе светленькие, и возраст один. А врачи теперь все поменялись, и нету следов, кроме твоих. Прошу тебя, молчи». Что он, враг своей сестре, красавице и умнице? С тем и уехал, сказав, что будет писать и приезжать. Осталось определить, где он будет жить и кто он теперь ей, своей сестре. Получалось — никто.

Куда едут люди, когда ехать некуда? В Москву. Тетка Крюкова из благодарности за молчание дала ему какие-то грошики, билета на них не купишь. Ехал по старинке — плашмя на товарняке, зайцем в набитом общем вагоне. Спасали армейские документы: солдат, израненный, демобилизованный. Были, правда, и дотошные доглядатаи с портупеями. Где, мол, твои родители? А, сирота! А из каких мест, сирота? Из Ворошиловградской области? Так чего ж тебя несет в обратную сторону? Дядя в Москве? Будь добр, фамилию и отчество. И он ляпнул с кондачка: Луганский Владимир Васильевич. Проверили: был такой в Москве. «Так он по возрасту тебе не дядя — брат». — «А разве так не бывает?» — «Бывает, парень. Еще и не такое бывает».

Как-то так случилось, что он не брал с боями большие города, не проходил по ним победителем. Города видел только из вагонной щели теплушек или товарняков с дровами или углем. Самый крупный город в его жизни был Старобельск, в котором и сейчас-то, прочитал где-то, около тридцати тысяч жителей, а тогда вполовину меньше. Поэтому Москва не просто ошеломила — оглушила, сбила напрочь.

И тут он вспомнил то, что, казалось, совсем забыл. Ему пять лет, и отец берет его с собой в Луганск. Как он теперь понимает, был НЭП. Как же он испугался города, как заплакал от его шума. Скажите, какая нежная природа! Он кричал, что хочет домой, и тогда отец завез его к своему другу. Он услышал слово «музей». Друг отца — зачем, ему было непонятно — собирал все, что мог, о каком-то человеке. Две комнаты были набиты книгами, фотографиями и прочим скарбом. Его потрясла особенная тишина комнат. Дядя-друг взял его за руку и стал показывать портреты человека, абсолютно ему неизвестного. Он называл его «Даль». Больше в памяти не осталось ничего. Только с тех пор слово «даль» всегда вызывало в нем чужое лицо. Он и до сих пор не знал, кто это был.

На обратной дороге отец сказал:

— Ну вот, теперь ты увидел, есть люди, создающие музеи. Есть рабочие, есть крестьяне, учителя, доктора и есть музейщики. Если бы я не был крестьянином, я бы тоже создал музей. Знаешь какой? Музей утвари. Не знаешь, что такое утварь? Все то, что в человеческом дому. Ложки, плошки, поварешки, и наряды, и мебель. Все!

— А зачем? — удивился он. — Этого и так полно в каждом дому.

— Уходит все, сынок, уходит, — печально сказал отец.

Москва, орущая, бренчащая, звенящая, стучащая, пахнущая чужими запахами, смотрящая на тебя красными глазами светофоров, дующая ветром из подземелий метро, непостижимым образом вызвала в памяти не город Луганск, где он плакал, а тихие комнаты музея.

От всего этого кавардака в голове — с погибшей тишиной и убивающим шумом и гамом — у него закружилась голова, и он, не помня себя, шагнул в стекло витрины какого-то магазина. Пришел в себя уже в наручниках, очень хотелось есть — отсюда, собственно, и головокружение. И сел в тюрьму за попытку ограбления ювелирного магазина.

Будь ему лет семнадцать, дело могли бы закрыть. Но по справке из госпиталя ему было двадцать три, а справке было уже два года; и где же тебя носило, демобилизованный дурак, если других документов у тебя нет, родных нет, места жительства нет, а главное, нет работы, без которой человек недействителен по определению?

Так начался новый этап жизни: «лицом к стене». Первое чувство — стыд за как бы воровство. Стыд перед мертвыми родителями — боже, когда это было? Стыд жег. Никто ведь не знает жизни мертвых, а если вдруг мама оттуда тоже подумала, что он «покусился на чужое». Откуда эти слова-то взялись? Но взялись. Всплыли со дна.

Если нет жизни настоящей и нет надежды на будущее, то на этой пустоте, как чудо в сказке, возникает прошлое. Мама, папа, даже Бабуся с фотографии и какой-то Даль, тоже со снимка... Красивые такие, гордые. Все, что до пожара, казалось прекрасным. Оттуда и эти слова: нельзя покуситься на чужое. И еще. Преступление — убивать безоружных и невинных. Это самый большой грех на земле. И еще, еще. Нельзя завидовать. Если ты не пришел первым, посмотри, сколько осталось за тобой. Первый — не лучший, первый — удачливый. А удача — она всегда может прийти и к тебе, она ни с кем не повенчана на века.

И снова оттуда: делись первым куском. Тогда легче будет поделиться и последним. Есть люди плохие, есть хорошие... Каждый выбирает свой путь. «Ты тоже выберешь сам свой путь».

Он рыдал в нары, уже взрослый мужчина, понимая все несоответствие своей жизни тем правилам, которые он узнал от отца, когда они гуляли по саду, слушая шлепки падающих яблок.

Значит, как это было? Первый заход в тюрьму — через витрину ювелирного магазина. То, что было за бродяжничество, он не считал. Но, как говорится, между первой и второй промежуток небольшой. Первый раз он изъел себя воспоминаниями об отце и матери. И об Олечке. Не очень ему в тот раз понравилась эта тетка, что стояла перед ним на коленях. Это из-за нее Олечка не помнила свое детство. Тетка ей рассказывала другое, и это другое стало своим.

После «витрины» он сидел недолго. Стране повсюду не хватало рабочих рук, и его досрочно освободили с условием работы в шахте. В голодный, уже послевоенный сорок седьмой он попал в Копейск.

...Мысль о Копейске всегда была больной. Из-за ребенка. У него ведь мог быть ребенок. У него мог быть сын... Сейчас это кажется почти нереальным. Он несет его на руках, голодный, как одичавшая собака. Второй голодомор его жизни. Город не город, так себе, подросток Копейск. Кружится голова. Все смутно. Как бы без начала, а сразу конец.

Он несет на руках ребенка, рядом идет женщина. Она идет медленно, и он помнит, что они идут из роддома. Шла бы она быстрее, все могло быть иначе... Но у нее нет сил... Она откатчица на шахте, у нее все надорвано, а тут еще беременность. Она не хотела ребенка, она хотела, чтобы он увез ее куда-нибудь. Она не любит этот край, она в нем плохо дышит. Она с Кубани, казачка. Ее сослали за «пособничество немцам». При немцах ей было четырнадцать.

Как же ее звали? Странное дело, имя колышется в памяти, как дитя на качельке, вверх-вниз, вверх-вниз. Не поймать. Разве не ее имя он тогда выкрикнул, когда огромный «Студебекер», из оставшихся от войны, вынырнул задом из какого-то двора и ударил их сзади — женщину, его и ребенка семи дней от роду? Он выронил его. А «Студебекер» не сразу дал тормоз.

Его увели какие-то люди, спрашивали, кто он, откуда... Но он забыл слова. Порой ему приходила в голову странная мысль. Не было ли то, что он забыл имя женщины, которая родила ему сына, а он его не удержал, а потом вообще забыл, не было ли все это не случайно? Кто-то стирал его память об одном, но обострял о другом, гораздо более раннем? Например, о матери, которая носит на руках маленького, а отец смотрит на нее с такой любовью, что ему, мальчишке, хочется плакать. Почему та картина — это безусловное счастье, а путь по пыльной улице в Копейске — образ ада, от которого остались в памяти только визг тормозов и мысль об усталости той женщины.

А потом снова тюрьма, за побитого шофера со «Студебекера». Тот шел к нему навстречу пьяный, с распростертыми объятиями: «Ну, паря, я не хотел». Он оттолкнул его от себя не чтобы наказать, он был пуст и мало что понимал, но шофер упал, раскачиваясь в падении, и ударился виском о камень, торчавший из земли. Он тогда вытащил камень из-под головы, таким его и увидели люди. Нет, они не осуждали, они его понимали и сочувствовали. Этим и сгубили, рассказывая все в милиции. «А этот стоит с кровавым камнем. Так можно же понять!»

Судьи поняли и услали в таежные лагеря на лесоповал. Однажды во сне он еще раз увидел комочек, завернутый в выцветшее казенное одеяло, которое получил в роддоме. Ребенок смотрел на него влажными, непонятного цвета глазами, и была в них, как ни странно, мысль, которой не могло быть по определению. Мысль-печаль. Будто дитя уже знало, что семь дней жизни — его срок и другого не будет. Он ребенку что-то одобряющее гукнул, как и полагается гукать, обращаясь к маленькому, но тот повернул головенку, искривив рот.

— Где жить-то будем? — первое, что спросила та, чье имя он забыл.

Оба общежитские, они знали, что там им уже не место; решили идти к начальнику шахты, кланяться и просить. К нему тогда и шли, а оказывается, и не надо было. Все решилось само собой. И мальчик сказал ему это раньше своими бессильными влажными глазами.

О, эти мысли! Червь-цепень, сжирающий тебя изнутри и вылизывающий до щекотки все твои внутренние стенки.

Отмотав новый, сравнительно небольшой срок, он тогда рванул в Донбасс — благо в Копейске овладел профессией крепильщика. Там он встретил женщину родом с Западной Украины. Оттуда в шахты, в забой и на откатку, привозили молодых и красивых. Как же их мучили только за то, что они родились ближе к Западу, мучили за то, что крестились слева направо, за красоту мучили тоже.

Он полюбил первый раз в жизни, глядя на нее издали, осторожно. Когда понял, что у нее никого нет, стал заговаривать, плохо понимая ее язык, не тот украинский, который он знал и который позже назвали суржиком, а какой-то совсем другой, напевный и сочный.

Они встречались, пока не наступила осень. А осенью ей не в чем было выйти к нему на свидание. Ну он, конечно, тоже был хорош в костюме из «бумажной шерсти» и в ботинках, которые носил незнамо сколько. Он научился чинить их сам, вставляя в подошву то кусок резины, то чьи-то выброшенные подметки. Когда она не пришла к нему три раза, он пошел к ней в общежитие, оно стояло уже, считай, на земле — так осел дом. Она вышла к нему босиком через окно, а было холодно. На юге иногда выдает-ся студеный октябрь, погода потом отыграется в солнечном ноябре, но в октябре, бывает, так зно-бит, что мало не покажется.

Он снял с себя куртку, обмотал ею голые ступни девушки и понес ее на руках, сам не зная куда. В та-ком виде их остановили и отправили в милицию. Как же она испугалась и как он испугался за нее. Он объяснял, что нес ее к себе, а земля стылая — вот и закутал ноги. Он помнит это хорошо: первый раз в жизни он юлил, заискивал, но милиционеры, узнав, что она из «вербованных», стали орать и велели ей немедленно убираться хоть босиком, хоть ползком. Она, обрадовавшись, что ее отпускают, как-то низко поклонилась — и только сверкнули ее голые узень-кие ступни. Вот тогда он взял стул и грохнул им по голове начальника, что сидел за столом и произнес эти слова: хоть босиком, хоть ползком. Ну и что? А то... Связали, судили, дали большой срок. Все-та-ки голова была милицейская.

Капли любви – не пожарище

Последнее время Татьяну что-то давит. Еще чуть-чуть — и башка не выдержит некой неведомой силы, разорвется на куски. Одновременно сердце рвется от любви к совершенно чужому, можно даже сказать, чуждому ей Максиму, а какой-то зверь до боли терзает ей печень.

Она пошла к знакомому врачу именно по поводу печени. У нее нашли свеженькую язву в желудке. Прописали лекарство и диету.

— Сейчас что ни пациент, то язвенник, — сказала ей врач. — Человек сам себя съедает изнутри. Вот спрошу тебя: что тебя гложет? Как бы нет оснований. Ты и при работе, и при муже.

— Это не по твоему ведомству, — усмехнулась Татьяна. — Ты что-нибудь кумекаешь в любви, которая как снег на голову?

— О нет! — замахала руками врач. — Это к психиатру. Или к гадалке. А лучше в церковь. Ты спятила. Какая любовь в твои годы и в такое время?

— Шучу, — ответила Татьяна. — Это чтоб отвлечь тебя от бесконечных человеческих язв. Мол, есть и что-то другое.

— Никакие слова не возникают просто так. У тебя наверняка что-то есть... Мое мнение: если язва от любви — это в нашем возрасте бездарно. Купи лучше фаллоимитатор.

— Ты, извини, пошлячка, а я считала тебя интеллигентной бабой. С пониманием.

— Как будто ты не знаешь: истинные пошляки — исключительно интеллигенты. Пошлость сейчас — и замена, и инструмент ума. Способ разрядки...

— Плохого ума, — ответила Татьяна.

— А плохих умов не бывает. В этом же все удивление жизни. Ум и хорошесть, а по-моему, ум и добро — развели по углам. Бывает, они встречаются, чаще нет. У них разные схемы. Разные включения. Возвращаясь к началу — я предпочитаю пошляка дураку.

— Дурак хотя бы безвреден, а пошлость разрушительна.

— Это дурак-то безвреден? Боже, в твои половозрелые годы и такая наивность. Посмотри вокруг, что творят дураки. Ни в одном деянии нет проблеска ума. А пошлость гуляет с умом. В основе твоей язвы — я вдруг сообразила — зарвавшийся, упоенный своей силой дурак. Кто он? Начальник?..

...А начальник, между прочим, вернул ее на работу. Дурак-сокурсник (сам! А откуда у нее могли быть рычаги влияния?) вызвал ее к себе и сказал:

— Я, волосатый пуп, терпеть тебя ненавижу, но ты знаешь дело, а я за это самое дело держусь. Поэтому приходи назад, ругай меня как хочешь. Этих пирсинговых девчонок хорошо заваливать на столе, не смотри так, я этого стараюсь избегать, но для моего собственного будущего дела ты мне, сволочь такая, нужна.

— Ужас в том, что и ты мне нужен. Я хоть знаю тебя как облупленного. А кругом все иксы да игреки.

После врача ей на работе посоветовали принять рюмку водки — как лучшее средство от язвы. Уже прошел тот, перенесенный во времени конкурс красоты. Многие говорили, что «то несчастье» поспособствовало выявлению более красивой и умной девушки, но не дочери Скворцова. Его же дело тянулось ни шатко ни валко. Пользуясь удостоверением, она навещала его как бы для сбора материала. Между ними велись странные, но, в сущности, никакие разговоры. Он очень исхудал. И разрывал ей этим сердце. Она ловила себя на остром чувстве. Таким желанным он был в своей беде и в своей изможденности.

А вот хорошо обедающий муж вызывал невероятное раздражение, и это было несправедливо, ибо он ни в чем виноват не был.

Она пыталась проанализировать это нелепое чувство, которое пришло — не звали. Всего ничего — профиль потрясенного увиденным человека, с которым она встретилась глазами, когда он повернулся на ее разглядывание. В глазах его не было никакого ответного интереса, а только боль и страдание. И на тюремных свиданиях он смотрел на нее с сочувствием, даже с пониманием ее проблемы «написать о терроризме». Ничего другого он в ней не видел. Почему-то было обидно.

Дома она внимательно разглядывала себя в зеркале. У нее никогда не было комплекса неполноценности. Она смолоду была довольна своей внешностью, но и не переоценивала ее. Ну, типа «я не красива, но чертовски мила». С возрастом милота, хочешь не хочешь, истаивала, ей на смену приходило что-то иное, уже взрослая, не девичья выразительность глаз, а две морщинки, идущие от носа к углам рта, метко названные «собачьей старостью», тоже не портили образ, а, наоборот, «несли в себе содержательность лица», как сказала бы ее бабушка. Это некрасивое, даже нелепое слово «содержательность» в лексике бабушки занимало одно из первых мест. Если бы она увидела ту красотку в розовой тапке, висящей на большом пальце ноги, наверняка с ногтем того же цвета, она бы всплеснула руками и сказала: «Такое не комильфо, Таня, что уже пристало тушить свет».

Вместе с образом бабушки пришли мысли о клане Луганских, когда-то развалившемся на два. Но когда это было, господи? Скоро сто лет тому, как одни уехали, а другие остались. Как пишут в умных книгах, Европа душой приняла уехавших русских, в их православную сущность она добавила толику римского права, реализма и трудолюбия протестантизма. Но ей-то зачем знать, кто из них кто? Может, те, что жгли дома в коллективизацию, сегодня уже академики и честные плотники. И это не имело отношения к Скворцову. И все же надо еще поспрошать бабушку, а то, может, и съездить в Луганск, посмотреть архивы... Кстати, там музей Даля. Если все будет мимо, написать о музее. Это не гламурно, но определенно познавательно — рассказать людям о датчанине-полунемце-полуфранцузе, ощутившем русский язык на запах, цвет и вкус. А то у нас один известный Даль — Олег, прекрасный актер, так пусть узнают и другого — луганского казака, плохого сказочника и самого великого знатока родной речи. Она напишет очерк «Дали мои, Дали».

Поездка в Луганск обретала смысл. А тут и карты пошли в руки. Вышла книга о современных предпринимателях, откуда они взялись и как дошли до жизни «рублевской» такой. Было там и о Луганском.

Его отец был секретарем обкома. На рубеже восьмидесятых и девяностых метался между Ельциным и Горбачевым, выбрал деньги, стал директором банка. Сейчас на пенсии, разводит павлинов на берегу Азовского моря. Дед погибшего Луганского был до войны важным комсомольским работником; в армию ушел добровольцем, погиб где-то в начале войны в партизанском отряде. А прадед — активный коллективизатор на юге России. Его родители были богатыми людьми, но сын без колебаний принял революционную идею как единственно возможную для себя и для своих детей. Последние свои годы жил в Москве.

Все очень красиво, достойно. Других Луганских как бы и не существовало. И уж тем более не упоминалось ни о каком спаленном доме. Впрочем, такой пропагандистской книге это не пристало.

...Его освободили уже после доклада Хрущева. Сначала выпустили «жертв», то есть бесспорно невиновных, позже дошла очередь до наказанных без достаточных оснований. Он странным образом попал в эту категорию. Голова милиционера достаточным основанием не показалась. Тем более она была крепче стула.

Не было никого на свете, за кого могло зацепиться сердце, кроме Олечки, которую он вынул из огня и чудом увез подальше, а одна обезумевшая от смерти ребенка мать увидела в Олечке новое воплощение дочери. Даже не так — саму дочь.

Из далеких сибирских краев ему надо было вернуться назад, чтобы найти те свои следы побега с маленькой девочкой и то сельцо, что красиво лежало в ногах у кладбища. Ехал голодно и холодно, иногда ему казалось, что за окном мелькает похожее место, он рвался спрыгнуть с поезда, но вовремя соображал: он еще о-го-го сколько не доехал.

Следующий этап поиска он начал со Старобельска. Здесь наконец хорошо поел. Донес женщине ведра с водой от колодца, а она оказалась такой благодарной, что, не будь он так голоден, ни за что бы не принял такие дары за такую малость. Женщина не только его накормила, но дала и мужнины штаны, и обувку. Она призналась, что беременна на малом сроке, но боится выкидыша, у нее уже был такой случай, поэтому так рада была помощи. Муж ей не разрешает носить воду, но самого целый день нет, он моторист на швейной фабрике, а там три смены. Его, бывает, и ночами нет. Во дворе есть кран, но вода идет или черная, или вообще не идет. «А без воды как же?»

Он ей сказал, что едет к сестре, но боится, что не найдет, война все перебуровила, десять с лишним лет не виделись. Женщина не спросила почему. Она по-своему разбиралась в жизни. Она никогда не видела своих родителей, оба воевали и оба с войны не вернулись. А война началась — ей было шесть лет. Дедушку не помнит, его расстреляли в тридцать седьмом. Она бабушкина дочь, но вот и той уже нет.

Посадили, расстреляли, убили на фронте... Слова эти были так естественны в ее речи, как вода и хлеб. Она с детства знала: так, а не иначе устроен мир. Поэтому молодой муж работает в три смены. «Надо стараться ради ребенка».

Он заполнил колодезной водой все существовавшие в ее доме емкости. Она только всплескивала руками. Норовила дать ему деньги, но он ей отдал свои, последние. Теперь уже было близко, и в сумке лежал хороший хлеб, и домашние котлеты, и все, что росло в огороде.

На станции показалось, что тут бегают все те же самые паровозики и вагончики. Таким городам никакое время не срок, чтобы измениться до неузнаваемости. И он таки добрался до того кладбища. Только оно было уже огромным, не окинешь взглядом. Смерть лучше жизни изменила пейзаж.

Вокруг домов разрослись сады, но он не боялся ошибиться. Дорога с кладбища упиралась прямехонько в ворота нужного двора. Хотя ворота были другие, новые, и он, вспомнив про нелепого барана, как и полагается барану, тупо и непонимающе стал в них стучать властно, по-хозяйски. Открылась вделанная в ворота новая калитка, и из нее вышла — он чуть не вскрикнул — мама. Молодая женщина, такая точно, как была мама в тот страшный день пожара. Она тогда варила в саду варенье. Маленькая каменная плита была специально для этого выложена, и плетеное кресло стояло рядом, чтобы мама отдыхала. Мама тоже была беременной.

— Олечка! — сказал он. — Это я.

Женщина недоуменно смотрела на него.

— Вы к кому? — спросила она.

— К тебе, деточка. Я твой брат.

— Извините, Христа ради, но у меня нет братьев.

Он вспомнил, как, провожая его из дома, та женщина, что взяла Олю, надсадно шептала: «Ты не приезжай больше. Она теперь только моя. А ты живи сам... Не беспокой ее. Забудь!»

А он ведь не просто не забыл, он и фамилию взял той женщины — Крюков. Фамилия Луганский лежала где-то глубоко — на дне души. Она заквасилась внутри его кровью, вздрагивала временами, чтоб он знал — существует. Зачем? Потому что своя, истинная. От мамы и папы. От дедушки и бабушки. А та, что от женщины, которая взяла Олю, как нарисованный рубль. Он знает, что это такое. Они рисовали в детдоме рубли, чтобы покупать у полуслепой старушки семечки. Без Оли получалось, что вся его жизнь только для этого и существовала — для семечек, милиции, командиров, вертухаев, сокамерников и прочего абсолютно чужого люда. И только в одном месте он истинный — где они с Олей. А она — на тебе: «У меня нет брата».

— Мать позови! — сказал он строго, а на самом деле чуть не плача.

— Мама давно умерла. Я позову мужа.

Но тот уже стоял за ней, великан-мужик, который мог смять его одним касанием руки.

— Где мы можем поговорить?

Великан подумал и кивнул на ничейную лавочку, что стояла у самой дороги на кладбище. «Тут они останавливаются передохнуть, — подумал он о тех, кто несет гробы. — Тут не разговаривают, тут вытирают кто слезы, кто пот».

Он рассказал все подробно. Об огне. О том, как вытаскивал Олю. Как сжигал ей кудри. Как они бежали. Рассказал и о детдоме. Как он боялся, что их найдут. Как снова бежали. Как увидели кладбище.

— Я как увидел его, подумал, что тут надо устроить передышку. Было уже нехорошо и мне, и ей, тело требовало остановиться.

Он подробно описал женщину, которой он оставил девочку на время, а получилось — навсегда. Великан ответил сразу:

— Я верю тебе, мужик. В России возможно все, и даже больше. Но теперь Оля не только твоя сестра, но и моя жена. И что? Я отдам ее тебе, такому обтерханному? Небось из тюрьмы?

— Из нее, — ответил он. — Но у меня на Урале есть место, где дом и настоящие люди. Они мне дали деньги на дорогу. Там найдется и тебе работа.

— Работа у меня и здесь есть. И дом есть. Я что, подорванный, чтоб срываться с места, тем более сейчас, когда она в положении? Правду ей скажи, правду надо знать всегда, но с места не дергай. Все равно не дам. У тебя есть какой-нибудь документ?

Он дал ему паспорт на имя Никифора Крюкова. «Взял, — сказал, — эту фамилию не как первую попавшуюся, а как ту, которая будет у Оли. Я Крюков, она Крюкова».

— Документ твой как раз сбивает с толку. История одна, фамилия другая. Спрячь ксиву и ей не показывай. Из тюрьмы, мол, и нет документов. А все остальное разрешаю рассказать. Я и сам не барин.

И он рассказал все Оле. Странные бывают вещи. Оля вдруг вспомнила женщину, которая варила варенье в саду и присаживалась в плетеное кресло. Ее названная мама не так варила. Она это делала на кухне и открывала все окна в доме, потому что было жарко. А в окна влетали мухи. Мама смеялась: «Варенье вишневое с мухами». Бывало, на самом деле попадались.

— А возле той женщины, — сказала Оля медленно, смущаясь и теряясь, — стояла девушка, и она газеткой обмахивала таз. Я думала, это такой сон.

— Все точно! — сказал он. — Это была твоя старшая сестра Анюта. А варенье тогда варили из патоки. Мама волновалась, что будет плохой вкус. Последний день ее жизни. — И он заплакал.

Они молчали, и в этом замирании она вдруг вспомнила, что ей жгли локоны и она очень плакала. И еще она вспомнила, как лежала на каких-то досках и кто-то прижимал ее голову к ним, и ей в щеку впилась большая заноза. «Смотри, вот точка, след от нее».

— Я прижимал, и я вытащил занозу, а на остановке нашел подорожник и приложил его. Боялся, чтоб не нарвало.

Великан поставил на стол пол-литра, и они ее выпили. Оля покачала головой — «нет», и он опять вспомнил маму, она так же беззвучно отвечала: нет. Слезы снова потекли без предупреждения, какие-то неправильные слезы, они текли и саднили, как саднит кислота. И он, глядя на молодых, сказал сквозь слезы:

— Кислотный у меня дождь, вредный.

— Да ладно тебе, Никифор. — И это было в первый раз, когда здесь прозвучало его имя. И сразу стало легче, и он попросил, чтобы ему написали их точный адрес и фамилию великана, а он оставит свой, и упаси боже им потеряться снова.

И они выпили за это, сцепив руки.

...Татьяна все мечтала поехать в Луганск. До этого они с матерью снова были у бабушки.

— Ты помнишь коллективизацию? — спросила Татьяна.

— Мы городские, — важно ответила бабушка. — Твой прадедушка был счетоводом на фабрике. Или не счетоводом? Я забыла. Были какие-то люди из деревни... Ой! Вспомнила! За мной ухаживал один. У него была беременная жена, и он... понимаешь? Имел на меня виды... в определенном смысле...

— А в каком это было городе?

— Не помню. Помню, что мы оттуда в Луганск ездили через Лисичанск, а в Артемовск через Рубежное. На лошадях, конечно, а потом и по железной дороге, когда лошадей не стало. А в Попасной у нас жила бабушкина сестра. Но к ней был большой крюк, через Славянск. Какие там были курорты! Артисты приезжали. Пантофель-Нечецкая...

— Значит, коллективизацию ты не помнишь и Луганск не знаешь.

— Или не знаю, или забыла. Я помню другое, более страшное, — она стала говорить тише, — голодомор тридцать второго года. Ты не поверишь. Люди съели собак. Говорят, что были случаи людоедства. Ты пишешь исторический материал, напиши про это.

— Какое там! — ответила Татьяна. — Просто очерк про убитую семью. Ищу концы в прошлом.

— Концы... — задумчиво произнесла мать. — Что это за слово? Что оно означает?

— Конец — делу венец.

— Венец, — задумчиво говорит бабушка. — А мои родители венчались в Бахмуте. Там была очень красивая церковь. Ее построили... Или это гимназию построили?.. Да, да, точно — промышленник Луганский. Я вспомнила! Теперь такие люди называются спонсорами. Смешное слово. Вот видишь, я не полная идиотка, я помню Луганских. А я уже не венчалась с этим идиотом, твоим дедушкой.

— С чего это вдруг он идиот? Милейший у меня был дед, — говорит Татьяна.

— Ты ничего не понимаешь в мужчинах, — бабушка сжала ей руку, как бы побуждая: молчи. — Такие глупости лезут в голову от твоих вопросов. Но дедушка все-таки немножко был идиотом. Скажи лучше о себе. У тебя так и нет детей?

— У меня дочь на выданье, бабуля. Ты что, не помнишь Варьку?

— Конечно, помню, такая прелесть! Толстушечка... А сколько же тебе лет?

— Сорок с хвостиком. Правда, маленьким.

— Ужас какой. Куда-то пропало время. Было — и нету. Если тебе сорок, я должна быть мертвой.

— С чего это?

— Потому что мне сто лет.

— Тебе девяносто с хвостиком.

— Это куда больше. Сто — так коротенько и мило. Сто грамм, сто рублей, сто друзей.

Она довезла мать до дому.

— Я все думаю о слове «конец», — сказала Вера Николаевна. — В нем правда — какая-то тайна.

— Никакой, — ответила Татьяна.

— Нет есть, — упрямилась Вера Николаевна. — Мне еще в детстве объяснила учительница Екатерина Ивановна, сестра Юлии. Она много чего знала. Так вот, знай и ты. «Конец» — от слова «кон». А «кон» означает одновременно и начало и конец. Одно слово, а смысла два...

— Ну и что? — уже сердилась Татьяна. — Чего-чего, а двусмыслий у нас навалом.

— С тобой скучно, — сказала Вера Николаевна. — Я тебе такую мысль подкинула, а ты... — И пошла к подъезду.

Татьяна же побрела домой. Она почему-то обиделась на мать и от обиды заплакала. «В моем конце твое начало», — вспыхнуло в голове. О великий!

О могучий! С тобой не соскучишься. И она заплакала пуще.

Плакала об утерянном разуме очень умной когда-то бабушки. Ее собственная мать не шла ни в какое сравнение со своей матерью и разум потеряла куда раньше. Уцепилась за этот «кон». С такими темпами разрушения породы, думала Татьяна, у меня уже почти не осталось времени. Чуть-чуть — и туши свет. Она даже испугалась. Бывает же с ней, что забывает то номер телефона, то какие-то слова. А вот слово «концепция» как пиявка сидит в памяти. От него даже больно бывает. Но вот смех! В нем тоже «кон».

Но больно от буквы «ц». Царапает, цапарает. А «кон» — мягкий, душевный, даже если без мягкого знака и еще не «конь». Надо попить этот, как его, винпоцетин, который рекламирует красивый мужчина. Но у нас как раз тот случай, когда реклама, тем более по телевизору, — верный признак, что этот товар лучше не покупать.

С чего это бабушка спросила про детей? Что у нее, Татьяны, уже на лице написано, что ей этого хочется, сейчас, сегодня, сразу, что в ней — двадцатилетняя барышня, только беда — суженый в тюрьме. И все безнадежно! Люди старшего поколения, мать к примеру, жили скверно, скученно и нище, но всегда думали о завтрашнем дне с верой, что будет лучше. Современные дети-«индиго» думают о вечности, где они пребудут всегда и им всегда будет интересно. Те же, кто живет сегодня, к примеру она, не уверены ни в том, что было, ни в том, что будет. Доехать бы до работы, вернуться с нее живым, не умереть бы ночью. Зачем ей вечное перо? Ей бы обычную перьевую ручку да баночку чернил, самое то для времени без прошлого и будущего.

Всю дорогу она шмыгала носом, в котором копились и сопли, и слезы, и люди отворачивались от нее как от чумной. Она даже вышла на остановку раньше, так нехороша была себе самой, и это оказалось божьим провидением. Она столкнулась нос к носу с Максимом Скворцовым. Он ее не узнал.

— Вас выпустили? — прокричала она в непонимающие глаза.

— Да, за недостатком улик и отсутствием состава преступления. Простите, бога ради, что я вас сразу не узнал. У вас что-то случилось?

— Не берите в голову. Я от бабушки из дома престарелых. Она уже сосет рукав и интересуется, есть ли у меня дети.

— А они у вас есть?

— В том-то и дело, что да... Дочь... Но она не помнит ни ее, ни моего мужа.

— Как странно... Но мне почему-то нравится амнезия вашей бабушки, — сказал Максим. — Она веселая. А у моей жены как раз уже другой муж, и она в твердой памяти.

Он засмеялся странно весело, и она вдруг увидела его снова: он выглядел лучше всех существующих в природе мужчин. И это подтверждали тетки, цепляющие его глазом с достаточной долей удивления, что такой мэн разговаривает с совершенно не подобающей ему чувырлой в соплях. Он не дал ей впасть в окончательное самоуничижение, он взял ее под руку и сказал:

— Я вас провожу к месту вашего следования.

И они пошли медленно по бесконечно малому расстоянию между двумя троллейбусными остановками. Он рассказал ей, что у него был прекрасный адвокат, развалить конструкцию обвинения ничего не стоило с самого начала. Но адвокат хитрил, все преувеличивал опасность, повышая свой гонорар, но, в общем, все было ясно. Сейчас дело приняло совсем другой оборот.

— Вам сказали, что в доме Луганского был поджог?

— Да, об этом писали, — ответила Татьяна.

— Дело в том, что исчез сторож, который у них работал и жил в сторожке. И исчезла младшая дочь Луганского, четырех лет. Нянька, то бишь гувернантка по-ихнему, не успела дойти до дома, увидела дым и стала звонить. Сторож и нянька сейчас под подозрением. Сторожа и девочку не нашли, а нянька уже воет в предвариловке. У нее такая легенда. Хозяйка в тот день попросила ее приехать чуть раньше. Пока она добралась, — знаете же, пробки, — Луганская уже уехала. Но хозяйка и няня по мобильнику объяснились, что той делать. Так как у няни был ключ, то проблем не было. И она говорит, что, когда подошла, дом уже горел. Она, мол, уписалась от страха и вызвала пожарных. Она была уверена, что пожар потушат и с девочкой не успеет ничего случиться. Горел второй этаж, а детская была внизу. К тому же еще в доме оставался сторож, который очень хорошо относился к девочке. Хозяйка так и сказала: «Никифор вас подстрахует, если вы припозднитесь». Но ни его следов, ни следов девочки не нашли. Следов — я имею в виду смерти... Я не мог быть участником поджога, потому что как раз тогда ехал на конкурс красавиц, мы с Луганским подъехали практически одновременно. А следователям очень хочется взрыв машины и поджог свести в одно дело. И в этом есть логика. К примеру, все это — страшная месть Луганскому. У него было достаточно недоброжелателей. Но я допускаю, что могут быть и две причины. Убийство претендентки на корону из зависти, ревности или чего там еще и ограбление с поджогом. Идет дознание, что сгорело и что пропало. Дом не сгорел, только крыша, так что сыск рыщет... Вот я и выпал из колоды, поскольку ехал в машине с шофером, да еще и с приятелем. Чист как стеклышко.

Татьяна щелкнула мобильником. Дома никого не было.

— Идемте, условно освобожденный, я напою вас чаем.

Когда в советской малометражке мужчина и женщина раздеваются в коридорчике, грех нетерпеливо стоит рядом. В какую-то секунду Татьяна оказалась под его поднятыми руками. И эти руки как-то естественно сомкнулись за ее плечами, а она так же естественно сунула лицо ему под мышку и поняла, что это ее дом, ее прибежище, ее покой. И не было никакого чая, и все было не как у людей, а как у богов, знающих все наперед и не ведающих стыда.

Она сказала, что у нее взрослая дочь, что друга дочери зовут Тим-Укроп, он сказал, что у него, кроме дочери, неудачливой конкурсантки, еще и шестилетний сын, ходит в подготовительный класс и не любит свою учительницу. «Папа, у нее попа как два глобуса, и между ними застревает юбка. Так противно и смешно тоже».

— Разве в школах олигархического уровня такое бывает?

— Так ведь эта, с попой, — лучший специалист в своем деле. За нее борются директора школ. Она дама с педагогическим секретом.

— Могла бы купить нормальную юбку. Могла бы и похудеть.

— Насчет одежды, может, вы правы. А насчет похудеть — это уж такая русская природа. Безудержная и неуправляемая. Но училку ценят не за это.

— Что теперь будем делать? — спросила она каким-то не своим, треснутым голосом.

— Я развожусь со своей, к вящему ее удовольствию. Все к тому шло. Мне остается городская квартира, извините, раза в три больше вашей, и сын по воскресеньям. У жены богатый избранник, поэтому мыло, свечи, керосин мы не делим. Готов вас принять на всю оставшуюся жизнь вместе с дочерью и ее Укропом.

— А ваша дочь?

— Она не моя, она мамина. Я представлял для них интерес только до конкурса. А раз не сумел сделать дочь победительницей, грош мне цена.

— Боже, как не по-людски! Ваш мир даже хуже, чем я думала.

— Он всякий. И такой, и другой, и третий. Но тон в нем часто задают женщины, спятившие от денег.

Он обхватил ее и держал так, будто ее начнут у него вырывать. Она поежилась в этом невыносимо родном, но одновременно и неудобном кольце. Что-то было прекрасное, и оно имело название, вкус и цвет. Что-то же было неопределенным, мутным и отпугивающим. Такая нестерпимо жгучая близость и такое холодное, чужое, как розовая тапка, отторжение.

Так ведь не бывает, потому что не может быть никогда. Во-первых, он даже не узнал ее на улице. Он — думала она — истосковался по женщине за минувшие три месяца, а она позвала его как бы пить чай, но кто это теперь зовет на чай? Черт возьми! Ему, видите ли, ничего не стоит принять ее со всеми потрохами. Ничего! Как это было небрежно сказано — «раза в три больше вашей». Для него мелочь, если учесть, что она была в его загородном доме с розовым помпоном. Но как ей было там противно! А у нее, черт возьми, прекрасная двухкомнатная квартирка, две отдельные комнаты, раздельный санузел, кухня, правда, маловата, ну да фиг с ней! Он ведь не сказал, что любит, вот в чем дело. Жена слиняла, а ты приезжай, мол... Он сказал — на всю оставшуюся жизнь? Сколько лет в этом понятии? Нисколько. Просто слова. А их столько всяких...

— Ты чего помрачнела? — Она уже разливала чай. Все мысли были чайные. — Тебе было плохо со мной?

— Мне с тобой не может быть плохо, — тихо ответила она, — я, дура, почему-то решила, что люблю тебя за решеткой в темнице сырой. И даже раньше, когда ты вышел из машины... Но, извини, ошиблась...

— Господи! — сказал он, и она едва успела поставить чашку. Он стоял перед ней на коленях, целуя ноги. — У меня тогда тоже было два потрясения. Взрыв — и женщина с глазами дикой лани... Неизвестно, куда и с кем умчится. Я подумал: почему мне всегда не хватало таких женских глаз? У всех моих женщин — прости, ради бога, множественное число — в глазах ничего подобного не было. Фитилек, каганец, как говорила моя бабушка. А у некоторых вообще огарок. Огарок жизни. Все остальное в порядке, руки, ноги, даже 90—60—90 случались. Но без глаз. Без свечения ума и сердца. Сам их брал, дурак. Сам. Никто не насиловал. Ты — моя первая женщина. Отныне и навек, как сказали бы в прошлом веке, когда слова имели смысл и значение и им верили. Считай, что я, проклятый олигарх, из того старого времени, и верь мне, верь!

«Сдаюсь, — подумала она, — и пусть будет как будет».

— Я представлю тебя своей бабушке, ты ей понравишься, но и она тебя непременно удивит, — сказала она.

— А мама у тебя есть?

— О боже мой! Конечно. Но ее хлопнуло по голове этим взрывом. Она знала, что я должна была быть там. Теперь у нее заскоки, стала вся рассеянно-всполошенной. У бабушки все это как-то мягче и даже интереснее. Спрашивает меня: «Ленина вынесли из мавзолея? Нет? Как странно. Он ведь так, в сущности, устарел. Пора на кладбище».

— А вот мои родители совсем наоборот. Упертые коммуняки. Был фантастический вопрос отца:

«Ты со всех своих доходов платишь партийные взносы?» — «Папа, я не член...» — «Как? До сих пор? На такой ответственной работе?» Тут вмешивается мама: «Отец! Ты сдурел. Какие взносы? Какая партия? Он же у нас проклятый буржуин». Надуются оба и не разговаривают со мной. Я ухожу, а отец матери: «Захлопни за ним дверь покрепче». Но это не всегда. Я их люблю, и они меня. Но скажу тебе сразу: что разведусь, я им пока не скажу. Буду приходить к ним с сыном, и пусть думают, что все по-прежнему.

— Избави нас бог, — сказала Татьяна, — от потери разума до смерти.

— Вот уж что не дано знать, то не дано. Дураки разум не теряют, это точно.

Позвонил муж, сказал, что идет с работы. Пришлось расходиться. Расставались так, будто шли на войну. Но ведь это было их первое расставание.

— Я сегодня же поговорю с мужем, — сказала Татьяна, — и с Варькой.

Она прижалась лицом к решетке лифта, слушая его движение, и было — было! — страстное желание сбежать вниз и сказать: «Бери меня ни в чем и веди куда хочешь». С таким чувством вернулась в квартиру. Звонил телефон. Это была Варька.

— Я тебе трезвоню на работу. А ты дома.

— Да, вот так случилось.

— У тебя странный голос. Как не твой...

— С чего бы это?

— Вот и мне интересно.

— Это мой голос, успокойся. А чего ты мне трезвонила на работу?

— Да так. Пустяки. Мы решили с Укропом пожениться. Пустите жить или нам сразу искать квартиру?

— Вы что, идиоты? Кто это женится на первом курсе?

— Он на втором. И вообще, это ведь уже не ваше дело. Мы ведь уже в правовом законе?

— В чем, в чем? — засмеялась Татьяна. — Это воры бывают в законе. А не слабомыслящие барышни. Будем разговаривать дома. — И она положила трубку.

Новость дочери — подумала она — в сущности, ее не колышет. Она сама собирается замуж. Ей предстоит разговор с мужем, и это куда круче того, что происходит с дочерью. Она сама когда вышла замуж? Едва окончив первый курс. Ну вот, думает Татьяна, и результат: не прошло и двадцати лет, а я уже хочу снова замуж. И это главное, что есть сейчас в моей жизни.

Старик Мирон стоял на башенке своего дома и смотрел в бинокль на небо. Он ждал вертолет. Он думал о том, что такое ожидание уже было в его жизни. В середине семидесятых. Только тогда не было этой смотровой площадки на крыше, не было бинокля. Стояло несколько наскоро срубленных изб, и жила в них артель из девяти, без него, человек. Они приехали сюда с востока, где были удачливыми золотодобытчиками, а до этого мотали срок на северах. Их бригада из бывших зэков была на золоте лучшей. Но они все равно оставались клеймеными. Хотелось туда, где у них нет прошлого. Его потянуло сюда, на Южный Урал, где он родился, учился, где всю жизнь прожили его родители и дед с бабкой. И нигде, ни в тайге, ни на берегу океана, не пахло так, как здесь. Сразу, как теперь говорят, в одном флаконе — лес и вода, степь и горы. Дух степей, ветер гор и вкус леса, а временами, когда дуло с севера, и горечь Магнитки просто пьянили.

С ним приехали те, кого уже никто нигде не ждал. В сомнении оставался только Никифор. Его тянуло на свою родину, на Луганщину. Он твердил, что давным-давно оставил там сестренку, которую спас от пожара во времена проклятой коллективизации. Ей должно было быть уже... Ну, прикинь... Родилась в двадцать шестом, а нынче семьдесят четвертый. Считай, уже бабушка эта девочка. И холостой Мирон сказал тогда: «Забирай ее с собой!» И что-то даже напридумывалось, какая-то жизнь с женщиной. Ему уже под шестьдесят, времени для семьи осталось всего ничего. А Никифор ему как брат, помыкались вместе.

Невостребованные, похороненные жизнью чувства — откуда? что? — буровили сердце бывшего зэка, ныне свободного работяги, прибившегося к уральской горе. И он распалился, этот старый Мирон. Ему до колотья в сердце захотелось ложиться с женщиной, и уже неважно, будет или не будет то самое; главное — теплый женский бок, округлое плечо, в которое он уткнется носом, а она ему скажет: «Спи, Мироша, спи! Завтра я квас поставлю, окрошку будем обедать».

Ох, как его тогда завело. Но он взял себя в руки и сказал:

— А если у нее семья, то пусть и семья едет. Для укоренения в земле семья непременно нужна.

В душе, конечно, погорчело, уж очень соблазнительной была мысль о красивой, умной и свободной женщине.

Но Никифор тогда не вернулся. Опять загремел по этапу. Мирон за свою жизнь понял: есть меченные тюрьмой и ссылкой люди, на воле им как бы не можется, и хоть есть в них страх возвращения под конвой, но что-то более важное и сильное толкает их именно туда. И выражение «плачет по тебе тюрьма и ссылка» можно переиначить: это я плачу по вам. Так все и было.

Вот и сейчас он с тревогой ждет вертолет. На нем Никифор привезет троих. Там будет безногий, уже немолодой сын той недоставшейся ему женщины, подраненный в Анголе и брошенный всеми на произвол судьбы. Господи! Что же делает эта страна со своим народом! Как надо ненавидеть людей, чтобы не просто по всему миру пускать кровь русского солдата, но еще и бросать его умирать где попало... Теперь никому не нужный безногий солдат будет нужен им. И его мать, та, что пять минут когда-то была мысленно его женщиной и лежала щекой на его плече. С ними должна быть девочка, вынесенная из огня. Какие-то парные случаи у этого бедолаги Никифора. Нарочно не придумаешь.

Они с Никифором тут самые старые. Но много уже и молодых. Поселок их будет здоров. А когда тут начали копаться археологи в поисках древнего Аркаима, то они в этих краях стали, можно сказать, чуть ли не прообразом будущей России, умной, просвещенной и справедливой. А главное, трудолюбивой. Конечно, до этого еще семь верст хлебать, и все по болотам и кочкам, но где-то что-то должно начаться изнутри, а не по повелению в данный момент царствующего начальника. Изнутри рождается мокрый и осклизлый человек, из семени вымахивает дерево, и если у России остался запал, то он не в Москве, тем более не в Кремле, не в головах тех, что там жируют. Не в тех штанах, что там носятся, лежит семя будущего. Аркаим, конечно, миф. Но возле мифа хорошо начинать новую жизнь. Миф — это допинг, это хорошее вино, это заварка для чая, это проносящееся облако, кажущееся одновременно пти-

цей, женщиной и тобой, когда ты плотник и строга-
ешь стропила будущего.

В небе показалась точка вертолета, и сердце у
Мирона забилось, как будто ему не восемьдесят три,
а в обратном направлении — тридцать восемь, и он —
Пушкин, которому повезло не умереть в тридцать
семь. С чего бы это?

Как тут все изменилось! Во-первых, не было никакого кладбища. Грубые бетонные пятиэтажки были ужасающе некрасивы. В них как бы муровалась
заключенная навсегда бедность и серость. А собственно, что иное могло вырасти на кладбище? Он
прошел сквозь пятиэтажки, ища следы той деревни, которую видел дважды после двадцать девятого.
После войны и после смерти Сталина.

Девочка удивленно смотрела по сторонам.

— Мы где, Никифор? — спрашивала она.

Как объяснить, что где-то тут, под бетонной сва-
ей, была могилка, на которую пришла убитая горем
мать, и он отпустил от себя сестру, как отпускают
пойманного зверька из жалости, что другие не от-
пустят, а съедят.

— Мы сейчас придем к хорошей тете, а потом все
вместе полетим на самолете. Здорово, а?

— Я боюсь самолетов, — сказала девочка.

Та, раньшая, уже не боялась ничего. Что может

быть страшней гибели матери, а у нее это уже случилось.

У этой же, что сидела на руках, погиб отец. Но она не знает об этом.

Слава богу, деревенька была на месте, окруженная, как артиллерией, строительными ковшами. Дай им команду — и они поднимут ее вверх, старенькую, осевшую человеческую обитель, и бросят оземь. И не останется следов прошлого. Он подумал: «Еж твою двадцать, неужели я в последнюю минуту успел?»

Что такое новые ворота через почти тридцать лет? Многажды прибитые поверху сикось-накось гнилые доски, вопиющие о бедности, колья бывшего забора, замененные рваной в лохмотья рабицей... Он толкнул калитку, и она упала ему под ноги, мол, иди по мне, раз пришел, невелика барыня. Но он ее обошел, и ему навстречу вышла старая псина с жухлой, как осенняя трава, шерстью и слезящимися глазами. Она открыла рот, чтобы тявкнуть, но у нее то ли не получилось, то ли она раздумала, и повернула назад.

— Кто там? — закричала с крыльца старуха.

Но он ее узнал. И если в прошлый свой приезд он увидел в ней маму, варившую варенье в саду, то сейчас увидел заключенную, выпущенную уже по старости и немощи с пожеланием: «На свободу — с чистой совестью!» Вот она и доживает в этой рабской свободе.

— Оля! — сказал он. — Это я, Никифор.

Она смотрела на него тупо и равнодушно. Как и ее собака. Потом что-то в ней проклюнулось, и она насмешливо бросила:

— Брат, что ли? Еще одно горе на мою шею, да еще и с ребенком, — она то ли утверждала это, то ли спрашивала. А из хаты голос мужской и хриплый, как после пьянки, кричал:

— Кто там, мать? По поводу сноса пришли сволочи или еще кто? Всех гони в шею!

Она не дала себя обнять. Когда он пытался протянуть к ней руки, она отстранилась резко, как навсегда.

Он ляпнул это сразу, как бы отвечая ей на самые главные слова — «еще горе на мою шею»:

— Я приехал тебя забрать, Олечка, и сына твоего. У меня есть деньги, не бойся, я не нищий. А девочка эта — погорелица, как и ты когда-то. Теперь она моя. И твоя, если захочешь... Она тоже Луганская.

— Нет, не захочу, — ответила Ольга. — И иди-ка ты восвояси. Я знать тебя не знаю и знать не хочу.

Какой аргумент выдвинешь против этого? А он, оказывается, был...

Слезы полились серым безнадежным потоком. За ним заплакала девочка, уловившая не слова — тон женщины. А он не мог остановиться. Хрюкал горлом, хлюпал носом. Ужас от ее слов, от ее неприятия вернул его в то детство, когда он тащил ее из окна. Как он боялся ее не спасти, потому что что же тогда — один на всем белом свете? И не было мысли, как с ней жить, а была — что без нее ему не жить.

— Оля, прости, что так долго, — выталкивал он из себя мокрые слова, — я загремел в пятьдесят шестом, а потом еще.

Такой безнадежный, неаппетитный аргумент. После этого разве докажешь, что ты не бандит и не уголовник. Мог бы сообразить другие слова о времени человеческой жизни, но не сумел. Беспомощность всяких объяснений ударила прямо под дых, и он подумал: «Вот как не вовремя я, кажется, помру». Но, видимо, это был еще не последний удар в его жизни. Его качнуло и выпрямило. Сердце стучало сильно, но ровно. В нем еще было сколько-то жизни. Ищи аргументы, дурак, ищи!

— У меня правда есть деньги, — сказал он. — И хороший дом. Я свободен. Но я не знаю, сколько мне осталось. Там, где я живу, хорошие врачи. Все правда, сестра, мне от тебя ничего не нужно. Просто вы с сыном заслужили человеческую жизнь. Это он там? — Он кивнул на халупу. — Я хочу вас забрать.

— Поздно нас забирать, — сказала она. — Нас тут зароют. Тут наше место. Хорошего места на этой земле для нас нет, а если у тебя есть, отдай его этой девочке. Может, у нее и получится пожить по-человечески.

Скрипнула дверь, и на крыльцо на инвалидной коляске выехал мужчина. Он не видел его лица, он смотрел на много раз перепутанное проволокой и веревкой сооружение, на одно колесо от детской коляски и другое, видимо, от велосипеда, тоже детского. Оба колеса стояли уже ободьями. Сколько же им лет?

...Он написал ей перед освобождением в семьдесят пятом. До того он уже списался с Мироном, и тот безоговорочно потребовал его приезда к нему «в людскую жизнь». Он ответил, что должен заехать к сестре. Приезжай с сестрой, ответил Мирон, семья — это главное, если хочешь жить по-человечески.

Дом тогда был на замке. Соседи сказали, что Ольга уехала забирать из госпиталя сына-инвалида. Он ждал три дня, спал в сараюшке. Кто-то это приметил (хотя он особо и не таился). Пришла милиция и связала ему руки. Ничему не поверила, ни на какие уступки не пошла. И не выпустила. Дали ему с детства знакомый срок — за бродяжничество. Легкий срок. Но увезли далеко на север. То да се и снова пятнадцати лет как не бывало.

Он тогда задумался об этом слове — бродяжничество. Что оно значит? Ну, ясно — от слова «бродить». А оно от чего? От слова «брод». Это же просто место, чтобы перейти с одного берега на другой. Он ведь так всегда и хотел. Перейти от худшего к лучшему. Но его не спрашивали, чего он хотел. Раз, мол, идешь сам, куда хочешь, уже дурак и виноватый. Не имеешь ты на это права. Ему сказали это еще в отроках. Не понял, не осознал. Виноват. Нету тебе броду и не будет.

Как началось, так и идет

Тогда, дожидаясь в сараюхе сестру, он узнал от соседей, что мужа Олечки судили за то, что уже после войны он вынес канистру бензина с колхозного склада для своего мотоцикла. Воровали тогда — господи, прости — все и всё, иначе было не прожить, но делали это тайком. Он же нес канистру с глупой мордой, а когда его остановил, кажется, секретарь сельсовета, ответил: «Колхозное — мое или не мое? Я тут вкалываю или как? Ну, скажи, сколько с меня причитается, если это твое, а не мое». Причиталось ему десять лет именно за дерзкие слова, которые он упорно повторял и расцвечивал матом. Так где-то и канул. Живой, неживой... «Языкатый был, — объяснили Никифору соседи. — Говорил, будто ему не страшно. Кто ж это позволит человеку не бояться?»

В северных рудниках судьба как-то свела Никифора с попом, таким же зэком, как и он. Каждое утро поп благодарил Бога за то, что наступило утро. Вечером — что наступил вечер. Его ненавидели все.

Они мерли тогда пачками от холода и голода. А ведь он еще помнил два голодомора — тридцать третьего и после войны. Он тоже ненавидел попа: за что спасибо говоришь, дурень?

...Он поднял глаза на инвалида и узнал в его лице себя, таким, каким он был в молодости. Конечно, не в той молодости, когда он нес босую девушку на руках, а в той, что много позже свела его с Мироном. Он тогда прицепился к Мирону, как цепляется подросток за багажник велосипеда едущего отца, и тот чуть-чуть тормозит, понимая, какое это остроболезненное чувство — догнать и бежать рядом, не отставая. Мирон был опытный, мудрый зэк. Он первый сказал ему, что лафа для этой советской власти скоро кончится, потому как кончается век, а следующий уже не потянет столько крови. А когда началось шевеление перемен, Мирона отправили на золотодобычу.

Его же самого не взяли, он не был такой классный спец, как Мирон, и это было самое большое горе после пожара и сверкнувших в последний раз в дверях узеньких ступней девушки. Он присоединится к ним, создавшим братство свободных тружеников, потом.

Так вот, когда уехал Мирон, он посмотрел на себя в зеркальце — саднил какой-то прыщик. Тогда он и увидел лицо вот этого сидящего в «коляске» инвалида. У него была такая же безнадежность и такая же ненависть в глазах. После отъезда Мирона он поклялся, что не оставит на земле ни одного из «тех» Луганских, и пусть его потом расстреляют.

Он говорил раньше об этом с Мироном. Тот ему сказал: «Я понимаю конкретную месть, но не понимаю слов «всех тех». Ты уже убил Луганского, который запалил твой дом, чуть не убил мента, который обидел твою девушку, покалечил шофера за убитого сына. Молодец. Не осуждаю. Но всех тех я не понимаю. Все те разные. Там могут быть и совсем другие ребята. Там могут быть дети. Ты что — чума? Так ты можешь натворить больше беды, чем твои родственники. И знаешь — у самого большого гада на земле может родиться хороший мальчик или девочка. «Конечно, — ответил он Мирону, — это надо будет познать».

Через годы он поедет познавать. И вытащит из огня эту девочку, что сидит у него на руках. Девочку врагов. А сейчас ему надо спасать этих, своих. Когда-то спасенную им Олечку и этого бедолагу, ее сына.

— Как тебя зовут? — спросил он. — Я твой дядя Никифор.

— Я тоже Никифор.

И тут он заплакал снова. Сестра назвала сына его именем.

— Когда ты родился? — спросил он.

— В сорок седьмом, — ответила Ольга, — ты же видел меня брюхатую.

Этих слов было достаточно, чтобы слезы полились пуще. Значит, тогда, в сорок седьмом, он что-то для нее значил, если дала его имя сыну.

— Иди ко мне, — сказала Ольга девочке.

Она первая увидела, что к дому идет милиция.

— Двадцать четыре часа — и чтоб вас тут не было, — прокричал старший им через забор, и они пошли дальше, и уже там плакали дети и кричали старухи.

— А куда вас всех? — спросил он.

— В общежитие, в Малиновку, но там уже битком. Человек на человеке.

— Значит, я вовремя, — сказал он. — Где можно найти машину?

Из Интернета Сима узнавала подробности взрыва возле Дома молодежи. Постепенно все стихло, но она помнила сообщение: «Исчез сторож Никифор Крюков. Неизвестна также судьба младшей дочери Луганского, Оли. Девочке пять лет. Следов ее не найдено. Всех, кто...» И прочее. Ее занимала фамилия Луганский, носителей фамилии Крюков — пруд пруди.

Юлия Ивановна уже очень стара, ее воспоминания, в сущности, безумны.

— Был Никифор! Был! — бормотала она. — Мальчик-извозчик. Он на Рождество привозил нам еду от Луганских. Ну, когда была эта, как ее, разверстка. Мерли как мухи. Это же прямое дело: мрет деревня — мрет и город.

— Сколько было извозчику лет?

— Лет десять, может, двенадцать. Он был в тулупе.

— Значит, он по определению не мог быть этим Никифором. Ты же фамилию его не знаешь?

— Не царское это дело — знать фамилию извозчика.

— Тоже мне царица...

— Катя, старшая наша, шла из школы, и ей все кланялись. Я из-за этого тоже стала учительницей, — ответила та неожиданно.

— Любишь, чтоб кланялись?

— Каждый любит... Каждому нужно почтение... Если его нет, считай, нет и человека. Ты думаешь, почему марксизм-ленинизм порочен? В нем нет человека, а только класс. Без почтения к человеку, личности... Ты вон даже кошку любишь индивидуально, а не просто как мышеловку.

Сима пошла рыться в архивах. Нашла там братьев Луганских. Про одного из братьев скорописью — покинул Россию в шестнадцатом, про другого — перешел на сторону советской власти. Дальше история писалась про того, кто перешел. Участвовал, был награжден, был преданным, возглавил, навел порядок — все в смысле настоящий коммунист. Никаких семейных подробностей. Сима давно, без тетки поняла закон именно нашего социализма: ему нужен человек, преданный до предательства всего и вся, верный до безверия в то, что не он первый на этой земле, стойкий до стояния на горле того, кто не как он сам, не преданный и стойкий. «Как в церкви Средних веков, как в инквизиции, как в безумной голове Гитлера», — думала Сима. Детская мысль, что московского Луганского убили не за деньги, а покарали (за что?), была по-журналистски очень соблазнительной, но не имела под собой фактов. Ни-ка-ких!

Она позвонила Татьяне. «Что у тебя с материалом?» Голос у той был каким-то глупо-счастливым. Оказывается, ей по фигу Луганские, освободили подозреваемого, который не мог иметь к делу никакого отношения.

— Как его фамилия?

— Скворцов. Максим Скворцов.

Нет, такой фамилии ей не попадалось.

— Нашли сторожа?

— А его никто не искал, как и девочку. Все свели на нет. Уже провели конкурс, уже и отгуляли. Ходят слухи, что жена Луганского собирается замуж.

— Через три-то месяца?

— Они, Сима, другие. Совсем другая природа. И эта природа еще долго будет иметь нас всех... Силой денег, силой власти, силой приватизированного ими закона. А нам предстоит исхитряться жить своей жизнью при них. Волки отдельно, и овцы отдельно... Выживать будем каждый по отдельности.

— Мрачная мысль, Таня, но правильная. Хотя ответ на эту тезу один: овцы не выживают по определению.

На том и положили трубки.

Но Татьяна долго не могла успокоиться. Ей стало стыдно за все свои слова. Она была счастлива с человеком из этой, как она говорит, другой природы. Он умен и порядочен, он так много делает для Варьки и Укропа. Иногда ей кажется, что слово «ненавижу», которое у нее с кончика языка срывается чаще, чем надо, ему вообще неведомо. Дело не в природе или, точнее, породе, и не в деньгах, дело в беззаконии, которое накрыло страну, и все под ним как в чувале. Хотя, если честно: а был ли когда-нибудь закон? Единственное, что незыблемо — мощь природы. Может, потому и жгут леса, и страстно хочется повернуть реки, что их красота, великая красота страны — единственная сила, живущая независимо, гордо. Кормилица, поилица, ласкательница природа, одаривая нас, одновременно молит о спасении. И где оно?

Татьяна вспомнила, как еще ребенком, споткнувшись о корягу, увидела малюсенький, едва проклюнувшийся скользкий масленок. Он был похож на мальчика-с-пальчика, и его хотелось защитить. Она тогда построила ему оградку и почему-то плакала, а когда ее нашли родители и спросили, с чего это она плачет, сказала, что ушибла коленку, а что жалко масленка-мальчика, сказать не то чтобы постеснялась — побоялась: засмеют. Как потом она себе сказала, это было первое ее столкновение с человеческим мнением, которое не пожалеет.

Куда уходят наши самые благородные на свете детские слезы? Когда они перестают течь, минуя все?.. И она, взрослая женщина, поймала себя на том, что ей хочется заплакать о масленке-с-пальчике, о ветке, которую она сама сломала, уже без слез, вешая качели для Варьки. А однажды во дворе дома оказалась вся избитая, со слезящимися глазами собака, и она, Татьяна, убежала. УБЕЖАЛА — потому что собаку палками гнали со двора, а ей легче было скрыться, не видеть этого. Страх мнения людей был сильней жалости. И масленок в ней не вскрикнул, не напомнил о себе. Какое она имеет право судить других?.. Но в самобичевании был уже изъян, была даже неправда, хотя истории масленка и собаки были чистой правдой.

Что-то сломалось в сути вещей. И мы не выживем по овечьей отдельности — тут Сима права, — если не исправим поруху в себе. Надо неизвестно как, но становиться сильной и независимой, надо сопротивляться.

На этом энтузиазм стал вянуть просто на глазах, сворачиваться, как сухой лист. «Тебе сейчас хорошо — вот и живи, — сказала она вслух. — Я не отвечаю за все, что делается при мне. Это дурь».

«Отвечаю же! — кричала она своей предыдущей мысли. — Отвечаю за Варьку, за маму, бабушку, теперь уже и за Укропа, за Максима, за друзей, за подруг...»

И опять эта размытость. Где поставить предел собственной ответственности? Хорошо верующим, они не отвечают ни за что. Они все переложили на плечи Христа, казненного людским равнодушием. «Распни его, распни!» Люди всегда одинаковы, а человек должен быть разным. Здравствуй, оксюморон, тебя мне только и не хватало. И она пошла остервенело мыть посуду и думать о том, что ей лично очень даже хорошо. И она все-таки не отвечает за все.

Расставание с мужем оказалось совсем не болезненным. Он принял его спокойно и как бы даже удовлетворенно. «Он меня снял, как груз с плеч». Если разобраться по-честному, то на самом деле она — его груз. Ее, как выяснилось, нестабильная работа, не стоящая на собственных ногах дочь, его из средних самая что ни на есть средняя зарплата без всяких перспектив, если не вертеться, как белка в колесе. Но он не хотел меняться, он хотел оставаться самим собой. Пусть неуспешным, пусть незаметным, но самим собой.

Он думал, что и жена его такая же. Оказалось, нет. И дочь другая. Их манит какая-то неведомая жизнь, им хочется нового, а ему нет. И он принял это — уход жены и дочери — как невиданный, нежданный подарок! Надо же! Не будет больше разговоров о деньгах до зарплаты, не будет рядом этого напряженного, неподатливого тела жены. Да живите как хотите, девочки. А я сам, слышите, я буду сам! Конечно, он не говорил это Татьяне. Он сказал это Варьке и Укропу, когда они пришли его жалеть после ухода Татьяны. А закончил даже весело:

— Хорошо быть кисою, хорошо собакою, где хочу — пописаю, где хочу — покакаю.

— А любви что, уже нет совсем? — как-то грустно спросила Варька.

— Совсем есть — у твоей мамы, дай ей Бог счастья. Уже нет — у меня. Честно. Жизнь сожрала любовь. Последние десять лет, дочь, были мучительны для нас обоих.

— Жаль, — фальшиво сказала Варька. Она была на стороне матери, ей нравилась ее новая жизнь, сияние ее глаз, и уже было страшно: вдруг это все канет, как и не было...

— Тогда скажи мне: есть что-то крепкое, то, что навсегда? — спросила она отца.

— Навсегда только смерть, детка, — ответил он. Потом они сидели с Укропом и пили чай в новой, не чета прежней, квартире, и она спросила уже у матери, что́ бывает навсегда.

— Не знаю, — сказала Татьяна. — Разве что смерть.

— Господи, — закричала Варька, — вы что, сговорились? Разве могу я дальше жить с такой установкой?

— Хочешь, чтобы я соврала? — спросила Татьяна. — Сказала бы, что навсегда родина, как меня учили. Но родина так предает своих детей, что мало не покажется... Любовь? Тоже вещь текучая. Сам момент рождения любви вечен, ибо прекрасен и неповторим, но и он кончается.

— Ты о сексе, что ли? — возмутилась Варька.

— Ни боже мой! Секс — это много и прискорбно мало. Мужчина и женщина уходят к другому, как бы отходя от обрыва кручи. Еще шаг — и уже ненависть. Кстати, я тут подумала вдруг, не знаю почему... Ненависть, дети мои, посильнее любви. Когда Отелло или Алеко убивали, они уже были переполнены ненавистью. Любовь была уже ими съедена. Я знаю одну женщину, которая в своей ненависти готова убить мать, а Медея из ненависти к мужу убила детей. И вот в этом убийстве Луганских — все возвращаюсь к нему — где-то очень круто замешана ненависть-месть. Это ведь сестры-близнецы.

— Твоя мать — класс, — сказал потом, уже на улице, Укроп. — Я думаю, что нам не надо жениться. Надо любить свободно, без правил, без обязательств.

— А если дети?

— И без них. Разве в них есть гарантия любви? Просто размножение. А я не бычок.

— Конечно, бычок. Если не веришь в любовь на всю жизнь. Но я почему-то, дура, верю.

— Так я тоже дурак. Но и мать твоя убедительна, согласись. Шаг от обрыва кручи — это очень убедительно.

— Тогда катись к чертовой матери! — закричала Варька и кинулась бежать. Но он был быстрее, догнал. И забил ее крик своими губами, и скрутил ее объятием. И куда от этого денешься, люди? Получается, что это все-таки сильнее всего!

«Никто не искал в убийстве Луганских ненависть-месть, — думала Татьяна. — Искали зависть, искали выгоду, деньги. Кому выгодно — самый модный вопрос в нынешнем сыске. А если выгоды никакой? Денег ноль? А некто идет напролом... Впрочем, дело закрыто, Максим на свободе, я не потеряла работу. Зачем мне вся эта история?»

А время шло. Убивали других. Где-то находили убийц, чаще нет. Зато в Питере готовили переезд самого главного российского суда. У нашей власти перебор телодвижений, мелких, суетливых телодвижений, как у собаки, ищущей блоху. И тут ей в газете попалась заметка. Семья Луганских собирает свой съезд. Кто-то приезжает из-за границы, кто-то хорошо и успешно живет здесь. Назывались имена и фамилии инициаторов, все весьма крупные фигуры политики и бизнеса. И газетное объявление — это, в сущности, сбор неведомой мелочовки. Доказательством принадлежности к роду Луганских должны были служить документы, письма или фотографии, реликвии. Сбор назначался на конец октября. Пока шла предварительная регистрация.

Среди подписавших призыв был некто Никифор, банкир с Украины. Имя ей что-то говорило. Так, кажется, звали пропавшего сторожа Луганских. Имя по нашим временам редкое. Даже падкие на старину модники до него еще вроде бы не добрались. Но сторож был старик. Никто не знал, сколько ему лет. Было известно, что фамилия — Крюков.

Татьяна для себя решила, что отправится на это мероприятие. Просто так, из любопытства. Хотя бы чтоб пошарить: не был ли убитый потомком некоего Никифора? Или просто однофамильцем? Возможно, Луганские уже знают убийцу. У них мог быть свой сыск. Сильная команда.

Когда пришел Максим, она показала ему заметку-призыв.

— Я знаю, — ответил он, — в этом наши следаки уже порылись.

— Сколько лет живет месть? — спросила Татьяна.

— Смотря какая и за что, — ответил Максим. — Зачем тебе это, родная? Оставь их в покое.

— Да я уже оставила, — сказала Татьяна. — В конце концов, если их целый клан, пусть сами разбираются.

— Насколько мне известно, зачинщики этого сбора — все из-за бугра, и это они мечтают о великом замирении.

— Значит, война все-таки была?

— Война не война... Та, старая, гражданская. Старые обиды, старые долги... Но конкретики я не знаю, кроме того, что кто-то уехал, а кто-то остался.

— Человек есть испытатель боли. Это сказал, кажется, Бродский. Как это, в сущности, несправедливо — быть испытателем боли! Знать, что ты всего-навсего подопытная мышка некоего космического, а может, даже мегакосмического изучения боли физической, моральной, душевной, классовой, боли рождения и боли смерти... А кончится защита чьей-то диссертации, и спустят человечество в слив. И напоследок еще раз зафиксируют наши последние трепыхания и конвульсии.

— Это будет еще не скоро. Есть еще много ядов, много подлости, много тщеславия, много еще чего, чтобы нас помучить на этой земле. И мы еще покувыркаемся в своей капельке счастья ли, несчастья.

Татьяна в этот момент думала о дочери, о ее капельке счастья, о том, что ей надо научить дочь обихаживать эту свою малость мира. Она вспомнила молодость. Она родилась в шестьдесят третьем. Столько, сколько сейчас Варьке, ей было в восемьдесят третьем. Пошли один за другим умирать генсеки, и было не грустно, скорей смешно. Смерть немощных стариков не предвещала перемен. И первым потрясением стал Чернобыль. Она, будучи студенткой журфака, рвалась туда посмотреть все своими глазами. Хватило ума у матери и деканата охладить горячую девчонку. Но ей в голову не могла прийти тогда мысль о счастье как о капельке, оно виделось большим, как солнце. И любовь должна была быть такой, как космический ветер. Ну и где она, та любовь? Сдуло, сдулась... Но и то, что пришло, она не назвала бы капелькой, тоже ветер, шторм, цунами. А у Максима что — капелька или?..

Так на ровном месте начинались обида и боль, и даже разочарование. Хватило ума подойти к нему и положить голову на грудь, и услышать, как сильнее начинает биться его сердце, значит, все в порядке, и пусть это будет космической капелькой любви. «Идиотка, — подумала она, — откуда во мне гигантомания? Знаю. Во мне трепыхается неистребимый совок, вскормленный кровью Магниток, ГЭС, целинных земель и прочей хрени. Строили, строили, а штаны шить не научились, а деревянные уборные по всей России как стояли, так и стоят. Бессмертный символ России и советской власти».

— Ты чего нервничаешь? — спросил Максим.

— Выключи меня из сети, у меня высокое напряжение.

И он ее выключил.

Вера Николаевна была слаба после микроинсульта. Она все время возвращалась к взрыву, пугалась и требовала немедленно звонить Татьяне. Та и так моталась к ней почти каждый день, но удобного момента, чтобы рассказать матери о перемене в личной жизни, так и не нашла. Вера Николаевна если и говорила, то только о «том трагическом случае».

— Как фамилия этих погибших? — спрашивала она Татьяну.

— Луганские, — отвечала Татьяна в который раз.

— Ах да! Очень знакомая фамилия. Но не помню, от кого я ее слышала. Надо бы позвонить Юлии.

Татьяна не говорила ей, что она уже звонила Юлии и сама Юля тоже звонила. Юлия знала неких Луганских из ее краев, она даже была им какой-то дальней родственницей.

Луганские — фамилия не затрепанная, не то что Ивановы и Сидоровы. Но думать, что она у одной семьи, тоже глупо. Татьяна собственными глазами читала, что где-то есть такой мэр — Луганский.

Они ехали к бабушке втроем — Татьяна, Вера Николаевна и ее друг. Он не оставлял ее, и Татьяна уже не могла понять, просто ли он коллега или любовник. Думать на эту тему стеснялась.

Заботу Андрея видел и отец, но его это даже как бы устраивало. Если нечего мужику делать, пусть сопровождает. Новый зять как раз взял его на службу почти по специальности, инженером, и деньги у него теперь другие. Так что с работы не отпросишься. Не будет же он пользоваться родственными связями, не так воспитан.

Кто бы мог подумать, что присутствие мужчины и жгучая тайна взрыва питают больную женщину такими соками — куда там лекарствам. Она слышала, что многие женщины как полоумные стали писать детективы. И однажды она спросила Татьяну: «А тебе слабо?»

— Я что, мешком прибитая? Это же товар для членистоногих.

— Ну и зря. Ты хорошо пишешь. Напиши хорошо — как для умных млекопитающих.

— У меня другая профессия, мама, — отвечала Татьяна.

А Вера Николаевна назло дочери даже придумала первую фразу детектива. «В то утро жена Луганского разбила зеркальце, не ахти какое, копеечное, но настроение испортилось сразу».

Татьяна же по дороге в дом престарелых вспомнила:

— Мне бабушка рассказывала, что когда их родню раскулачивали, то рядом сожгли большой дом главного кулака. Многие из деревни у него работали, особенно в пору, когда был голод. Ты не помнишь эту историю?

— Это я тебе говорила, а не бабушка. Потом на месте пожарища построили клуб.

— И больше ничего? — допытывалась Татьяна.

— Во время войны молоденькие девчонки давали в клубе дрозда. Конечно, стыдно... С немцами. Но вот я уже старуха и сейчас хорошо это представляю. Играет музыка, а тебе семнадцать, и ноги сами идут. Это же соки, природа. Некоторых дурочек потом выслали. А некоторые сами уехали с немцами. Почему я сейчас уехавших не сужу? Объясни, у тебя высшее образование.

— При войне другая мораль. С врагом нехорошо... Но сейчас я сама так радуюсь успехам наших певцов, танцоров, ученых, которые уехали и живут как люди. Может, и те военные девчонки живут хорошо?

— Но ты же тут и не уезжаешь, — как-то то ли виновато, то ли робко сказала Вера Николаевна.

— Каждый выбирает по себе, — ответила Татьяна.

— Хорошие слова у песни, — вздохнула Вера Николаевна.

А бабушка в этот раз была плоха, просила не морочить ей голову глупыми вопросами и даже норовила совсем уйти («какой-то еще мужчина явился —

не звали, он чей, он кто?» — об Андре). Но вдруг остановилась, лицо ее затуманилось, потом прояснилось, и она сказала другим, уже своим голосом:

— Я ведь уже сто раз говорила Тане. Тогда в пожаре погибли Луганские.

— Это-то понятно, — теперь что-то затуманилось у Веры Николаевны. — Я напишу про это детектив. Всем можно, а мне нельзя?

Они смотрели друг на друга, мать и дочь, обе не в себе, обе плохо понимающие, где они, что и как. Бабушка думала: «Она у меня совсем сбрендила. Надо сказать Тане». Подумала и тут же об этом забыла. А Вера Николаевна продолжала вторую начатую фразу детектива: «Жена Луганского, подбирая осколки зеркала, порезала палец. Кровь шла бурно, пришлось перебинтовать палец; это злило, потому что мешало делать макияж».

Детектив из нее пер недуром. Только раздражал Андре. Именно сейчас он был лишним. Зачем он ведет ее, как маленькую, держа под локоток? Что это он себе позволяет? У нее ведь все так складненько получается. Она скажет о своем плане Татьяне, и первую фразу тоже, пусть позавидует дочь.

Они обдумывали все детали его возвращения.

— Не жалей денег, — говорил Мирон. — Бери машины, плати людям, которые тебе помогут. За неделю управишься?

— Должен.

— В Москве не торчи. Вот тебе телефон. Вот еще телефон. Это мой брат по северам. Он вне дел, но в теме. Поможет, если будут проблемы.

— Да не будут. Какие проблемы? Я думаю, люди помогут с инвалидом.

— За это не поручусь. Сам только не ввязывайся ни во что. Значит, я держу вертолет в Астрахани под парами с семнадцатого по двадцатое. Годится? Телеграмму дашь накануне. Идет?

Все было складно. Неожиданность возникла в самолете на Москву. Буянил мужик из бизнес-класса. Матерился, хватал пассажиров за головы, проходя по проходу. С ним была девчоночка, красавица писаная. Она держала его за руку и просила:

— Ну, перестань, папа, перестань. Что ты пристаешь к людям?

— Это не люди, дочка. Это быдло.

— Полегче, дядя, — сказал молодой парень, возле которого как раз возник разговор. — За быдло можно и по хлюпальнику.

Тут все и началось. Мужик мутузил парня изо всей пьяной силы. Прибежала, видимо, жена. Странно, но она не пресекла мужа, а поддавала парню, который и так уже захлебывался соплями с кровью. И все молчали. Все! И стюардессы как не бывало. Из бизнес-класса вышел мужчина. Он отнял парня у мужика и сунул в его карман, судя по цвету, доллары.

— Прости, пацан. Он у нас горячий. После большого дела возвращаемся. С задания правительства. Нервы у всех как струна.

Он подталкивал мужчину к выходу из салона эконом-класса.

— Извините, люди, — повторял он всем. И уже пьяному: — Шагай, Луганский, шагай. Что ты заводишься с полоборота? Держите его и не отпускайте, — говорил он уже жене и дочери.

Когда приземлились, выяснилось, что пилоты сообщили на землю о факте драки, и ее участников уже ждали.

Если бы не случайно услышанная фамилия, он бы так и пошел своей дорогой. А тут пристрял, пошел следом. И увидел, что буяна выпустили через пять минут. А парнишку как раз держали дольше, видимо, из соображения, что он — «побудительная причина». Так причину и отделили от следствия.

Он дождался парня и пошел за ним.

— Кто он такой, этот Луганский?

— Какая-то шишка, сука такая. Неприкасаемая сволочь.

Пришлось вернуться и как бы между делом спросить у стюардессы, заполошенно вышедшей из отделения милиции:

— Скажите старику, кто этот буян?

— Олигарх. — Она заплакала. — Я так боюсь драк в салоне. Этого я хорошо знаю. Он скупил землю в нашей деревне под Москвой. Построил дом, домину, домище. Сейчас ищет сторожа, но из нас, местных, не берет. Боится, что подожгут.

— Против овец молодец. Я это видел и слышал. Как ваша деревня называется?

Девушка сказала. А чего не сказать хорошо одетому дедушке, который и кофе напоил, и коробку конфет подарил от «салона овец». Она засмеялась и успокоилась.

Начало конца

Он ждал, когда лицо зарастет бороденкой, пусть маленькой, но грязненькой. Он позвонил по телефону, оставленному Мироном. Ему выдали все данные на буяна. Он был правнуком того, кто спалил его родителей, брата, няню Марусю. Кто лишил Олечку детства и юности, а его — человеческой жизни. Так он получил свой наряд на выполнение миссии. Позвонил Мирону и сказал, что придется задержаться: встретил тут кое-кого.

— Не делай глупостей, — сказал Мирон.

— Вертолет отложи на срок. Какой — не знаю. Я отобью телеграмму.

— Мы с тобой уже старики. Нам осталось поспешать делать добро, и только. Ты это понимаешь?

— Просто я посмотрю в глаза тем, кто вырос вместо моих племянников и внуков. Посмотрю. И все!

Про себя же он думал о другом. О том времени, когда кто-то должен был родиться у мамы — оставались дни. Мамы, не сделавшей никому плохого, мамы, которая была крестной почти всех детишек в деревне. И была крестной того, кого он уже казнил тогда, на войне. Боль нерожденного ребенка была сейчас в нем такой сильной и острой, что он согнулся прямо у телефонного автомата, и проходившая мимо женщина предложила ему валидол.

— Ладно. Жду телеграмму, — сказал Мирон.

Его люди экипировали старика a la старый надежный сторож. Через несколько дней, нормально обросший, в добротной, но хорошо поношенной одежде, он уже работал у Луганского. Да, бывший зэк. Освободился давно. Работал там и сям. Какие трудовые книжки? Кто их теперь пишет?

— Вам что, для сидения у вашей хаты нужен лауреат Государственной премии?

Луганский засмеялся. Откровенность старика пришлась ему по вкусу.

Через месяц ему дали выходной. Он поехал к приятелю Мирона, от него позвонил старику и сказал, что не знает еще всей ситуации, но торопить его нельзя.

— Дурень, ведь мы с тобой обо всем этом говорили. Смерть не разрешает проблем, она их обостряет. Ты убил на войне, как думал, главного врага. И ты за все это заплатил цену гораздо большую, чем стоила его жизнь. Ты свою так испоганил, что перестал различать право и лево... И пошел вниз, пошел... Вверх идти тебе мешал грех.

— Это не мой грех, а грех советской власти, — не соглашался он. — Мы с ней не могли жить в паре. Понимаешь?

— Я тоже не мог. Я видел коллективизацию в Мордовии. Видел сосланных, умирающих от холода калмыков, ингушей, чеченцев. Какое наказание может искупить это? Вся советская власть должна валяться в ногах у людей и выть от мук совести. Но она тихо и безнаказанно слиняла. Винить власть — это все равно что винить погоду. Кому ты предъявишь счет? Богатому идиоту?

— Никуда она не слиняла. Перевернулась наизнанку. И ей надо дать понять, что осталась память.

— Не поймут. Скажут — не они. У них сын за отца не отвечает.

— Не они? А Чечня? А бездомные дети? Сколько их? Кто считал?

— А ты считал тех, кто при этом чувствует себя счастливым?

— Предлагаешь приноровиться?

— Я не хочу, чтобы ты пропал. Ты мне родной, а власть я имел в виду. Я не хочу, чтобы ты шел к ней с топором. Я не за власть, я за тебя... Да, Луганские и иже с ними прихватили эту землю, да, они командуют парадом. Так не ходи на парад, отойди в сторону...

— Няня Маруся так кричала в огне и одновременно выталкивала Олечку.

— Ты рассказывал. Ты отрезал голову... Хватит!

Там родились дети. А вдруг они замечательные? А вдруг они Пушкины?

— Разве бывает такое «вдруг»? Разве такое чрево не рождает гадов?

...Он внимательно смотрел на детей — старшую и младшенькую. Старшая была красавица и била ногой собак. Они ненавидели ее, она проходила мимо — и они тихо рычали. Дети — Пушкины?..

Младшенькая была светлая, как солнышко. Она шла к нему на руки, и тогда кричала уже мать:

— Не смейте трогать ребенка! Он не про вашу честь.

Больше, чем коммунисты и советская власть, никто не кричал о справедливости и равенстве. А лизоблюды-попы подпевали им. И во всем этом была самая большая мерзость. Теперь пришли эти. «Мы в своем праве», — сказали они.

Он тоже в своем праве и поступит так, как считает справедливым. И он ждал своего часа.

Наконец Мирон получил телеграмму. «Будем Астрахани двадцатого плюс минус два дня».

— Почту не носят уже два года. Я думала, ты давно умер.

— Он как цунами. Без объявления и предупреждения, — сказал инвалид.

— Вещи у вас собраны?

— У нас нет вещей, — ответила Оля. — Все проели. Посмотри, даже лебеды нет. Вот ребенка, крест святой, покормить нечем.

— Там у нее в сумочке есть печенье и вода. Собирайтесь тогда с духом.

— Я не уверена, что и он у нас есть.

— Как ты меня возьмешь? — засмеялся инвалид. — Под мышки и вверх?

— Не твои дела, — сказал он. — Я скоро вернусь.

— Куда ты? — закричала сестра. — Нам не сохранить ребенка.

— Я буду через час.

Он вернулся через два часа на большой легковой машине. Собственно, это было самое трудное — найти на пятачке, где расположилась «администрация по ликвидации деревни», подходящую для инвалида машину, чтобы в нее можно было войти и выйти. Культя правой ноги не сгибалась и торчала в одном положении.

Машина принадлежала бригадиру экскаваторщиков. Сегодня все должны были закончить, но оказалось, не готова школа, куда должны были переселить тех, кто еще оставался. Дело откладывалось на сутки, и бригадир весь исходил злостью. Но тут ему предложили пятьсот долларов за извоз. Это были для него хорошие деньги, больше десяти тысяч рублей, ближе даже к пятнадцати. Он согласился не то что сразу, а раньше, чем ему сказали, куда ехать. От бригадира он узнал, что деревню сносят под коттеджи для богатых ростовчан. «Здесь будет город-сад», — сказал бригадир.

— А куда людей?

— Какие это люди? Умные давно убежали, остались дураки и старики. Запихнут куда-нибудь, чтоб скорей померли. Таких, как ты, чтоб забирали, я ни разу не видел. Ты случайно не с прибабахом?

— Она мне сестра.

Бригадир засмеялся:

— Ну и что? Тут столько отцов и матерей плакало, столько телеграмм отбивалось. С концами...

Опустим рассказ о посадке в машину и о самой поездке. Были проблемы с туалетом. Инвалид стеснялся писать в грелку, но куда же денешься. В нужном месте они были уже вечером. Поезд в Астрахань уходил ночью. Там же, на вокзале, он дал телеграмму Мирону.

В Астрахани их встречали люди Мирона на правильной машине.

Мирон смотрел на женщину, которую когда-то себе намечтал и ждал. Но тогда его обманули. Сейчас старая, измученная тетка смотрела дом, в котором ей предстояло жить, и неожиданно для всех она тихо встала на колени.

Мирон поднял ее, два старых тела прижались

друг к другу. Инвалид уже сидел в новехонькой, со всякими прибамбасами, коляске, а девочка спрашивала, скоро ли приедет мама.

— Скоро, скоро, — врал он ей, и неправильные слезы лились и лились. Что он ей скажет завтра? Послезавтра? Все его деяние по восстановлению хоть какой-то справедливости меркло перед этим простым детским вопросом о маме.

— Ладно, — сказал Мирон, хлопая его по плечу. — Что сделано, того не вернешь. Надо, чтоб ребенок никогда не узнал твоей правды. Чтобы она потом не придумала против твоей свою. Все! Приехали! И будем жить.

На другой день он предстал перед людьми бритый и чистый. И Ольга сказала:

— Такой ты моложе меня смотришься.

— А то... — ответил он и продолжил: — У меня для тебя есть новость. Между прочим, уже старая. Может, даже устарелая, надо проверить в Интернете.

И он рассказал, что в Москве собирается клан Луганских, что их оказалось больше двадцати человек и они собираются писать историю их фамилии. Из Луганских вышел даже немецкий писатель, некто Макс Визен, он и берется за это дело. И у них будет большой сбор.

— Пойдем посмотрим в Интернете когда.

Оказалось, через два месяца. Бал в Гостином Дворе. Желательно всем Луганским принести с собой какие-никакие документы и реликвии, фотографии, хороши были бы истории в письменном виде типа автобиографий.

— Я поеду, — сказал он.

— На этот раз нет, — ответил Мирон. — Ты неадекватен.

— Я в порядке. Я повинюсь.

— Тоже глупо. Можешь вызвать чью-то запрятанную ненависть.

— Я излечился.

Он не стал говорить о том, что слова девочки о матери повергли его в прах и он больше не мститель.

— Я еще посмотрю на тебя, — сказал Мирон. — Ты вздорный старик, с тебя станется...

— Нет. Просто мне есть что предложить. У меня есть реликвия.

— А! — сказал Мирон. — Старинная фотография?

— Я передам ее потом девочке.

— Кстати, я так и не уточнил. Ее на самом деле зовут Оля? Или у тебя путаница в голове?

— Ты будешь смеяться. Оля. Ольга.

— О! Варяжское имя Хельга. В этом что-то есть. С этого имени начиналась Россия. Туда ей и вернуться, чтобы стать собой.

— Мудрено, — ответил он.

— А может, мне этого просто хочется. Ты не возражаешь, если я поухаживаю за твоей сестрой?

— Да вроде уже стыдно.

— А я поухаживаю... Нет ничего крепче любви стариков. Это я сейчас и придумал, и уверовал в это.

— Бог вам в помощь. Насмешил ты меня...

Он вспомнил девушку, которую когда-то нес на руках. Было чистое небо и очень холодное солнце. Оно просто сочилось льдом и мраком.

Откуда солнце знало?..

Шоу, или Танго смерти

— Не верю я в эту затею, — сказал вдруг Мирон. — Я видел много дружб. По школе, по пьяни, по соседству, по идее, тут еще много чего можно прибавить. Видел дружбу и на крови. Когда с поля полумертвого вынес... Самые непредсказуемые соединения — между родней. В семейных отношениях или любовь, или уж ненависть, а дружба — девушка из других молекул. Ей ДНК не нужна, она на эфирных маслах. А в вашем случае столько крови. И на тебе! Является нечто откуда-то и говорит: «А теперь давайте дружить». Это страны, убивающие друг друга, могут задружить. В войне нет личного, вся вина — на державе, а в классовой борьбе есть. И в религиозной есть, потому что Бог — он личный. Но держать тебя я не буду. Мы тебя оденем как следует, ты не фраер какой-нибудь, но не лезь в середину, не раскрывай душу, даже если увидишь похожий на твой глаз.

Никифору Луганскому, он же Никифор Крюков, купили дубленку, хороший треух, ну там костюм, ботиночки и прочий марафет — все как положено. Дали на всякий случай пистолет — из наших лучших.

— Москва кишит криминалом, это ей еще выйдет не боком — горлом, а тебя мы хотим встретить здоровеньким. За семью не бойся, она у нас приживется. Племяш твой на новой коляске — прямо красавец. А там, глядишь, если еще не поздно, поставим и на протезы. И ребенок оказался ему кстати. Как дочь, а вернее, внучка. Так что не боись, но будь осторожен. Не попадись опять, когда у тебя уже все наладилось. И подальше от любой власти. Среди твоих сродственников в ней много народу. Будь осторожен. Иди в парикмахерскую, я дам команду, чтобы из тебя сделали не замшелого старика, а Бернарда Шоу. Тебя не должна узнать жена Луганского, если будет там.

Таким Бернардом он и приехал в Москву. Уже в поезде пришла очень очевидная мысль. Как он скажет: «Здрасте! Я тоже Луганский». А дальше? Только память о старой, блеклой фотографии бабушки, той, что уехала, бежала из России. В отцовском спаленном доме ее хранили как зеницу ока. Отец говорил: «Она навсегда хранительница нашего очага». Эту, которая с ним, он взял в доме убитого им Луганского. Он тогда сначала впопыхах вбежал в комнату с камином, а в соседней плакала Оля, и на камине увидел... Он остолбенел перед фотографией Бабуси. Он сунул ее за пазуху.

Никто никогда не узнает, что дом от большого пожара, такого, какой был в его детстве, спасли вспомнившиеся слова отца: «Хранительница очага». В этот момент на него посмотрели из глубины времени большие карие глаза Бабуси, и это она сказала: «Остановись». Он от себя такого не ожидал. Он стал затаптывать огонь, набрасывать на пламя ковры. Дыму была тьма, но большой огонь он остановил.

...И приходила мысль: а может, прав Мирон, и те — уже иные? Разве они в ответе за своих дедов и прадедов? Какая прелестная оказалась девочка у его бывшего хозяина-врага! А какая была старшая? «Ты, чмо, уйди с дороги. Я до тебя даже юбкой дотронуться не хочу!» И отец смеялся на веранде: «Ну, поколение! Сметут тебя, дед, и не заметишь. Иди лучше в свою конуру, а то затопчут». Кто это сказал: страна рабов, страна господ? Он уже ничего не помнит. Но твердо знает, он идет не стрелять. Хватит. Он протянет им всем руку с портретом бабушки, прабабушки, прапрабабушки... Пусть все решит она. Он перерезал горло злу, сколько мог. Он устал. Он хочет хотя бы немного пожить с сестрой, племянником и не своей внучкой. Они будут сидеть на террасе, и северный ветер будет горчить Магниткой. И он спросит девочку:

— Кем ты хочешь быть, Олечка?

И она ответит:

— Я буду учительницей и научу детей читать и писать.

— А еще чему? — спросит он ее.

— А еще, чтобы жалели друг друга, помогали друг другу и никогда, никогда не воевали. Убивать — это очень, очень плохо. Хуже всего.

И он поцелует ее в мягкие, душистые волосы, и пусть в этот момент придет смерть, но чтоб он обязательно успел сказать: «Я иду к тебе, мама!»

Бернардом Шоу вышел он из своей неказистой гостиницы, из которой в центр надо ехать мимо Бутырки. Немножко «поблукал» в переулках вокруг ГУМа.

Они вышли из двора, четверо мальчишек. Что мальчишки, он понял по голосам, еще детским, но уже слегка хрипатым от раннего курения и переполненным хамством от прущего без преград взросления. Они встали ему наперерез.

— Глянь! Какая у деда шапка! А у меня к зиме ни хера.

— Так бери!

— Дед, мне говорят: бери.

И с него сдернули шапку.

— А дубло на нем тоже не хилое. Зачем такое покойнику?

И кто-то сильно ударил его по уху. Он упал и перестал слышать. Но когда с него стащили дубленку, пистолет оказался прямо под рукой. Они пинали его ногами, веселясь и радуясь легкости добычи в жизни, смеясь над старостью, валяющейся под ногами. У них такой не будет никогда!

— Ник! Ник! — услышал он голос мамы и увидел ее распахнутые ждущие руки.

Он расстрелял их практически из кармана одного за другим. Перед последним выстрелом в себя, в уже неслышащее ухо, он прошептал: «Мама, я иду к тебе, прими и прости!» И все окончательно потеряло смысл и значение. Старик и четверо дурачков смотрели открытыми глазами в черные, стремительные зимние тучи, на которых уплывали их мечты и надежды.

...Один из них был единственным сыном учительницы и мечтал стать компьютерщиком, как Билл Гейтс. Ему хотелось очень, очень дорого стоить. Мать его буквально выпрыгивала из штанов, моя по вечерам лестницу в подъезде, чтобы никто ее не видел. Но все видели и смеялись над нею, когда по утрам она торопилась в школу, держась за руки с сыном, огромным амбалом с отставленным задом, на кормление которого уходила вся ее учительская зарплата, сама же она кормилась с остатков денег от мытья лестницы.

Другой хотел стать дипломатом и работать непременно в Австралии. Жениться на австралийке — и чтобы уже с концами. Без возвращения. Его мама была буфетчицей в МИДе. Она мечтала скорей его выучить, чтобы сразу умереть. В ней давно кончилась жизнь и остался только тот самый родительский долг, который подымал ее по утрам. Умереть ей хотелось сразу в землю, чтоб без похорон, хлопот и лишних трат. Она только не могла придумать способ, как это сделать, и это тоже держало ее в жизни — план смерти.

Третий не хотел ничего, кроме как аборта у своей девчонки. Она забеременела, чтобы его не взяли в армию, но льгота накрылась медным тазом. Ну и черт с ним, думал он час тому назад, пойду в армию, не буду лохом с ребенком, а сразу стану «дедом». В конце концов, это круче, чем колясочка с младенцем. А беременная девчонка думала, какая у нее будет фата и какой длинный-предлинный лимузин повезет ее по улице. И еще — как он ее любит. По три раза за раз. И это так кайфово! Такое счастье — и ей одной!

Четвертый уже давно прислуживал в органах. Мечтал быть максимум президентом, минимум — палачом. Чтоб «рвать пасти», прижигать зажигалкой мочки ушей, насиловать арестованных женщин в самых что ни на есть невообразимых позах. Вот это жизнь! Его мать была поваром в детской больнице и ненавидела как больных, так и здоровых. Она мечтала, чтобы сын стал начальником ЖЭКа. Она знает: они все живут не с зарплаты, со взяток. Он у нее, конечно, деликатный, но научится. Начальник ЖЭКа, с которым она уже давно сожительствует ради сына, подскажет.

Через полчаса там была куча-мала милиции. Все было на виду, и все было ясно. Ограбление, и в ответ — расстрел. Но интриговал хилый, немощный старик в одежде лучших мастеров мира и с пистолетом, какой не у каждого важняка найдешь.

И странная старинная фотография. Она лежала во внутреннем кармане старика, старательно обернутая и согретая его еще теплым телом. И с разбитым стеклом. «Это может быть след», — серьезно сказал один умный милиционер. «Это бабушкин след», — засмеялся другой, тоже умный. И оба были правы.

Редактор вызвал Татьяну. Лицо у него было сдвинуто. Таким оно у него бывает после разговора с очень высоким лицом. Татьяна острила: «Одно лицо позвонило, другое съехало».

— Совсем уж! — сказал он обидчиво. — У них свои фотокоры, знают, кого и как... Вот тебе билет для написания слов по этому делу. Я имею в виду сбор луганского клана. Ты еще в теме или новая богатая жизнь развернула тебя к другому? Твоему-то дали билет или пронесли мимо?

— С какой стати ему там быть? Он не Луганский,

и его от них тошнит. Но я схожу... Посмотрю, как они выглядят.

— Но без подначек. Помни, где работаешь.

— Я помню с кем, — ответила Татьяна. — Собери лицо, можно подумать, тебя лишили сладкого. Что там искать фотокорам? Делать примитив из лиц, подолов, бокалов и штиблет?

— Ладно, иди. Умеешь ты ободрить товарища, объясняя ему, какое он говно.

Было уже морозно, и сразу схватило ступни. Она всегда замерзает с них. На повороте к Гостиному Двору была толпа. Мигали милицейские машины. Тупо застыла «Скорая». «Их не обойдешь», — подумала Татьяна. Пришлось толкаться среди тех, кто всякую чужую беду любит как ворожбу от собственной. «Я тогда шла на бенефис Луганских, и был взрыв, и распахнутые рты. Я снова иду на эту фамилию, обходя «Скорую».

— Что случилось? — спросила она у мужчины, протискиваясь рядом с ним.

— А что у нас есть еще, кроме смерти? Говорят, поубивали мальчишек. Кто-то думает, что был взрыв, их там несколько... Сразу многих убить можно только взрывом. Но нет дыма. Нет гари. Нет огня... Так ведь не бывает?

Это он ей? Объясняет или спрашивает? Она делает вид, что не слышит. Она пробивается дальше, на ту сторону, что приведет ее на бал. Не надо смотреть на оцепленное место. В огне фар милиция, белые халаты. Как он сказал: взрыва без огня не бывает. Ну, ей ли не знать, как тихонько, словно в мультике, поднимался вверх «Мерседес» и падал вниз огненной кучей. Тут не то... Драка? Наезд?

Не ее дело. Стынут ноги, и надо торопиться к месту события. И она уже почти бежит по тротуару. У нее, черт возьми, бал или не бал? То, что позади, — взрыв, не взрыв — ее не касается. Она видела смерть в лицо — когда на землю положили девушку в белом платье. Тут чужие, неизвестные, не ее тела.

А в Гостином Дворе объявили белый танец. И зарубежный Луганский был приглашен на вальс дочкой покойного Луганского. Они даже очень славно смотрелись, эдакие Анна и Вронский двадцать первого века. Музыка была дивная, только вот откуда-то, скорее всего из горла тубы, раздавался довольный смех дьявола.

Ему уже и не надо вмешиваться в процесс. Здесь все идет своим чередом. Чем больше убивают, тем разливаннее фуршет, тем ловчее вытангируют ножкой на балах. И бесу только остается хлопать в ладоши. Там-там — там-па-ра — тампа-ра — там-там, там-там — там-па-ра — тампа-ра — там-там... И переброс на колено...

СОДЕРЖАНИЕ

Литературно-художественное издание

Галина Щербакова

АКТРИСА И МИЛИЦИОНЕР

Ответственный редактор *О. Аминова*
Художественный редактор *П. Петров*
Технический редактор *Л. Козлова*
Компьютерная верстка *С. Кладов*
Корректор *Е. Дмитриева*

В оформлении обложки использовано фото:
NemesisINC / Shutterstock.com
Используется по лицензии от Shutterstock.com

ООО «Издательство «Эксмо»
127299, Москва, ул. Клары Цеткин, д. 18/5. Тел. 411-68-86, 956-39-21.
Home page: **www.eksmo.ru**   E-mail: **info@eksmo.ru**

Подписано в печать 05.03.2012.
Формат 70x108^1/$_{32}$. Гарнитура «Баскервиль».
Печать офсетная. Усл. печ. л. 14,0.
Тираж 3100 экз. Заказ № 8205.

Отпечатано в ОАО «Можайский полиграфический комбинат»
143200, г. Можайск, ул. Мира, 93
www.oaotpk.ru, www.оаомпк.рф тел.: (495) 745-84-28, (49638) 20-685

ISBN 978-5-699-55706-6

Оптовая торговля книгами «Эксмо»:
ООО «ТД «Эксмо». 142702, Московская обл., Ленинский р-н, г. Видное,
Белокаменное ш., д. 1, многоканальный тел. 411-50-74.
E-mail: **reception@eksmo-sale.ru**

*По вопросам приобретения книг «Эксмо»
зарубежными оптовыми покупателями*
обращаться в отдел зарубежных продаж ТД «Эксмо»
E-mail: **international@eksmo-sale.ru**

International Sales: *International wholesale customers should contact*
Foreign Sales Department of Trading House «Eksmo» for their orders.
international@eksmo-sale.ru

*По вопросам заказа книг корпоративным клиентам,
в том числе в специальном оформлении,*
обращаться по тел. 411-68-59, доб. 2299, 2205, 2239, 1251.
E-mail: **vipzakaz@eksmo.ru**

*Оптовая торговля бумажно-беловыми
и канцелярскими товарами для школы и офиса «Канц-Эксмо»:*
Компания «Канц-Эксмо»: 142700, Московская обл., Ленинский р-н,
г. Видное-2, Белокаменное ш., д. 1, а/я 5.
Тел./факс +7 (495) 745-28-87 (многоканальный).
e-mail: **kanc@eksmo-sale.ru**, сайт: **www.kanc-eksmo.ru**

Полный ассортимент книг издательства «Эксмо» для оптовых покупателей:
В Санкт-Петербурге: ООО СЗКО, пр-т Обуховской Обороны, д. 84Е.
Тел. (812) 365-46-03/04.
В Нижнем Новгороде: ООО ТД «Эксмо НН», ул. Маршала Воронова, д. 3.
Тел. (8312) 72-36-70.
В Казани: Филиал ООО «РДЦ-Самара», ул. Фрезерная, д. 5.
Тел. (843) 570-40-45/46.
В Самаре: ООО «РДЦ-Самара», пр-т Кирова, д. 75/1, литера «Е».
Тел. (846) 269-66-70.
В Ростове-на-Дону: ООО «РДЦ-Ростов», пр. Стачки, 243А.
Тел. (863) 220-19-34.
В Екатеринбурге: ООО «РДЦ-Екатеринбург», ул. Прибалтийская, д. 24а.
Тел. +7 (343) 272-72-01/02/03/04/05/06/07/08.
В Новосибирске: ООО «РДЦ-Новосибирск», Комбинатский пер., д. 3.
Тел. +7 (383) 289-91-42. E-mail: **eksmo-nsk@yandex.ru**
В Киеве: ООО «РДЦ Эксмо-Украина», Московский пр-т, д. 6.
Тел./факс: (044) 498-15-70/71.
Во Львове: ТП ООО «Эксмо-Запад», ул. Бузкова, д. 2.
Тел./факс: (032) 245-00-19.
В Симферополе: ООО «Эксмо-Крым», ул. Киевская, д. 153.
Тел./факс (0652) 22-90-03, 54-32-99.
В Казахстане: ТОО «РДЦ-Алматы», ул. Домбровского, д. 3а.
Тел./факс (727) 251-59-90/91. RDC-Almaty@eksmo.kz

Полный ассортимент продукции издательства «Эксмо»
можно приобрести в магазинах «Новый книжный» и «Читай-город».
Телефон единой справочной: 8 (800) 444-8-444.
Звонок по России бесплатный.

В Санкт-Петербурге в сети магазинов «Буквоед»:
«Парк культуры и чтения», Невский пр-т, д. 46. Тел. (812) 601-0-601
www.bookvoed.ru